漫時光

小豆蔻

中卷

不止是顆菜 著

高寶書版集團

目錄
CONTENTS

第七章　事端

四月初八，浴佛節。

浴佛節乃紀念佛祖誕辰的重大節日，京中佛寺準備已久，初八一早，便敞寺迎人，行浴佛齋會。其中大相國寺的最為熱鬧，每年都有人特地從外地趕來參加。

明檀嫁入王府已滿一月，這還是第一次以定北王妃的身分正式在眾人面前亮相。平日待在府中不覺得，可一出門，便能極為真切地感受到，明家四小姐和定北王妃到底有何不同。

落轎於大相國寺，住持親迎，一眾夫人小姐皆是福身行禮，齊聲道：「給定北王妃請安。」

本朝未立太子，皇子皆年幼，這便意味著，許多年內，不會有太子妃與皇子妃。親王之中，唯有定北王殿下重權在握，地位超然。可以說，除了不能隨意出宮的太后與皇后，明檀已是大顯頂頂尊貴的女子。

明檀知曉這點，不然夾在人群中久不見人的奉昭郡主還有那位永樂縣主，也不會行禮行得這般不甘不願了。

往日在京中閨秀裡頭，明檀便極受歡迎，如今成了王妃，攀附逢迎者自是數不勝數。

奉昭看著眾人說著奉承話，擺著如出一轍的笑臉，只覺諂媚刺眼，心氣兒愈發不順。

平國公府那場暮春詩會至今已近一年，奉昭一直被宜王夫婦扣在府中閉門思過，若非近些時日宜王夫婦為她相看了一戶人家，想來還不願放她出門丟人現眼。

說起宜王夫婦相看的人家，奉昭更是意難平了，她的父王、母妃竟要將她嫁至蜀中的江陽侯府！

那江陽侯年逾三十，都已立世子，她堂堂郡主，竟要委身區區侯爵作繼室，這是何等折辱？且江陽侯此番入京述職，不過短短十日就收了兩名美婢，可想而知在蜀中府邸是如何荒淫！

最令人心寒的便是，此人人品如此不堪，她的父親、母親全然不顧，只想著將她嫁過去為兄長鋪路。

奉昭難受得心裡糾成一團，看著曾經在她面前不得不低眉順眼的明檀如今容光煥發，穿著繡有牡丹紋樣以玄銀絲線勾邊的錦緞華服，髮間簪著牡丹春睡流蘇鳳釵，更覺得明檀這是時隔一年，還在故意打她的臉。

「早就聽聞定北王殿下愛重王妃，今日見王妃這般好氣色，此言果然不虛。」

「那是當然，陛下金口玉言的『愛妻心切』，怎會有虛？」說到此處，眾人心照不宣地咯咯笑了起來。

奉昭聽得氣悶，轉身往外走。

她這一走，碰巧在門外遇上也聽得氣悶先她一步離開的翟念慈。

「站住，妳是何人？見到本郡主也不行禮！」奉昭這會兒極想找個出氣筒教訓一通，卻不想運氣極差，撞上個硬茬兒。

翟念慈回身，從上至下挑剔地打量她好一會兒，十分看不上地嘲諷了句：「原來是宜王府的奉昭郡主，我當是誰呢，也配讓本縣主行禮。」

縣主品級的確低於郡主，可品級如何尊貴，也抵不過她有太后這尊大佛，她就是不行禮，奉昭又能奈她如何？

奉昭聞言，氣急敗壞：「妳！」

旁邊婢女忙提醒：「郡主，這是溫惠長公主之女，永樂縣主，『永樂』是太后親賜的封號。」

永樂縣主？

奉昭倒是知道有這麼個人，可她從前並未見過，對太后甚為寵愛並無任何體會，一心只想著寵愛又如何，還能大得過尊卑禮法不成？且現如今她還沒嫁至蜀中，什麼阿貓阿狗就敢當著她的面踩她一腳，以後還了得？

思及此，她憋著的火便成了一記俐落巴掌，「啪！」

「區區一個外姓縣主，太后給妳封號是太后仁德，宗室都算不上還敢在本郡主面前囂張，來人，給我按住她，讓她給本郡主跪下！」

翟念慈被打懵了，捂著臉，不敢置信地問道：「妳竟敢打我？」她處在震驚之中，腦子嗡嗡作響，「妳瘋了不成？我定要稟告太后！」

「目無尊卑以下犯上竟還敢打著太后名號招搖，本郡主看是妳瘋了，跪下！」

翟念慈的身分雖比明楚尊貴，可功夫卻和明楚半斤八兩，說好聽些是英姿颯爽，說實際些不過是會幾招花樣，並不精於此道，真來個會武的，沒兩下就把她扣住了。

她猝不及防被人從腿窩後頭踢了一腳，跪在奉昭面前。

這一跪，她突然清醒了，腦子炸了開來：「放開我！你們都是死的嗎！」

翟念慈也帶了人，可方才那番變故太過突然，她帶來的人愣住了，這才讓奉昭搶占先機。

這會兒回過神，雙方帶來的隨扈扭打在一起，很快便在外頭鬧將開來。

眾人被驚動，明檀領著一行人出來，見是奉昭郡主與永樂縣主，驚得不知該說什麼好，懵了一瞬才忙喊道：「住手！妳們這是在幹什麼？」

「永樂縣主目無尊卑，見到本郡主不行禮，還出言犯上，本郡主便是教訓她又如何？」奉昭沒翟念慈那般狼狽，理了理髮髻便振振有詞道。

翟念慈氣昏了，從小到大從未受過這般折辱：「妳算哪門子的尊，憑妳也敢對本縣主動手！憑妳也配讓本縣主下跪！」

奉昭又要還嘴，明檀見狀，忙示意拉住兩人。

她算是搞明白了，這兩個沒腦子的碰在一塊，都很把自個兒當回事，都以為自個兒天下第一尊貴，然後一言不合非要分個高低，動起了手，當著眾人的面鬧出這麼場前所未見的天大笑話。

這兩人還有多少驚喜是她不知道的？

她真是要笑出聲來了。

當然，不能笑，憋住。

明檀定了定，端出王妃的派頭，沉靜道：「大相國寺乃佛家清淨之地，豈容妳們在此胡鬧，且今日又是浴佛重日，妳們在此動手，置皇家顏面於何地？囫圇算起來，二位也可稱我一聲嬸嬸、舅母，既如此，我便少不得要替宜王與長公主管教管教二位。來人！奉昭郡主與永樂縣主不顧場合廝鬧，有失皇家體統，先帶去小佛堂跪上兩個時辰，靜思己過。」

奉昭郡主：「……」

永樂縣主：「……」

其實細算起來，奉昭郡主和永樂縣主還虛長明檀一歲半歲，且明檀雖嫁了人，挽了髻，瞧著卻還是少女模樣，兩人沒想到她會突然拿長輩身分來壓。

當然最主要的還是，隔著幾層有名無實的身分，她們這輩再與定北王府計較血親，那是勉強得不能更勉強了，這嬸嬸、舅母的，也真真是虧她算得出來。

兩人可能是還沒回神，沒來得及分辯就被帶了下去。

眾人稍靜片刻，有人忙趕著拍明檀的馬屁，誇她處置得當，穩妥端方，極有王妃風儀，還順勢提及去歲奉昭郡主在平國公府鬧過的笑話。

那場笑話京中官眷無人不曉，稍稍一提，便有的是人心照不宣，掩唇淺笑。

還有人不在明面上埋汰奉昭，只嘴甜地誇著明檀今兒這身牡丹紋樣的衣裳與頭上的這支牡丹春睡鳳釵與她相得益彰，極為合襯。

至於永樂縣主，從前她不在京城，眾人知她甚少，但也不是所有人都對其一無所知。

有人便說了，永樂縣主仗著太后寵愛，向來驕縱跋扈，目中無人，且毫無女孩子家應有的矜持。聽聞她曾偶然得窺定北王殿下，對定北王殿下一見傾心，這才義無反顧追隨其父北征，還曾為見殿下，喬裝入營擾亂軍紀。知曉皇上、皇后欲為定北王殿下擇選王妃，更是一哭二鬧三上吊地求著溫惠長公主與太后娘娘為其籌謀，至於為何沒能籌謀成功，就不得而知了。

「這永樂縣主竟這般大膽？」

「為見殿下喬裝入營擾亂軍紀，閨閣女子豈能如此失儀失態，真是駭人聽聞！」

「如此德行沒能當成王妃也不稀奇了，王爺是皇室中人，知禮守禮，喜歡的自然是王妃這樣知書達理的名門閨秀，哪裡瞧得上那般不自重的輕狂樣兒。」

明檀：「……」

失儀失態駭人聽聞，隱隱約約有被冒犯到呢。

許是被誇得心虛，她忙輕咳兩聲轉移話題：「外頭風大，大家還是先進去吧，想來法師該講經了。」

明檀領著眾人往殿內回走，下意識看了周靜婉一眼。

周靜婉會意，尋了個更衣的藉口，領著婢女一道往放生池的方向去了。

今日是浴佛節，大相國寺比尋常熱鬧更甚，放生池邊有人扔銅錢扔魚食，祝禱祈願，有孩童循著錦鯉遊動，嬉笑不已。

周靜婉尋了處陰涼之地靜立等候。

不想有孩童追著陀螺抽打，瘋跑到她所在之處，因著玩得忘我，小孩兒沒注意旁邊站了人，鞭繩便甩著抽打過來。

周靜婉躲避不及，眼看就要挨了這小孩兒一鞭，忽而有利刃出鞘，白光一晃，迅速斬斷將要傷人的鞭繩。

小孩兒愣了愣，盯著豁口整齊的鞭繩發了會兒呆，又抬頭望了左額至眉尾處有道傷疤的高大男子一眼，忽然「哇」一聲，嚇得陀螺都沒拿就大哭著跑開了。

周靜婉本就柔弱膽小，驚魂未定之餘，又被小孩的哭聲驚擾，唇色發白，捂住心口往後退半步。

這陸殿帥也太嚇人了，一言不合就舞刀弄劍，難怪有止小兒夜啼之凶名。

她屈膝，硬著頭皮福上一禮：「多謝陸殿帥。」

「小事，靜婉小姐無需多禮。」

的確小事，想來殺個把人對他來說也算不得什麼大事。

想到此處，周靜婉的背脊有些發僵，根本不敢抬眼多望陸停。

其實光是隔著丈遠距離她都覺得，眼前男子身上的狠戾氣息壓得人有些呼吸不過來。

好半晌，她鼓起勇氣，細聲問道：「敢問陸殿帥，可曾聽過『莊惠論魚[1]』？」

1 莊惠論魚引用自《莊子·秋水》。

陸停看了放生池中遊動的錦鯉一眼，儘量文雅地答了聲：「略有耳聞。」

周靜婉又道：「莊曰：『鯈魚出遊從容，是魚之樂也。』惠曰：『子非魚，安知魚之樂？』」

陸停的耳聞止於此句，可周靜婉並未說完，「莊又曰：『子非我，安知我不知魚之樂？』惠也曰：『我非子，固不知子矣；子固非魚也，子之不知魚之樂全矣。』」

後面周靜婉娓娓復述的這一段，到陸停耳中便成了：「子非我……魚之樂……我非子……非魚……魚之樂……」

不等陸停順明白，周靜婉便款款福身，垂眸忽道：「若靜婉通魚，知魚不樂呢。」

放生池邊靜了靜，柳絮被風吹得輕揚。

周靜婉心中忐忑，手上緊張得出了汗，委實不知她將強行求娶之不願不悅說得如此明白，會不會惹惱這位陸殿帥。

可陸停根本沒懂她想說什麼，頓了半刻才遲疑道：「那多餵些魚食？」

周靜婉唇色愈發白了幾分，身子搖搖欲墜。

他這話是認為，多塞些聘禮她便樂意？可這與聘禮何干，她周靜婉就是如此目光短淺只圖榮華富貴之輩，需得平白遭他如此輕賤麼？

「魚雖卑小，同乃生靈，自有所思。若不樂，寧絕亦不妄食矣。」周靜婉聲音輕而顫，頭埋得低低的，淚在眼眶裡打轉，說完，她便福身道：「靜婉還要聽法師講經，不可多留，此意已決，望陸殿帥三思。」

「……」

什麼此意已決？

望著周靜婉匆匆離去的背影，陸停忽然問了聲跟來的隨從：「她剛剛說的那些，是什麼意思？」

隨從老實答道：「小的不知，這周家小姐不愧是書香世家出來的小姐，說的話小的一句都沒聽懂。不過小的都記下了，不如回去問王爺或是舒二公子？」

陸停點頭。

隨從抹了抹汗，苦惱想著，若自家爺以後真要娶這位周家小姐，差事可難辦了，怕是連吩咐什麼都聽不懂呢。

「他果真如此說？這其中是不是有什麼誤會？」明檀聽周靜婉說完兩人相見，有些疑惑。

周靜婉哽咽：「能……能有什麼誤會？」

白敏敏氣極：「我倒是枉看了這陸殿帥，竟如此輕浮，加些聘禮就想娶了靜婉，作踐誰呢！」

大相國寺後山，浴佛觀禮過後，明檀與白敏敏便一直陪著周靜婉。

周靜婉似是受了極大委屈，眼淚掉個不停，還倔強些「他若強娶便要自裁」之言。

明檀與白敏敏聽了，心中頗為擔憂。她本就身子弱，這麼個哭法，怕是再哭一會兒就得厥過去了。

其實明檀總覺得有哪兒不對，但一時也問不出個所以然，只得先安慰道：「妳先別哭，此事定然有化解之法，咱們一起好生想想。」

白敏敏附和：「對，大不了就讓阿檀去求殿下，阿檀一求，殿下有什麼不答應的。」

明檀：「……」

她說的化解之法倒也不是這個，她的腿現在還有些打顫呢。

卻說明檀這廂陪著周靜婉，倒忘了小佛堂裡還有兩個心比天高被她罰去思過的主兒。

不知不覺間，兩個時辰已經過了。

奉昭郡主和永樂縣主被寺僧領著，分別從小佛堂東西兩側出來。

罰跪之時有寺僧守著，偷不得半點懶，等結結實實跪完兩個時辰，兩人只能倚著婢女踉蹌起身，艱難地往外挪步。

兩人明明都遭罪得緊，可在佛堂外碰上，又和鬥雞似的莫名來了精神，腰不疼了，腿不瘦了，嘴上還逞盡嘲諷之能。

奉昭郡主：「說妳尊卑不分沒規沒矩，不承想原來妳還真這麼沒規矩，竟幹過喬裝打扮潛入軍營的事，還一哭二鬧三上吊非要嫁給定北王殿下，真要上吊怎麼妳還好端端地站在這兒，不知檢點，不知羞恥！」

罰跪之時，奉昭的婢女躲在暗處聽了眾人相聊之事，最有趣的便是翟念慈這樁，這會兒遇上，她正好拿來羞辱這位不知高低的永樂縣主。

翟念慈不知奉昭是如何知曉此事，但奉昭的事她也聽過不少，想都沒想便反唇相譏道：「我站在這兒自然是太后娘娘福澤庇佑。倒是妳，這麼懂得尊卑上下，當初又何必以下犯上衝撞定北王妃和皇后娘娘呢，哦，還被皇后娘娘勒令在家思過不許出門，真是好大的臉面，滿京城頭一份的尊貴呢。」

「妳！」

「還有啊，我就算沒有嫁給定北王殿下又如何，我有太后庇佑，想找什麼樣的夫君找不到？妳倒是快活到頭了還挺能囂張，嫁給江陽侯之流，妳以後連給本縣主提鞋都不配。」

她竟知曉江陽侯之事？

奉昭眼睛都瞪直了，偏被翟念慈戳中軟肋，說不出反駁之言。

翟念慈見她這模樣，心中暢快不少。

世上本就沒有不透風的牆，奉昭這樁婚事雖還沒有明面過議，但宜王府那點心思昭然若揭，算不上什麼了不得的祕密。

她似笑非笑地繼續戳著奉昭心窩：「妳也不必怨我不給妳臉，暮春詩會過後，整個京城都拿妳當笑話，妳自己不會不知道吧？」

「而且妳這笑話也不是我鬧的，讓妳成為笑話的人如今風光得意得很，還能以妳嬸嬸自居呢，不說以後妳連給我提鞋都不配，便是眼下妳都已經不配給她提鞋了，再嫁給江陽侯，嘖。」

「閉嘴！」

奉昭氣得手都攥白了，明知翟念慈是故意激她，卻止不住順著話頭去想：明家那個賤人如今成了定北王妃，日子過得何等舒坦，還敢故意穿著牡丹在她面前造作張揚，而她身為郡主，被這賤人害得成了全京城的笑柄，若非如此，她的父王、母妃不見得會將她遠嫁蜀中，給那荒淫無度的江陽侯做續弦了。

這口氣她本就忍不得，如何忍得。

奉昭轉身便要離開，可踉蹌了幾步，她又回頭，諷刺地盯住翟念慈：「鬧了笑話又如何，她搶的又不是我心儀之人。搶了妳一哭二鬧三上吊都求不來的心儀之人，還能風光得意地以妳舅母自居，妳還有臉打著太后旗號招搖，真是把太后她老人家的臉都丟盡了，妳且等著，咱們走著瞧！」

雖中生插曲，但大相國寺這場浴佛齋會還算是辦得頗為圓滿。眾人觀禮悟法，祈願參拜，寺眾分發結緣豆、香藥糖水，甚得孩童歡心。及至暮鼓時分，閉寺送客，眾人才姍姍而散。

打道回府之際，明檀在寺外望見長公主府的馬車，才想起被她罰去佛堂的奉昭、永樂兩人。

今兒因著要陪靜婉，只讓她倆跪了會兒佛堂，倒是便宜了她們。

回到府中，明檀遣人備禮，讓素心送去宜王府和長公主府，並細細囑託，務必要先表一番她代行責罰的歉意，再將大相國寺所生之事，一五一十地稟給宜王妃和溫惠長公主。

素心辦事向來穩妥，自然不會有半分錯漏。

回府交差之時，帶了更多的回禮不說，宜王妃與溫惠長公主不忘托她轉達約束不當之歉，還承諾日後定會多加管教。

日後管不管教的，明檀不甚在意。宜王妃與溫惠長公主若是有心，本就不會讓兩人長成如今這般德性。派素心前往，不過是盡盡禮數，也讓自個兒能得幾日清淨。

「殿下還沒回？」亥時三刻，明檀梳洗畢，見外頭無甚動靜，隨口問了句。

綠萼：「殿下許是有要事，小姐不如先睡？」

「有些睡不著，」明檀倚在貴妃榻邊，隨手翻起本雜書，又打發道：「妳先下去吧，我看會兒書。」

「是。」

綠萼換了盞明亮燭燈，往香爐裡添了小半勺清淡香料，悄聲退離了內室。

江緒漏夜歸府時，啟安堂內仍燭火通明，屋中縈繞著淺淡梨香，而倚在貴妃榻邊的明檀，已在不知不覺中悄然入睡。

她手邊的書頁恰巧停在去歲製辟邪香漏掉的補注之上，江緒掃了一眼，發現這頁她還按出一道極深的折痕。

睡意昏沉間，明檀感覺自己落入一個略顯清冷的懷抱，她無意識地瑟縮了下，嘟囔了聲「夫君」，然後極安心地往人懷裡蹭了蹭。

她的眼睫長而密，呼吸安靜均勻，乖巧得有些不像話，江緒不過是抱她上床，都不自覺放緩了動作。

這夜上京，與定北王府一樣燭火通明極晚才歇的，還有坐落於通北街南的宜王府。

宜王妃在府中發了好大一頓脾氣，又是潑熱茶又是摔碗盞的，為著奉昭這不省心的頭疼得緊。

「王妃消消氣，此事並非是郡主之錯，那永樂縣主出言不遜，羞辱郡主，便是鬧到皇上跟前咱們也不是沒理。」丫頭從旁勸慰道。

宜王妃：「妳以為咱們宜王府有多大的臉面讓皇上來主持公道？」

早先便聽說，這永樂縣主長得與太后年輕時有幾分相似，雖不在京中長大，但在太后跟前極為得臉。

眼下皇上雖與太后不睦，但太后若鐵了心要為她外孫女出手教訓，皇上定然不會為了區區宜王府與太后撕破臉的。

想到這，宜王妃頭更疼了。她怎麼就生出奉昭這麼個惹事精！一天天的不安生，這樣下去，她兒的前程不說，宜王府都得被她攪和個乾淨！

「備禮，明日一早便送去長公主府，就說郡主言行無狀，出手傷人，我替郡主向永樂縣主賠個罪。」宜王妃吩咐，「另外再多派幾個人守著院子，這段時日不許郡主出門。」

「是。」婢女應聲，不過片刻後遲疑道：「可是江陽侯那邊……」

差點忘了，江陽侯那邊還等著見奉昭一面呢。

這一面，不得不見。

宜王妃想了想：「先守著，等到相看那日再放她出門也不遲。」

「母妃真的這麼說？」

婢女為難，戰戰兢兢小聲回道：「郡主，娘娘也是為您好。」

奉昭直直落座，面色慘白，又滿是不甘。她抓著桌角，指甲青白，掐進去了也無所覺。

為她好？這話說出去又有誰信？

不就是因為江陽侯家產極豐，又因祖蔭得了幾分聖上眷顧，能為她哥鋪路出些氣力罷了。

明檀這個賤人！若不是這個賤人，她又如何會落到今日這般田地！既然她不好過，那誰也別想好過！

次日一早，明檀是被噩夢驚醒的。醒後沒多久，她就不記得夢見什麼了，只是心裡頭稍稍有些不安。她昨夜睡前，彷彿在看書？這會兒竟莫名到了床上，素心和綠萼也不在跟前。

她喚來個屋外的小丫頭問了問，原來昨夜夫君回了府，只不過今兒一早又出門了，至於素心、綠萼，見她沒醒，一個去了膳房盯早膳，一個去了庫房拿香料。

明檀興致不高，隨意應了聲。

小丫頭又道：「對了娘娘，殿下說，今年宮中培育的姚黃開得極美，很襯娘娘嬌嫩顏色，已經搬了幾盆過來供娘娘欣賞呢。」

「……」

「殿下真這麼說？」

明檀悄然歡喜，可也有些懷疑，她家夫君對她都說不出兩句甜言蜜語，當真會和旁人說姚黃很襯她嬌嫩顏色？

小丫頭笑咪咪的：「王妃若是不信，等素心姐姐與綠萼姐姐回了一問便知，大傢伙兒可是都聽見了。」

不多時，素心與綠萼回了啟安堂。

明檀迫不及待問了問：「殿下真這麼說？」

見自家小姐這般期待，兩人對視一眼，俱是點頭。

明檀的唇角止不住上揚起來，她忙讓綠萼梳妝，說要去賞花。

綠萼應是，素心則是安靜退下。

待退到屋外，素心立馬便拘來小丫頭責問：「那話明明是今早皇后娘娘差人送花之時說的，妳為何說是王爺說的？」

小丫頭一頭霧水：「可王爺不是在旁邊『嗯』了一聲嗎？王爺『嗯』了一聲，自然也是這般想的呀。」

「……」

素心張了張嘴，一時竟不知該說什麼。按這小丫頭的歪理，好像沒什麼不對。

想起自家小姐方才那般歡欣，素心冷靜下來，不想去掃小姐的興了。不過她還是訓斥小丫頭幾句，讓她以後謹言慎行不要胡亂說嘴。

牡丹是百花之王，姚黃又是牡丹中的極品，花葉飽滿齊整，鵝黃一色嬌嫩鮮妍，置於奇花異草遍處的花圃，仍是極為奪目顯眼。

綠萼打著扇，正陪明檀賞著花，素心忽然過來：「小姐，平國公府的邀帖。」

明檀接了，並不意外。

浴佛一過，四五月中再無盛日，但這時節，京中各府爭辦詩會花宴，從來不缺熱鬧。

去歲暮春，最為人津津樂道的便是平國公府那場詩會了，雖只辦到半程便匆匆散場，但才子佳人雲集，排場極為盛大，再加上聖上那一旨賜婚，著實是令人印象深刻。

似乎是為了彌補去歲只辦半場的遺憾，今年平國公府二房三小姐章含妙又操持起暮春雅集。

章含妙年紀小，辦事倒是妥帖伶俐，昨兒在大相國寺才口頭相邀，這會兒正式的邀帖便到了。

明檀打開掃了一眼，稍稍有些意外，因為上頭不只邀了她，還邀了定北王殿下與王妃一同前往。她這才想起，章含妙昨兒似乎說過，這回還開了靶場與馬球場，如此，相邀夫婦甚為合理。只不過她家夫君，應該不願去這種場合吧？

晚上浴畢，明檀換了身柔軟寢衣，坐在啟安堂的天井邊吹著春夜習習晚風，綠萼則是站在後頭幫她絞著頭髮。

江緒正好回院。

他一隻腳剛跨入院門，明檀聽到動靜，轉頭望了望。

見是他回了，明檀立馬起了身，唇角不自覺地向上彎了起來：「夫君！」

明檀不過是步子輕快些，江緒卻誤以為她是要投懷送抱，下意識便將背在身後的手鬆開了。

明檀本沒那個意思，但她不傻，見狀便歡歡喜喜地抱了上去，小腦袋在他胸膛間蹭了蹭。

綠萼垂首偷笑，行了個福禮，院內的小丫頭們懂事地跟著一福，悄然退開。

明檀環抱住江緒的腰，踮了踮腳，往上環住他的脖頸，撒嬌道：「阿檀等你好久了，昨晚也等了好久。」

雖已大婚一月，但面對明檀的撒嬌，江緒仍有些不自在，不輕不重地「嗯」了聲。

明檀沒覺著他不夠熱情，抱著他絮絮叨叨說了好些閒話。

「……昨日去大相國寺明明是有些累的，可晚上總有些睡不著，便想著等等夫君，可一等竟是等睡著了，今兒起得晚，醒來你又出門了……不過花圃裡那些姚黃，真是極好看的，謝謝夫君！」

姚黃是皇后送的，謝他做什麼。

江緒還沒想明白，明檀碎碎念著，話頭已經換了兩茬：「……對了夫君，平國公府三小姐又要辦暮春雅集，請帖上寫著邀夫婦一同前往，夫君能陪阿檀一起去嗎？」

「什麼時候？」

明檀回想了下：「十日後。」

「本王要去趟青州，還要在青州待上幾天。」

「何時去？」

「後日。」

「這樣啊，那應是趕不回來了，無事，我自個兒去便好。」

她本就是隨便問問，沒有特別失望，只是覺著夫君如此豐神俊朗，不帶出去炫耀炫耀，委實是有些可惜。

在外頭說了這麼些話，江緒凝上片刻，總算從腦海中搜羅出句關懷之言，主動問了句：「冷麼。」

「夫君抱抱就不冷了。」明檀偏頭，眼睛亮亮地看著他。

江緒也沒多話，將她打橫抱起，徑直走入屋內，將她扔到床榻之上。

倒也不是這種抱！

為何總想著做這種事！莽夫！

原本明檀還惦記著要向她家夫君告陸停的小黑狀，可昨夜他回府時沒來得及說，後頭雲雨，又只顧著抽抽搭搭，累極入睡，倒將這宗要緊事兒忘得一乾二淨了。

不過她忘了無甚打緊，今日恰巧是一月一回的殿前司禁軍演兵之日，陸停等著江緒前來，為他答疑解惑。

陸停身邊的隨扈記性不錯，昨日周靜婉在放生池邊說的那些話他還記得，不過他只記其言，不知其意，復述時稍有些磕絆，斷句之處難免錯漏。

江緒聽完，不由得抬眼望向陸停。

陸停那張常年冷肅的臉上難得出現一絲波動：「殿下，周家小姐到底是什麼意思？」

「不想嫁給你的意思。」

「……何以見得？」

「知魚不樂，意思是你求親的手段她不喜歡。你回多餵魚食，她大約誤會你要多加聘禮強行迎娶，所以，寧死不從。」

寧死不從？

何至於此。

演武結束，江緒往回走，擦肩而過時，他還停了瞬，無端輕哂：「多餵魚食，真會說話。」

陸停：「……」

周陸之事，江緒不想管，也沒閒工夫管，但明檀一心想著好姐妹，記起此事，就連他啟程去了青州，都不忘遣人追上送信。

他展信讀完，扔至一邊，過半晌還是撿起，提筆回了一封——

「周掌院名望頗甚，長女已入李府，不宜再議高顯文官之親。」

雖只是短短一句，利害關係卻已說得十分明瞭。

婚嫁一事，不在周靜婉願與不願。

其父掌翰林院，乃儲相之才，有名望是好事，但太有名望，還盡以文官清貴為姻親，難免有結交朋黨，為登相造勢之嫌。

相比之下，陸停在任殿前司，雖統領禁軍位高權重，可直屬聖上，只受聖上一人之令，倒比其他登門求親之人來得更為妥當。

想到這，明檀不免有些惆悵。

陸殿帥再妥當，靜婉也不喜。然婚姻嫁娶之事，從來沒有光顧著女兒家喜不喜歡來定的道理。

也是，大約是她的郎君嫁得如意，有些忘形了，若到最後，周大人周夫人覺得合適，旁人又哪有置喙的餘地。

暮春時節花香風暖，日子彷彿也過得比尋常時節要快上許多。不知不覺間，十日一晃，平國公府的暮春雅集悄然來臨了。

江緒去了青州一直沒回，還是沒趕上這場熱鬧。不過明檀很會安慰自己，這樣也好，夫君不在，她便盡可狐假虎威，顯擺她的王妃派頭。

素心這兩日受了風寒，明檀讓她在自個兒屋中將養，另帶了扮成丫鬟模樣的雲旖一道出門。

雲旖是津雲衛出身的高手，既得了命令，暫時在王府頂著姨娘的名頭，便少不得隔三差五地要來向明檀請幾回安。

明檀見了她幾次，發現她的性子極有意思。

按理說自幼受訓的暗衛，手上沒少沾人血，自是會冷酷無情一些，可雲旖殺起人來雲淡風輕，平素瞧著卻純善憨直，見什麼都好奇新鮮。

因著明檀賞的衣裳過於精緻繁複，她每回來請安時，都要先找人幫忙穿好再出門。今兒要作丫鬟打扮，她又抱著衣裳來了啟安堂，讓綠萼幫她穿衣裳。

作好丫鬟打扮後，雲旖跟在明檀後頭，忽然沒頭沒腦問了句：「王妃娘娘，我昨日出府買了隻燒雞，能從公中支帳嗎？我的月例銀子快要花光了。」

「如何就花光了？不是，妳為何要出府買燒雞？」

雲旖直言道：「我昨晚有些餓，又不想麻煩別人，就打算溜去膳房找些吃食，可王府太大了，我找半天沒找著膳房在哪，只好翻牆去外頭買了隻燒雞。對了，我還買了一包桂花糖糕給您，所以能從公中支帳嗎？」

這也行？

「那……桂花糖糕呢？」明檀猶疑。

「燒雞吃完還有些餓，所以也被我吃了。」雲旖一臉老實地摸了摸鼻子。

明檀看了她一會兒，忽然拖長尾音「噢」了聲，好整以暇托腮道：「沒有糖糕，不給支。」

綠萼聽不下去了，這雲姨娘是認真的嗎？這麼點小事也要來找她家小姐。

還有她家小姐遇上這雲姨娘怎麼也和孩子似的，堂堂王妃一大早竟和姨娘計較燒雞、糖糕！

好在雲旖是個實誠人，立馬便承諾明兒再買一包桂花糖糕給王妃娘娘，又發自內心，真誠地誇了一會兒王妃娘娘美貌過人，實乃神女之姿。

明檀被誇得心情甚好，自然善變得很，立馬就改口允了，順便還問了句：「對了，妳還沒說，妳的例銀如何花光了？」

「前幾日我去了城東，遇上個小乞丐，見他十分可憐，便買了幾個包子給他，結果忽然湧上來一大幫小乞丐問我要包子——」

「……」

好吧，也算心善。

今日平國公府人多，帶上雲旖，一來是以防萬一，二來雲旖從未見過這般熱鬧，帶她出門見見世面。

上馬車前她叮囑了聲：「待會兒到了平國公府，妳好好跟著綠萼，綠萼怎麼做妳就怎麼做，不要亂跑。」

「是，娘娘。」

去歲暮春詩會，平國公府門前的春正大街車馬喧闐，擁堵不堪，奉昭的車駕攔在靖安侯府車馬前頭，還引得明檀與明楚為著這事兒絆了幾句嘴。

今次春正大街前依舊是喧囂滿當，可見掛著定北王府標識的車馬鼓鼓而來，前頭再是擁亂，也在擠挨中騰出一條道路供其前行。

奉昭遠遠望著，冷笑不已，也不知在想什麼。

大相國寺鬧出那等荒唐之事，宜王妃的姿態放得很低，遣人備禮致歉不說，還親自去了趟長公主府。

翟念慈雖不想輕輕揭過，可溫惠長公主不想將女兒家的矛盾再擴散開來，便做主壓下這事。是以這些日子，兩府也算風平浪靜。

只不過宜王夫婦鐵了心要將奉昭遠嫁蜀中，這些日子一直關著奉昭不許她再出門闖禍。至於今日放她出門，不過是應江陽侯所求，讓江陽侯能在雅集之上，見見這位他要續弦的郡主。

章含妙巧思，應雅集之名，自要行盡風雅事宜。

春光正好，惠風和暢，百花爭春之餘，早荷在湖中搖曳，清風陣陣送來清潤荷香。

男人們被安排去馬球場打馬球、比試箭術，女眷們則是被平國公府的婢女一路引著往前，也不說是去哪兒，且聽潺潺水聲，行盡才知今日竟是要於清溪畔，來一場極盡風雅的「曲水流觴」之宴。

「曲水流觴」是文人舊俗，無外乎將酒盞置於竹排之上，從清溪上游順水而下，欲飲便端之。

只不過今日稍有些新鮮，女眷們的午宴也落座於此。

眾人分坐清溪兩畔，延品佳餚，酒盞依舊置於竹排之上，順水而下，可一次僅一杯，停在何人面前，便由上一輪停盞之人出題。

這題可以是命其作詩作詞，也可是猜謎解語，全憑心意。若停盞之人答不上來，便要飲下此杯。若是答上來了，便可另指任意一人飲下此杯。

明檀是定北王妃，自是坐在上首極近上游的位置，酒盞依水而下，不可能停在她的面前，她也樂得清閒，只管看戲。

清溪淙淙，間或有落英順水而下，有人即興作詩，有人怡情清唱，遠遠還能聽到馬球場上熱鬧非凡，氣氛愉悅得宜。

可這難得的好氣氛沒延續多久，眼瞧著又要被翟念慈與奉昭兩人攪和完了。

原是酒盞順水而下，停在翟念慈面前。上一輪停盞之人不敢為難這位永樂縣主，出題十分簡單，翟念慈答出之後，便指了奉昭郡主喝她這酒。

奉昭的臉色雖不好看，但還是喝了。

兩人嘴上逞了幾句，有章含妙圓場，勉強穩得住。可誰曾想，就是這般趕巧，下一杯酒又正正好停在奉昭面前。

依照規則，便是該由上一輪停盞的翟念慈出題。

翟念慈逮著機會，起身不客氣道：「那便請奉昭郡主，作牡丹詩一首吧。」

此言一出，眾人面面相覷。從前只覺奉昭郡主愛找事，沒承想永樂縣主找事的功夫，絲毫不遜色於前者。

明檀遠遠看著這場好戲，依奉昭的脾氣，直接將酒潑在翟念慈臉上也不是沒可能的。可出乎意料的是，奉昭明顯氣得要說什麼，可話至嘴邊，竟咽了下去。更出乎意料的是，奉昭端著酒，竟還真作了首牡丹詩。

雖作得稀爛，但本也沒說一定要作得如何精巧。一時鴉雀無聲便罷，奉昭竟還挑釁道：「本郡主既答了出來，那就請定北王妃飲下此酒好了。」

正等著看戲的明檀：「……」

為何不死不休的戲碼總忘不了她。

很快，那杯酒便由婢女送至明檀面前。

明檀狐疑。這酒奉昭碰過，該不會有什麼問題吧，她怎麼就這麼不放心呢。

可眾目睽睽之下，她不能不喝，也不能當眾驗酒。她若驗酒，有問題還好說，若沒問題，打的可不僅是奉昭的臉，更是平國公府的臉。

明檀正猶豫著，耳畔忽然傳來雲旖的聲音：「王妃放心，我換過了。」

換過了？

明檀聞言，略頓一瞬，不動聲色地飲下這杯酒。

待無人注意，她輕聲問了句：「妳如何換的，換去哪兒了？」

雲旖默了默，她管好自家王妃都不錯了，哪還管得了別人，就是隨手與還未順水而下的一大堆酒換了一杯而已。

不過她用劃痕做了個記號。

哦，不巧，好像就是那位永樂縣主正在喝的那杯。

翟念慈正在喝的那杯？

明檀眼睜睜看著，一時竟不知該說些什麼，以至於宴飲席間，她時不時往翟念慈那兒瞧上一眼。可瞧了許久，翟念慈都無甚異樣。

許是她多心了，明檀心想。

這場宴飲沒再生出別的事端，曲水宴畢，章含妙盈著笑臉，招呼眾人去馬球場看熱鬧。

不愛熱鬧也無妨，東邊園子裡好景好茶一應俱全，無論是寫詩作畫還是彈琴賞景，都可隨心。

明檀不勝酒力，喝了兩杯梨酒，便有些臉熱，馬球場上熱火朝天的，她在場邊坐了一會兒，腦子更是暈乎，只好起身，與白敏敏一道，往東邊園子取靜。

「妳昨兒去看了靜婉，她可還好？」路上明檀問道。

白敏敏點頭：「我瞧著精神還不錯，大夫說再喝兩副藥差不多就好了，這四月裡頭忽冷忽熱的，最是容易風寒，她還囑咐我，要我倆都多喝些薑湯。」

「那就好。」

周靜婉這兩日身體不適，可明檀如今是定北王妃，不好再如從前隨意登門，只能遣人送些東西去周府。

雖遣去的下人盡是回些好話，到底不如白敏敏說來安心。

白敏敏想起什麼：「對了，陸殿帥聽說靜婉病了，也往周府送了不少東西，他還寫了封信給靜婉。」

明檀好奇：「什麼信？」

白敏敏皺眉回想著：「如何寫的我也記不清了，那一手字寫得委實難看，大意是，那日放生池邊不過誤會一場，他並沒有拿聘禮來輕賤靜婉的意思，還讓靜婉好好休養身子。」

「那靜婉怎麼說？」

「靜婉嘴上說著私下傳信不知禮數，但我瞧著……她也沒之前那般生氣了，還有心思看人送了什麼禮，而且我聽靜婉的婢女說了一嘴，擇婿一事，周大人似乎頗為屬意陸殿帥。」

及至園中，明檀欲再問得細緻些，可忽有幾位貴女娉婷上前，屈身福禮道：「給王妃請安。」

明檀未出閣前與這幾位貴女打過交道，此刻遇著，她不著痕跡地與白敏敏對視一眼，只好放下話頭，若無其事般與她們一道賞景說笑。

她們聊著聊著，不知是誰將話引至男客身上，有人笑道：「今日江陽侯也來了，不知是否是想見見他未過門的夫人呢。」

「江陽侯？」白敏敏好奇。

「妳不知道？」

白敏敏搖頭，難得有她不知道的八卦。倒是明檀記得前些時日浴佛齋會上聽誰提過一嘴，不過當時她記掛著周靜婉，沒多加留心。

先前那人又道：「江陽侯一直居於蜀中，這回入京述職，沒聽過也正常，說起這江陽侯府的來歷，妳們可能就有印象了。」

「什麼來歷？」

「江陽侯府起勢於先帝乳母，因有護駕之功，先帝一直對他一家頗為照顧，還給乳兄封了個侯爵，也就是老江陽侯。」

「老江陽侯頗有才幹，對先帝十分忠心，先帝駕崩的消息傳至蜀中，他便上書辭官，自請為先帝守陵，可因悲痛難當，舊疾復發，在前往皇陵途中，便隨先帝一起去了。

聖上感念老江陽侯對先帝的一片赤忱，特許江陽侯府平級襲爵，江陽侯府也因此頗得聖恩，平日宮中下賞，都不忘給遠在蜀中的江陽侯府送上一份呢。」

如此說來……白敏敏倒有了幾分印象，她點點頭，又追問：「那未過門的夫人又是怎麼回事，都已襲爵，還未成婚？」

「世子都有了，自然是成過了。」

懂了，娶繼室。

「那江陽侯……看上哪家小姐，咱們認識？」

說了半晌總算是說回點子上，那位貴女抿唇笑道：「自是認識的，可不就是宜王府那位最尊貴的郡主麼。」

奉昭？

白敏敏與明檀對視一眼，不免有些驚訝。

奉昭怎麼說也是個郡主，何至於下嫁已立世子的侯府做續弦？

「江陽侯府家產頗豐，在蜀中之地是出了名的富庶，江陽侯也慣是個會享福的，入京這些日子，收了兩名美婢，前日寶珠樓的花魁出閣，這位侯爺還一擲千金拔了頭籌。聽聞侯府裡頭更是不得了，姨娘都有十多房了，沒有名分的更是不計其數。」

做繼室就算了，還是如此荒淫之輩。

明檀雖與奉昭結了不小的梁子，但聽到這般婚事，也幸災樂禍不起來。

話至此處，恰巧有昌國公府婢女入園，規矩朝眾人行了禮，回身稟白敏敏：「小姐，夫人找您，讓您過去一趟。」

今日這般場合，京裡數得上號的貴女夫人都來了，正是相看的好時候，不用想也知道，舅母喚白敏敏過去是做什麼了。

明檀自是不會打攪舅母的安排，不過她酒意未散，不想再同這幾個閨秀敘話，遂起了身，與白敏敏一道離開。只不過出了園子，她便與白敏敏分道，往湖邊賞荷吹風去了。

平國公夫人極愛荷花，每至盛夏，府中便有十里風荷之景。

如今時節還早，小荷還未開盡，但湖面吹來的風已染就淡淡荷香，聞之心舒，清淺宜人。

自去歲上元落水，平日出府宴飲，明檀極少再近湖邊，然今日有雲旖，她便是想摘蓮蓬也不算難事。她搖著團扇，綠萼與雲旖在身後湊趣說笑，主僕三人沿湖賞景，酒意很快散了大半。

只不過走至沿湖拐角之處，遠遠便瞧見前頭的拱橋上站了幾位閨秀，明檀停下步子，不欲往前與人應酬。

「我們回去——」

明檀剛開口，前頭那幾位閨秀忽然驚叫起來：「啊——！來人，快來人啊！有人落水了！」

拱橋上有人唬得後退，有人往前張望，珠翠錦繡亂晃，瞬間亂作一團。

落水？

因落水是落在拱橋的另一面，明檀站在這面瞧不清晰，便往前走近了些。

方才離得遠還沒發現，現下離得近了，明檀不由疑惑：拱橋上的石欄雖不算高，但已及腰，這是如何落的水？若有人推，這是一把就能推下去的嗎？且上面這些人，還能任由人推不成？

「欸，小姐，那不是舒二公子嗎？」綠萼眼尖，忽然指了指拱橋另一面的湖上輕舟。

明檀的位置被擋住視線，她挪了幾步，往拱橋另一面張望。

「……」

還真是。

同舟的還有幾位公子哥，都沒帶長隨。

這瞧著怎麼有些像是……傳聞中的故意落水訛婚？

她努力辨認會兒橋上站著的那些閨秀，面孔不甚熟悉，看打扮，門第大約不高。

更像了。

而此刻站在舟上的舒二十分無奈。

平國公府備的輕舟甚小，他們幾人遊湖作詩，都沒帶長隨，行至湖心時，見拱橋上來了幾位閨秀，幾人忙不迭地想要撥槳離開，哪曉得還是及不上落水來得迅速，「噗通」一聲，便是一份頭彩！

「這，我不會水，實在是愛莫能助。」

「我已與常家小姐定親，這小姐，我可救不得！」

「咳，咳咳！某風寒未愈，咳咳咳……」

幾人齊唰唰看向舒景然。

舒景然：「……」

他雖會武，但不可能與江啟之般，不接觸半分便將人救起。可若不救，不說事後幾人的名聲會如何，便是為著那萬分之一她的確是不小心落水的可能，他也不能不救。

明檀瞧著舒二在往船頭走，覺著不好。

開什麼玩笑！舒二可是她家夫君的好友，還是當初她想嫁都得好生籌謀且籌謀了也沒拿下的上佳夫婿人選！當然，沒能拿下並非是她能力問題……總之，她怎可眼睜睜看著如玉公子就這麼輕而易舉栽在這種拙劣的把戲上頭！

她當機立斷，忙道：「雲旖，妳去把那位小姐救上來，離那幾位公子的船遠些。」

「是。」

明檀讓雲旖去救人，自個兒很惜命地遠離湖邊，站到樹蔭之下。

可就在她與綠萼一臉驚嘆地遠遠看著雲旖足尖輕點，踩水而行的同時，兩人的後脖頸猝不及防地被人敲了一悶棍！

明檀先是感覺後頸一麻，待劇痛襲來，眼前一黑，再無半分知覺。

明檀再醒來時，後脖頸仍是疼痛難當，她下意識想揉上一揉，可一動，才發現自己的手被人反綁在身後，腿也被綁住了，嘴裡還被帕子團團塞住。

什麼情況？

她側臥著，掙扎半晌都是徒勞，入目仿似床榻，她心中驚疑，忽察覺身後有嗚嗚女聲。待手腳並用翻了個身，她眼睛都瞪直了！

翟念慈？

她竟也被人綁了扔在床上！

而且翟念慈額間冒著虛汗，臉上泛著不正常的潮紅，明檀立馬便想到先前曲水宴上的那杯被雲旖換過的酒。

奉昭，是奉昭……

她竟被這蠢貨算計了！

明檀心中慌亂得很，可她也知道，越是這種時候，越不能慌，她強迫自己冷靜下來，不斷想著脫身之計。

很快，她便發現翟念慈雖中了招，但神智還算清醒。她忙對翟念慈遞了個眼神，示意她背過身，同時自個兒也背過身，艱難地用能活動的手指，摸索著翟念慈手上打了死結的麻繩。

麻繩綁得很緊，她好不容易找到死結鬆動處，外頭竟傳來房門的輕微關闔聲，緊接著又傳來不懷好意的男聲：「郡主？本侯來了。」

糟了，明檀的心瞬間沉入谷底。

她閉上眼，不斷暗示自己一定要冷靜，冷靜，再冷靜。

在外間轉悠的腳步聲中，她額角冒出了汗。

為何還是扯不動？

翟念慈身上沒什麼力氣，但顯然也是焦急得不行，蹭著讓她快點。

汗珠沿著額角落在眼睫之上，又沿著眼周緩緩浸入眼中，眼睛有些酸澀，她聽到腳步聲已至內室，往裡的珠簾被撥動，她一點點，一點點往外撥著鬆動的一端……

忽然，她睜眼——解開了！

翟念慈的手得了放鬆，一把扯下口中的帕子，又哆嗦著解開腳上的麻繩。她學過幾天功夫，體力比旁的女子強上幾分，藥勁上來這麼久，神智還算清醒。

明檀忙示意她幫自己解開。

翟念慈確實下意識要去扯明檀口中的帕子，可外頭的聲音愈來愈清晰，她也不是傻的，很快便判斷出那人是江陽侯。

不知想到什麼，她冷笑了聲，忽然改了主意，停在明檀面前的手收了回去，自個兒踉踉蹌蹌下床，還不忘將明檀往床榻裡頭推了一把，在男人進到內室之前，躲到屏風後面。

明檀懵了。

她救了翟念慈，翟念慈竟如此對她？

「郡主，他進去了。」不遠處，有人匆匆回稟道。

聞言，奉昭唇角不由得往上勾了勾。

很好，今日真是連天都助她。

原本明檀一直未有反應，她還以為是藥有問題，待聽人回稟翟念慈有了反應，她很不解，那杯酒明明是明檀喝了，為何會是翟念慈有反應？

她不知道這中間出了什麼岔子，但慌亂過後又想，對付翟念慈，也不錯。翟念慈那腦子，比明檀時刻不離人群滑不溜秋的，好對付多了。

可萬萬沒想到，就在她打算暫且放過明檀之際，明檀竟與白敏敏一行分開，獨自帶著兩個婢女遊起了湖。

她心思又起。

只不過三個人對付起來還是有些棘手，若不能一擊即中，由著人喊出了聲，就壞事了。

她正猶豫，沒承想變故突生，明檀身邊那個眼生的婢女竟去救人了，她都不知道那婢女會武，幸好先前猶豫了番沒輕舉妄動。

不過會武的婢女被支開，橋上眾人又都在關心落水之事，此等送上門的好機會，自然沒有錯過的道理，她想都沒想便讓人將其敲暈，一併送去與翟念慈作伴了。

現下那饑色之徒已經入屋，她便是要看看，今日過後，翟念慈與明檀二人還如何招搖，又有何顏面存活於世！

「點火。」

奉昭雙眸極亮，驕矜中帶著瘋狂。

她早便說過，讓她們等著瞧。

她既不好過，那誰都別想好過。

未初時分，晌午驕陽正烈。平國公府的門房迎人半日，好不容易閒下來想小憩一會兒，外頭傳來漸緩的馬蹄聲。

江緒鬆開韁繩，翻身下馬。

「公子，請問您是？」門房被他的氣勢壓了一瞬，待回過神，忙躬身問，「今日府中在辦雅集，需得有邀帖才可入內，您……可否出示一下邀貼？」

江緒掃了他一眼，扔給他一塊玉牌。

門房忙不迭接過玉牌，瞧見上頭的「定北」二字，怔了怔，雙腿忽然有些發軟：「定……定北王殿下？」他忙開門，往一旁退，「小的有眼不識泰山，還請王爺恕罪，您這邊請，這邊請！」

江緒邁入府中。

門房擦了擦額上冒出的汗，忙讓人領貴客去馬球場，同時也另著人往裡通傳——定北王殿下來了！

江緒被帶至馬球場時，場上人馬追趕，膠著不讓，看客神情激動，大聲呼喊，比賽氣氛正是熱烈。

章懷玉神采飛揚親上前迎，還不忘拍了拍他肩，揶揄：「定北王殿下大駕光臨，可真是難得啊。」他想起什麼，「對了，你不是去青州了麼？回得如此之快，事情辦完了？」

江緒「嗯」了聲，在場中掃了一圈。

章懷玉挑眉問：「如何，來一場？」

江緒沒答，只是反問：「舒景然在何處？」

「你找他做什麼？好像是那位蘇大才子邀他泛舟作詩，去了也有好一會兒了，等著，我找人喚他過來。」

「不必，」江緒略頓，又問，「王妃呢？」

「王妃？」章懷玉稍頓，面上戲謔之意更甚，「看不出你還挺關心自個兒夫人啊，嘖，這成了婚，果然不一樣。」

章懷玉很懂忖度江緒的耐心，在江緒不耐煩前，他輕咳了聲，正經應道：「不過我還真不知道你的小王妃在哪兒，別急，找我妹子問問。」

可不待章懷玉去找章含妙，章含妙便慌裡慌張找了過來。

她沒見過江緒，不知這便是定北王殿下，只是急紅了眼，小聲和章懷玉求助道：「二哥哥，你快幫幫我，定北王妃和永樂縣主不見了！」

她再能幹，也只是個十幾歲的小姑娘，出了這麼大事，沒立時暈過去已是十分難得。

她一應作了安排，可還是慌得不行，不敢去找大伯母，便只敢來找素日疼愛她的堂哥幫忙了。

「妳說什麼？」

章含妙怔了怔，沒想到在她堂哥驚詫之前，是另一個男人先發問，她說得這麼小聲，他是怎麼聽到的？

「再說一遍。」

他的聲音極冷淡，有種令人心慌的捉摸不定。

章含妙不自覺地咽了咽口水，看了章懷玉一眼，才緊張地抖著應聲：「定……定北王妃和永樂縣主不見了。」

先前永樂縣主的婢女找來說自家縣主不見了的時候，章含妙並不覺得是什麼大事。那永樂縣主同奉昭郡主一樣，都是極不討人喜歡的主兒，說話夾槍帶棒，句句不留餘地，指不定是自個兒亂跑到哪兒去了。

誰想沒過多久，湖邊便出了落水意外，比落水更令人意外的是，定北王妃身邊的婢女去救人，可回過頭定北王妃卻不見了！另外一名隨侍王妃的婢女被人打暈，藏在草叢裡頭！

章含妙這才慌了神，忙壓下此事不讓聲張，同時吩咐下人在附近尋找。

聽說定北王妃那位婢女功夫極好，救人前後至多半刻。可就離了半刻，竟橫生如此變故，不說是有備而來都無人相信。

另一邊，平國公府三太太與一眾夫人小姐說笑著，正要去往戲臺，今兒府裡頭邀了福春班來唱新戲。

行至半途，忽然有人「哎呀」了聲，指著東南角的一處道：「那頭冒著煙，是不是走水了？」

眾人忙往那處走近了些。

「走、走水了！」

「走水了！走水了！」

已經有下人發現，正慌慌忙忙奔相走告。

三太太立馬上前拘了人來問：「哪走水了？」

「翠苑，回三太太，翠苑裡頭走水了！還……還有人瞧見，江陽侯往那處去了。」

聞言，三太太大驚失色。

翠苑離湖不遠，但屬內院，外客應是不會入內的。然三太太不知想起什麼，臉色有些蒼白。

翠苑從前是他們三房某位姨娘的住處，那位姨娘與府中管事通姦，竟悄悄在苑中偏僻處開了扇小門，方便與外頭來往。

後來事發，那姨娘和管事打死的打死，發賣的發賣，翠苑沒再住人，只作為遠方嬌客來府時的暫居之所。

有人瞧見江陽侯往那處去了……不好，她忙吩咐人去找平國公夫人，又另著人去提水撲火。

其實發現之時火勢並不算大，只不過這火來的十分蹊蹺，不燒正屋，卻包圍著正屋四面環繞，瞧起來很是嚇人。

一眾夫人小姐走至近前時，火勢已被遏住大半，下人們有序撲著火，濃煙滾滾，有些嗆人。

「救命啊！」

「快來人救本侯！」

「救命！救命！」

眾人面色忽變，這正屋裡頭竟有一男一女在呼救？這……

想必是人在裡頭只見濃煙，不知火勢並未燒到正屋，所以才這般著急。

三太太臉色變了又變，怕人誤會他們平國公府內宅穢亂，忙解釋道：「這翠苑雖屬內院，但平日是無人居住的，且因著些緣由，這裡頭有扇小門通往外院。」她指了指偏僻處那扇從前被封的小門，「便是這扇了，這兒一直是封著的，瞧著像是被人從外頭弄開了。」

眾人明瞭。

這是偷歡偷到別人內院了？那男人自稱本侯，怕真是江陽侯，那女的是誰？

人群中不知是誰說了句：「方才在湖邊，好像有人在找定北王妃與永樂縣主。」

一時間，眾人面面相覷。

這兩位，不大可能吧？

正當下人們提著水撲著餘火，平國公夫人急匆匆趕來，眾人竊竊私語之時，忽有一道黑色身影移身易影，以眾人不及反應的速度，跨進了苑中。

江緒神情寡淡，周遭濃煙滾滾，他卻不受影響，踏上臺階，一腳踹開翠苑正屋大門。

屋內還有迷情香未盡的餘味。

江陽侯衣裳半解，似是因著突如其來的火勢嚇得不輕，抱頭躲在桌子底下。

見門突然洞開，他自桌下爬了出來，可剛顫顫巍巍站起來，江緒便瞥見角落一抹蜷縮的女子身影，他未給眼神，便直接伸手，控住江陽侯，繼而掐住他的脖子。

「放……放開……放開……」

江陽侯面色逐漸慘白，眼睛瞪得突出，神色極盡痛苦，連聲音都不完整，且氣息漸弱。

江緒直直望著角落那抹身影，她衣裳凌亂，側躺在地上，蜷成一團。他不由得手上一折，折出了極輕微的骨頭斷裂聲，隨後像是扔什麼髒東西似的，將手中沒了生氣的人丟開。

他本欲朝角落那團走去，可還未邁步，他忽然發現什麼，未邁出的步子成了問話，且不帶半分溫度：「本王王妃在哪？」

站在屋外臺階下，明檀恍了恍神，很想說一聲「我在這」，可不知是驚嚇過度還是怎麼，她半晌沒能出聲。

倒是江緒似有所感，下意識回頭。

日昳時分的陽光偏西，落在她的玉白錦裙上，也落在她稍顯狼狽沾了灰塵的臉上，為她鍍了一層極溫柔的弧光，遠遠望去，楚楚可憐。

他靜靜凝視會兒，一步步走下臺階，走到明檀面前，垂眸望著她。

火勢已然撲滅，眾人進了院子，平國公夫人遣了婢女進正屋，翟念慈的婢女一直沒找著自家主子，心急如焚地跟著進了屋。

「縣主！縣主妳這是怎麼了！」

眾人心下詫異。

竟還真是那位永樂縣主。

與翟念慈的婢女不同，平國公夫人遣的婢女進了屋，先是注意到躺在地上的江陽侯，他面色發紫，脖頸間有未變色的極明顯的掐痕，探了探鼻息，婢女不由得驚叫出聲：「啊——！死、死人了！」

眾人聞言，如墜冰窖，離著三丈遠，不由自主瞥向院中那尊閻羅。

明檀也怔了下，嗓子有些發乾，抬眼望向江緒。

江陽侯頗受聖恩，死在眾目睽睽之下，這要如何向聖上交代？

江緒彷彿知道她在擔心什麼，粗糲指腹擦了擦她臉上的灰塵，面上沒什麼表情，聲音不以為意：「死了就死了，奈本王如何。」

四下寂靜，明明僕婢還在為火勢奔走，站在院裡頭的夫人、小姐們卻不由覺得，周身有些寒津津的，誰也不敢出聲。

這話狂妄至極，可出自定北王殿下之口，好像沒什麼不對。

明檀一時也不知該如何應聲。

雖在嫁他之前，她就知曉不少殺神事蹟，但她見過的江緒，從未如傳聞那般駭人，不過是冷淡粗莽些，平日極好講話，也從不與人為難，今日彷彿，有些陌生。

「阿檀、阿檀！」正在這時，得了消息趕來的白敏敏匆匆上前，「妳沒事吧？快讓我瞧瞧。」

她一把扳過明檀，緊張地打量著。

眾人：「……」

跟著趕來的昌國公夫人忙拉了把白敏敏，定北王殿下面前搶人，誰給她的膽子！

「我沒事，別擔心。」

白敏敏著急問道：「到底是怎麼回事？」

章含妙雖吩咐人不許聲張，但兩個大活人不見了，還有人在找，又如何能瞞得密不透風？

現下不少人都已知曉，先前定北王妃和永樂縣主消失，且定北王妃的貼身婢女還被人敲暈了。

明檀早已想好了說辭將自個兒摘出來，回神便道：「方才在湖邊，我被人用木棍敲了一下，然後被個臉生的婢女架著往這邊來，可我半途醒了，找機會用簪子刺傷了她，慌忙跑出一段，幸好遇上來找我的婢女，才反制於她，且逼問出……是奉昭郡主讓她這般做的。」

「奉昭郡主？」

眾人驚愕，不過驚愕過後，又覺得是情理之中，畢竟奉昭郡主與定北王妃的恩怨可是由來已久。

明檀點頭：「她交代，奉昭郡主還擄了永樂縣主，且要縱火引人前來『捉姦』，我本是立時想找人來救，可此事於女兒家到底……」

她點到即止，又道：「我的婢女身手不錯，所以我沒有聲張，想著先帶婢女過來幫忙，誰想趕來時，這邊已是濃煙滾滾。」

眾人驚得不知說什麼才好，奉昭郡主是真真兒瘋了麼？竟在別人府上做出如此喪心病狂之事！

其實明檀原本只想說，自己掙開了婢女，後又見到這邊走水，方趕過來，其他的一概不知。若是如此，她與此事的干係便可脫至最輕，翟念慈到底是受害還是與江陽侯偷歡也與她無關。至於奉昭，翟念慈第一個就不會放過，她有的是辦法慢慢收拾。

可現下她夫君殺了江陽侯，她不得不直接扯出奉昭，坐實奉昭設局陷害，江陽侯也是意圖淫辱縣主，死有餘辜了。

不過江陽侯的確是死有餘辜！

先前奉昭著人給江陽侯傳的話並非是以她自己的口吻，而是以宜王妃的口吻——暗示她性子倔，還不願嫁人，不若先來個生米煮成熟飯。

有此等美事，江陽侯當然不願錯過。所以見著床榻裡被綁手綁腳嘴巴被堵住的明檀，也不覺奇怪，只是淫笑著上前，欲行好事。

他一開始的確以為明檀便是奉昭郡主，但走至近前，發現裡頭的美人梳著新婦才梳的髮髻，腰間還掛著一枚非郡主規制的玉牌，他眼神變了變，就連明檀都看出，他已經發現自己不是奉昭了。

可江陽侯是個色膽包天又沒什麼腦子的蠢貨，再加上外間燃著催情迷香，明明知道情況不對，他心裡頭卻想著手上有宜王府那邊著人傳信的物什，他只要裝作不知道這美人兒不是奉昭不就好了。

且他馭女無數，也不是沒有淫過他人之妻，別說，他人之妻行事起來，總是更為舒爽，最要緊的是這些個婦人名聲要緊，成了好事且不敢往外聲張。

想到這，他便打算將錯就錯，先好生玩玩這美人。

既是要成好事，綁手塞嘴便罷，綁腳多不方便，他站在榻邊，一臉不懷好意地替明檀解開了腿上的麻繩，打算把玩把玩玉足。

哪想明檀盯得極準，反應極快，腳上方鬆，不待他握緊，便朝著他的面門狠狠踹了一腳！

那一腳不僅踹得準，還踹得極狠，任誰也想不到明檀這般最為典型的嬌弱貴女還有如此力氣，江陽侯愣是被她踹得往後跌坐，眼冒金星，鼻頭一熱，淌出了鮮血。

「妳個小蕩貨，竟敢踹本侯！」

明檀心裡早已慌到極點，可正是因為慌到了極點，情況也不會比眼下更糟，她的腦子反而愈發清醒。

腳上得了自由，她第一時間便從床榻上跑了下來，故意撞倒翟念慈所躲的那扇屏風。

那扇屏風雖不算重，但砸在江陽侯身上怎麼也是有些痛的，且這扇屏風一倒，被下了藥正在極力忍耐的翟念慈便無所遁形！

趁江陽侯驚愕這屋中竟還藏著一位美人，明檀忙往外間跑。

「還不快去追，她若跑了，你死定了！」翟念慈提醒，刻意壓低的聲音帶上抑制不住的嬌媚。

明檀沒功夫在心中辱罵翟念慈，跑至外間，拼命撞門，可她手口未鬆，那門似乎被人從外頭上了鎖，怎麼也撞不開。

「賤人，妳還想往哪兒跑？」江陽侯眼神狠而淫，擦拭著鼻血往外間來。

外間燃著迷情香，明檀一邊努力控制呼吸，一邊撞門，心中的絕望卻不由慢慢溢出。

不一會兒，江陽侯便逼至近前，一把扯住明檀的頭髮。

他將明檀拉離門口，正欲教訓，可千鈞一髮之際，那門竟被人從外頭一腳踹開，明檀望去——雲旖！

是雲旖！

明檀本已絕望的心忽然欣喜起來，眼睛被淚珠盈得模糊，腦海中竟閃過一個念頭：她一定要買好多好多燒雞給雲旖！

見明檀形容狼狽，雲旖眼神一變，一掌推出，震得江陽侯鬆手往後退了幾步。隨即俐落拉過明檀，扯下明檀口中塞得緊實的帕子。

明檀被那帕子塞得噁心不已，乾咳幾聲，眼淚花兒都咳了出來。

「娘娘，是我來遲了！」

雲旖幫明檀鬆了綁，眼中閃過一抹愧疚，緊接著又上前，似乎要對江陽侯出手。

明檀見狀，忙拉住她：「不必。」

奉昭既設這局，必然還有後招，她們得趕緊離開。

她檢查了下，身上物件、頭上簪釵都沒有遺落，果斷道：「快走。」

至於翟念慈，她頓了頓。

她自認與翟念慈並未有什麼深仇大恨，但凡翟念慈有半分歉疚，她都會冒險救上一次，可剛剛那般情形，翟念慈還不忘攛掇江陽侯，她又不是菩薩，既如此，那便自求多福好了。

兩人方跨出屋子，旁邊的耳房廂房走水之勢便起，想來過不了多久就會有人前來。

雲旖不知想起什麼，忽然回身，將門落了鎖，緊接著攙著明檀，快速離了院子。

「雲旖，這是哪兒？妳是如何找來的？」邊往外，明檀邊問。

「回娘娘，我也不知道這是哪，只知道是平國公府的一個院子。」

她不認路，至於是如何找來的——

先前她在附近找到被打暈的綠萼，將綠萼弄醒，問了幾句，便起身打算救明檀。

她與章含妙找人不同，想法極為簡單，今兒明著與她家娘娘過不去的只有奉昭郡主，她找什麼別人，直接找奉昭郡主不就是了。

可笑那奉昭郡主竟還敢堂而皇之地在附近溜達。

她懶得廢話，直接將主僕幾人一併扣了問話，一開始幾人還嘴硬得很，可她不是什麼喜歡講道理的人，不說就打，三兩下婢女便鬆了口，緊接著她又以性命相脅，迫人帶路，如此，哪有什麼找不到的。

聽完，明檀不得不承認，雲旖的手段雖是粗暴了些，但極為有效。

現下奉昭主僕還被不按常理出牌的雲旖點了啞穴扣著，明檀圓著先前說辭，便要將敲悶棍的婢女交予平國公夫人處置。

平國公夫人忙道：「王妃受驚，今日之事，說到底也是平國公府招待不周，才會生出諸般事端，平國公府定會給殿下與王妃一個交代。」

「不必。」江緒聲音冷淡。

明檀怔了怔。

一位郡主出手害人，一位縣主被污名節，一位侯爺當場暴斃，在平國公府出了這般駭人聽聞的驚天禍事，無論是互通各家還是上達聖聽，都應由主家張羅才是。平國公夫人有此一言，顯然是覺得自家需擔此責。

可她忘了，她的夫君，是站在大顯權勢頂端的定北王殿下，今日在此，她原不必費心自圓其說，因為她的夫君說是什麼，便是什麼。

「江陽侯私闖內宅，淫辱縣主，罪無可赦，本王會稟明聖上，補上一道抄斬旨意。奉昭郡主，意圖謀害王妃、縣主，押入大宗正司，由大宗正司調查處置。」

他的聲音沉靜果斷，不容違抗。

明檀支著身子撐到這會兒，本已疲累至極，忽地鬆氣，身形不由晃了一晃。

白敏敏眼尖，正欲伸手，江緒卻已從身後扶住她薄瘦的肩骨。

他的手有些涼，懷抱也涼，可明檀莫名覺得安心。

她轉過頭，抬眼望向江緒，江緒也垂眸望她，眾目睽睽之下，他忽然將她打橫抱起。

「回家。」

日暮時分的上京，夕陽漸次暈染，萬頃霞光之下，本就威肅的定北王府，似是只能望見一道沉沉的輪廓剪影。

啟安堂，金色夕陽從漏明窗裡斜斜射入。僕婢們端水的端水，送湯的送湯，院內有條不紊，安靜得很。

明檀沐浴過後，換了身淺色寢衣。洗下脂粉，面上愈發顯得柔軟乾淨。她的五官是極精緻的，眉毛秀氣，鼻子小巧，眼睛卻像盈著兩汪清泉，眼睫上還沾了極細小的水珠。許是嫁人這段時日過得滋潤，她的小臉嘟起兩團，瞧著倒比上妝時多了幾分少女嬌憨。

從淨室出來，她探頭探腦張望了會兒，沒瞧見江緒的身影，便由著綠萼伺候，上了床榻。

太醫已在花廳候了一小會兒，待屋裡頭落了帳準備妥當，小丫頭才往廳裡回稟。

江緒聞言，垂眸摩挲著茶蓋：「那就有勞封太醫了。」

封太醫忙起身拱手道：「這是微臣的本分。」

江緒沒多說什麼，起了身跟著封太醫一道進了內室。

隔著床帳，封太醫給明檀請了安，坐在杌凳上，取出脈枕，在伸出的玉手上覆了塊錦帕，恭謹搭脈。

半晌，封太醫頓了頓，斟酌回話道：「娘娘受了驚，但並無大礙，微臣開一副安神湯藥，就寢前喝上一帖便好。」

他注意到明檀腕上被綁過的痕跡，又聽說她被敲了一悶棍，遂補了聲：「皮外傷若未破皮，用外敷祛瘀之藥即可，抹上幾日，痕跡便會消除。」

「多謝太醫。」明檀緩緩收回手，在床榻裡頭禮貌道謝，「病容不堪見客，還請太醫見諒。」

封太醫恭敬回禮：「娘娘言重了，微臣這便去為娘娘開安神藥方，娘娘好生歇息。」

有婢女引他去開藥方，可江緒忽然抬了抬手，婢女知趣停步，默默退下。

江緒看了床榻一眼，又掃了封太醫一眼，往外走。

封太醫忙不迭跟上。

及至正屋外頭，江緒停下步子，沉聲問道：「王妃真的無礙？」

封太醫忙答：「娘娘確無大礙，王爺盡可放心。只不過娘娘先前似乎吸入了一些……催情迷香，好在量少，不會損身。」

江緒沉默片刻，「嗯」了聲。

封太醫又道：「今日把脈，娘娘身子比月前好了些許，那藥，微臣會酌情調整一下用量。娘娘年紀尚小，再調養一兩年，便可無虞了。」

「好，有勞。」

封太醫是江緒的人，新婚頭幾日，他便來府為明檀請平安脈。診脈時他發現，這位小王妃的身子雖沒什麼大毛病，但少動，嬌弱，體質是有些差的，再加上年紀小身板小，若有孕，怕是很難懷得住。

當下他稟了江緒，江緒便發了話，暫時不要讓王妃懷孕。他也這般作想，是以依著明檀的身子，配了副不損身的避子湯藥方，平日讓王妃當成補湯喝了。

送走封太醫後，暮色漸漸沉了下來。

明檀小憩了會兒，醒時，她倚在床頭，輕聲問：「殿下呢？」

「殿下在書房，可要奴婢前去通傳？」見她醒了，綠萼忙應。

「不用了。」

她有些糾結，怎麼說呢，回府冷靜過後，她心裡其實很忐忑，在平國公府說的那番話，雖然能糊弄大多數人，可她夫君……想來這會兒，雲旖已經把來龍去脈都告訴他了。

其實那麼點時間，屋內的江陽侯與翟念慈應沒真發生什麼，可眾目睽睽之下，兩人共處一室，無論真相如何，又是否是被陷害，翟念慈的名聲已毀了個澈底。

而她也與江陽侯共處過一室……雖然什麼都沒發生，但她並不清楚，她的夫君會不會介意。

想到此處，她屈起雙腿，雙手環抱著，下頜搭在膝上，有些不安。

江緒回屋時，見到的便是榻上美人抱膝，三千青絲傾瀉，如玉面容隱有悵意。

他上前落座榻邊，沉聲問道：「感覺如何？」

「夫君？」明檀抬頭，有些意外，也有些無措，「我沒事。」

她嘴上這麼說，眼神卻不由閃躲。

江緒本就不擅與女子相處，平日都是明檀碎碎念叨主動撒嬌，今日她安靜下來，還有點躲他的意思，他一時不知該說些什麼。

許是今日在她面前處理江陽侯的手段有些直接，嚇到她了。

這般作想，江緒靜坐了會兒，便起身道：「奉昭妳無需憂心，有本王在，她不會再走出大宗正司了。」停了瞬，「既無事，妳好生休息。」

說完，他欲離開。

明檀見狀，忙緊張地拉了下他的衣角：「夫君，你去哪兒？」

「本王還有些軍務需要處理。」

明檀咬了下唇，猶豫著問了聲：「一定要現在處理嗎？」

「……」

當然不是。他只不過是見她閃躲，打算主動去書房將就一下罷了。

見江緒不出聲，明檀心裡更是忐忑，夫君已經嫌棄她了？以後只願與她維持表面的夫妻關係再也不願與她同榻再也不願碰她了？

她有些委屈。

其實今日她本就委屈得很，一直忍著忍著，忍到現在，她有些忍不住了。

「妳哭什麼？」

見明檀毫無預兆地「啪嗒」掉下眼淚，江緒難得怔了一瞬。

明檀也不說話，回身背對江緒，抽抽搭搭，薄瘦的肩抽動著。

「妳是覺得將奉昭關在大宗正司，太便宜她了？宗室犯錯，依律是要由大宗正司處理，至於如何處理，本王自會關照。若妳覺得太輕，本王也可以——」

他話未說完，明檀便搖了搖頭。

大宗正司可不是什麼好地方，常年關在裡頭，不死也沒什麼好日子可活，聽說有先年爭位時得罪過聖上的皇子關在裡頭，早已瘋得不成樣子了。

江緒站在榻邊，下意識伸了伸手，可虛停在半空，不知該不該往下落。

好在明檀落了會兒淚便覺得，這話還是得說清楚，若夫君實在介意，她也該死個明白。

她揪著被角抹了抹淚，回身，垂著小腦袋，哽咽問：「夫君往後是不願與阿檀同榻了嗎？」

江緒：「……」

她自顧自道：「無事，阿檀承受得住，夫君直言便是，夫君不必委屈自己去睡書房，若夫君介意，阿檀稱病，自請避居，往後不再在夫君跟前礙眼便是。」

江緒默了默，忍不住問了聲：「何出此言？」

明檀抬眼，眼眶還是紅紅的，盈滿了淚，彷彿只要一眨便會下落：「夫君不是在介意阿檀曾與江陽侯共處一室嗎？」

「未曾。」

見他應得十分乾脆，明檀猶疑，欲言又止半晌，她小心翼翼問道：「真的嗎？」問著，她還打了個淚嗝。

江緒不知為何，瞧著她仰著腦袋淚眼巴巴莫名嬌憨的樣子，竟十分罕見地，有種陌生情緒在心底湧動。

「即便今日在屋中的是妳，本王也不介意，這不是妳的錯。」

他的聲音不疾不徐，如沉金冷玉，悅耳動聽。

明檀怔怔，待回過神，她下意識跪坐在榻上，往前抱住他的腰身，金豆子和不要錢似的往下掉：「嗚嗚嗚嗚夫君——」

她一整日起伏跌宕的心緒，在此刻總算是完全放鬆下來。

江緒眉心突突起跳。

她為何哭得更厲害了？

他抬手，不自在地摸了下她的腦袋。

她一頭青絲黑長濃密，還很柔軟，江緒摸了下，又摸了下，慢慢覺得摸起來很是舒服，還無師自通地將手指插入她的髮間，揉了揉。

待哭夠了，明檀打著嗝，紅著眼，稍稍從江緒胸膛間退離了些。

「夫君還要去處理軍務嗎？」因剛哭過，她的聲音有些含混，聽著有些依依不捨的意味。

「明日處理也不遲。」

「那方才夫君為何非要去書房處理軍務？」

江緒頓了頓：「本王以為，妳受了驚嚇，不想與本王同榻。」

他殺人的時候，瞧著有些陌生，的確是有點嚇人。可他明明是為了她才殺的江陽侯，她倒也沒這麼不知好歹。

「阿檀想的。」她脫口而出。

嗯？江緒垂眸望她。

明檀兀自臉熱，忙埋下腦袋替他寬衣。

很多事不需要言語，一個眼神，兩人便心領神會。

有風吹來，屋內燭火搖曳，被籠在床側的床幔被吹得溫柔晃動。江緒的手撐在明檀耳邊，氣息包裹著，她整個身子被他籠在身下。

兩人四目相對。

明檀覺得，她夫君的眼睛很好看，尤其是眼裡只有她的時候，最為好看。

她羞怯著，鼓起勇氣伸手，環住他的脖頸，小聲要求道：「夫君，親親。」

自成婚以來，雖床笫之歡不缺，但江緒極少親她，就算是親，也多是落於眉眼、脖頸、身上肌膚。

明檀記得，話本裡頭的男女，都是嘴對嘴親親的。

許是因著燭火被窗外送入的風吹滅一盞，江緒眸光暗了些許，喉間乾澀，喉結不自覺上下滾動著。

她的唇色偏淡，看著很柔軟。江緒傾身，兩人鼻尖相對，唇只隔著不到半寸的距離，溫熱氣息交纏。

這莽夫在想什麼？都已經離得這麼近了，親親都沒落下！

明檀含羞帶怯，有些懊惱，胸腔怦怦跳動，眼睫不停地顫著，終是忍不住，主動往上啄了下他的唇。

她啄一下便想撤退，可江緒並未給她撤退的機會，趁勢上壓，一手托住她的後腦勺，往裡長驅直入。

只不過江緒於此事上頭技巧不甚純熟，唇齒相依，卻時時磕絆，明檀被咬疼了好幾下，有時憋得換不上氣，但那種感覺是親密而迷亂的，渾身慢慢灼燒起來。

衣裳很快散亂，隨著南面窗角夜風徐徐吹入，男女衣衫落於榻邊，件件交纏。

春風一夜徐徐。

值夜的小丫頭又是一晚沒歇，眼底熬出一圈青。

她想起前些時日遇著打理花圃的丫頭奉承說，姐姐在啟安堂當差，自是比旁處的要風光些。心中不由感慨，啟安堂的差，可不是誰都能當的。當然，王妃就更不是人人能當了，比起王妃娘娘夜夜嬌啼，守個夜倒也算不得辛苦。

次日一早，明檀難得同江緒一齊醒了。外頭天還是濛濛亮，泛著昏昧灰白。

江緒原本打算同往常一般獨自前去練武，將環在身上的玉臂放入錦被之中，便要起身，不承想那條玉臂馬上又環了上來，明檀睡眼惺忪地抱住他，還往他懷裡蹭了蹭，聲音像是睡啞了似的，糯糯懶懶：「夫君，要起了嗎？」

江緒「嗯」了聲：「本王吵醒妳了？」

許是方醒，他的聲音低低啞啞，比尋常來得溫柔。

「沒有。」明檀搖頭。

「那本王去練武，昨日累了，妳再多睡一會兒。」

江緒說的是昨日在平國公府受累，然明檀一聽，不由得紅著臉揪了他一把，還不是他索求無度，不然如何會累！她埋在他脖頸間不解氣地咬了一口。

不過她那點力氣，咬上一口對江緒來說和蚊子叮上一下沒什麼差別，非要說差別，那大約是她這一咬，更為酥麻。

外頭候著的婢女聽到裡頭動靜，悄聲走至內室的珠簾外，輕聲問：「殿下，可是要起了？」

「嗯。」

很快，婢女打著簾，一應梳洗物什送入內室。

平日江緒起時明檀都在酣睡，下人們的動作輕得不能更輕，江緒也只讓人送東西，不喜歡人伺候穿衣，她們如往常般放了東西便準備退下，沒承想今兒王妃娘娘也醒得早。

「我也要起。」

江緒回頭：「妳起這麼早做什麼。」

明檀蹭上去抱住他的胳膊：「我想去看夫君練武。」

江緒默了默。

「不可以嗎？」

婢女大著膽子偷覷了眼，只見王妃還沒穿寢衣，小衣也沒穿，肩骨以下錦被蓋著，可那雙白皙玉臂已從抱胳膊變成了摟脖頸，就差沒整個人掛在殿下身上撒嬌了。

這誰頂得住。

果不其然，他們家殿下很快便「嗯」了聲，

與江緒不同，明檀是能讓人伺候就絕不自個兒動手的嬌貴主兒，江緒都打算更衣了，她才斯斯文文漱完口。

見自家夫君要自個兒更衣，明檀忙示意擦臉的丫頭快些，一個骨碌換成跪姿，直起身子從江緒手中搶過玉帶。

「夫君，阿檀幫你。」

江緒頓了頓，沒駁，略略張開雙臂。

江緒的常服比大婚那日的禮服簡單多了，明檀細緻地幫他整理著衣領，繫好腰間玉帶，又掛好玉佩，不知怎的，她偏了偏頭思考會兒，忽然抬頭問：「夫君，你覺不覺得腰間有些空，少了點什麼。」

「少了什麼？」

「當然是香囊啊，夫君你竟然不佩香囊！」

「佩來做什麼，驅蚊辟邪？」

明檀：「……」

倒也不至於記這麼久！

雖然被江緒的反問堵得半晌沒說出話，但明檀並未打消要做香囊給自家夫君的念頭。梳洗停當，去演武場觀賞江緒練武時，她便在腦海中勾勒起香囊的配色、花樣。

話說回來，明檀重新規劃王府輿圖後，要緊執行的便是為江緒建造小型演武場用以練武。

演武場空曠，周圍是還未盛開略顯光禿的梅林，江緒在場中練劍。

明檀在此之前見過江緒兩次出手，一次是大相國寺回府途中，他與他的暗衛不費吹灰之力就剿滅一幫匪徒，另一次則是昨日在平國公府，隨手便弄死了江陽侯……說來她有些好奇，他的身手到底有多好？為什麼解決對手看起來那麼輕鬆？而且他兩次救自己都是用袖上束帶，那束帶竟是這般聽話，能直直地射出去。

想到這兒，明檀盯著自個兒挽的薄紗羅披帛看了一眼。

江緒一套劍法練到一半，餘光忽然瞥見他的小王妃坐在場邊，不停地揚著臂間披帛，口中還念念有詞。

「是太輕了嗎？」

「為何飛不出去？」

「是不是要站起來？」

揚了會兒，她手痠打算放棄，輕輕揉著腕骨，鼓了鼓臉，不高興地坐下了。

江緒眼底閃過一抹笑意，旋身繼續練招。

待一套劍法練完，明檀主動上前，用帕子替他擦了擦汗，將自己好奇之事問了出來。她見過武功高強的人不多，昨日雲旖踏水而行讓她留下了極深的印象，於是她補問了句：「若是與雲旖相比，是夫君你比較厲害，還是雲旖比較厲害？」

「妳說呢。」

江緒語氣很淡。

明檀斟酌著還沒回答，江緒瞥了離演武場有近十丈距離的梅林一眼，抬腕旋柄，俐落地反手將劍推了出去。

明檀頓了瞬，目光遲緩地追著劍柄落在樹上，一息後，那棵不甚粗壯的小樹應聲而倒。

「……」

「夫君，還是你比較厲害，你砍死了我的綠萼呢。」

昨兒被敲了一悶棍還在屋中休養的綠萼忽然打了個噴嚏。

練完武，兩人一道回啟安堂用早膳。

江緒看著明檀斯文喝完補湯，想起封太醫說的調養一事，忽道：「妳身子弱，以後早些起，與本王一道去演武場鍛煉。」

明檀迷惑：「我鍛煉什麼？」

「妳想練什麼？」

「我什麼都不想練。」只想當美美的王妃。

「……」

「本王可以教妳射箭。」

「……」

並不想學。

「或者練八段錦。」

「八段錦是什麼？」聽起來甚是優美。

恰巧婢女來稟，雲姨娘前來給王妃請安，江緒便吩咐道：「給王妃展示一下八段錦。」

雲旖：「……」

她看了眼自個兒前來請安特地換好的錦裙，到底不敢違抗主上命令。

「雙手托天理三焦！」說著，雲旖便雙手往上，俐落高舉。

「左右開弓似射雕！[2]」她雙腿跨開，呈弓步，一手收在胸側，一手往外推。

等等、等等……這動作未免太難看了！

明檀驚住了，根本無法想像自個兒每日要在演武場上對著她的夫君做如此粗獷的動作，忙叫停道：「射箭，夫君你還是教阿檀射箭吧。」

射箭好歹是要手把手教，很有夫妻情趣的樣子。

江緒「嗯」了聲。

雲旖收了動作，安分杵在一旁。

明檀叫她一塊兒用膳，她搖了搖頭。

2「雙手托天理三焦，左右開弓似射雕。」出自八段錦。

她自問沒有王妃那般好的承受能力，雖然早膳精緻豐盛到有些晃眼，但跟主上同席用膳，她怕自己當場哽咽而死。

「請了安，還不退下。」聲音很淡。

「……是。」

雲旖總覺得自己忘了什麼，可主上發了話，她遵從本能，下意識躬身垂首，往外退。直到走出啟安堂，雲旖才發現藏在胸前的桂花糖糕，哦，她是來送桂花糖糕給王妃的，說好了今日要補一包桂花糖糕給王妃，她五更便翻牆出去，等到卯時三刻店家開門，買到第一爐的桂花糖糕。

她想都沒想便往回走，可方進屋，她便遠遠瞧見王妃用個早膳竟莫名用到了王爺身上，斜斜坐著，還摟著王爺的脖頸，不依不饒問道：「夫君砍了我的綠萼，要如何補償？」

什麼，綠萼姑娘被王爺砍了？

「妳想如何補償。」

「嗯……那夫君餵阿檀喝粥。」

為何要餵，方才王妃自己用膳不是用得好好的？而且，綠萼姑娘的命就值一碗粥？不是說綠萼姑娘從小便陪著王妃長大麼？如此莫名的要求，想來王爺一定不會答應。

這念頭方從腦海中閃過，她便眼睜睜看著王爺舀了勺粥，送到王妃嘴邊。

「……」

王爺真餵了。

綠蕁姑娘的命真的只值一碗粥。

離開正屋後，雲旖心裡空落落的，昨日沒有照料好王妃，是她與綠蕁失職，受罰也是應當，可綠蕁姑娘陪伴王妃多年，都直接被砍了，那她——

「雲姨娘。」忽然有人喊她。

雲旖抬頭：「素心姑娘。」

素心溫和笑著，上前遞了遞手中點心：「姨娘可要用些，方從膳房拿回來的酥酪，正熱騰呢。」

「不用，多謝。」

都要死了，沒胃口。

素心只是見她平日來啟安堂時愛吃這個，順嘴問了一聲，倒沒勉強：「那姨娘慢走，我給綠蕁送去了。」

「等等……綠蕁？」

「嗯，怎麼了？她那一棍敲得比娘娘狠些，昨兒娘娘讓太醫也給她瞧了瞧，說是要靜養幾日，還在屋裡歇著。」

沒砍死？

雲旖頓了頓，忽問：「素心姑娘，綠蕚姑娘的名字有什麼來歷嗎？」

素心雖不知她為何會有此問，但還是耐心答道：「倒也說不上什麼來歷，娘娘幼時喜歡梅花，所以我與綠蕚被分到娘娘身邊時，都用了梅花賜名，娘娘從前在侯府的院子叫『照水院』，也是梅花名。」

雲旖明白了什麼，點了點頭便往前走。不過走了沒幾步，她忽然退回來，拿了一小疊酥酪，正經道：「綠蕚姑娘一個人也吃不完，我幫她分擔一些。」

素心有些迷惑地看了看雲旖的背影。

今日江緒要入宮，用完早膳後，明檀一路將他送至二門，心裡頭不免有些擔憂。

雖說她家夫君深受聖上信重，不合規矩的事兒不只幹一回兩回了，但眾目睽睽之下殺了個侯爵，到底不算小事。

只不過她不通朝政，她家夫君看起來沒多在意，她稍稍問了兩句，也不好多問。

成康帝下了早朝，便在御書房等江緒。一直到隅中時分，他所等之人才姍姍而至。

成康帝氣笑了：「你倒是好興致，昨兒不來，怎麼，是在府裡頭睡了個飽覺，今兒一早還練了練武，用了頓早膳才想起出門？」

「陛下怎麼知道？」

成康帝：「……」

他若是突然崩逝，想來多半是被江緒這廝氣的。

他半個字都不想多說，只點了點桌上那兩大摞摺子：「自個兒好好看看。」

在平國公府當場殺了江陽侯，無論緣由如何，言官勢必要上奏彈劾。今兒早朝，滿朝文武都在議論昨日平國公府所生之事。下了朝，摺子如雪片般飛上了成康帝的案頭。

當然，被參的不只江緒，平國公府也被參了不少本，甚至累及章皇后，已死的江陽侯與宜王府被參得更為慘烈。

其實令成康帝煩憂的並不是江陽侯之死，而是如何處置奉昭。

奉昭此番行事，本就有魚死網破同歸於盡之意，做得明目張膽，壓根就沒指望全身而退。至於給宜王府帶來的滅頂之災，在她看來也不過是父王母妃偏心長兄應得的下場，她不好過，誰也別想好過。

押入大宗正司後，奉昭供認不諱，甚至主動將她的謀劃交代得清清楚楚，這裡頭，還牽扯出了平國公府的私事。

她之所以能在平國公府橫行無忌，少不了平國公府裡頭內應的助力。公卿世家盤根錯節，姻親關係複雜，平國公府三房老爺娶有一位平妻，是宜王妃的娘家庶妹，也就是奉昭的姨母。奉昭從前便知曉些這位姨母的要緊把柄，加以利相誘，這才能在雅集之上便宜行事。

她認罪認得澈底，宿太后那邊為著翟念慈也難得地遞了話，所有人都等著個交代，此番不嚴肅處置奉昭，是不行了。

可處置了奉昭，南律的和親該如何是好？

南律是南夷小國，緊鄰雲城，地勢高，易守難攻。大顯因與北地不睦，馬匹交易已斷多年，好在南律國盛產良馬，兩國之間一直保持著友好的茶馬互市之交。

此次南律新王登基，希望能與大顯繼續保持友好互通的關係，所以意欲派使臣前往大顯，求娶一位公主。

這一消息，月前南律易政之時，便有暗探傳回。

抬位宗室女和親這種小事，成康帝沒理由不答應。

他早先與江緒略略商量過一回，心下覺得，宜王府的奉昭郡主是和親的上上人選。

一則奉昭正值適婚之齡，二則宜王府兩頭不沾，無甚顧忌，三則宜王一家本就是從雲城回京，對南律不算陌生，於情於理都比其他宗室王女合適。

可他太不在意宜王府了，這事一直沒和人打招呼，宜王夫婦渾然不知，竟暗地裡盤算著要將奉昭嫁給江陽侯，以至於奉昭絕望不滿，惹出諸般事端。

現如今，就算是朝臣及各家能當什麼事都沒發生，同意讓奉昭和親，南律也不是傻子，塞給他們這麼個德行敗壞名聲臭到不行的女子，這不是明擺著看不起他們南律麼，到底是結親還是結仇？

眼瞧著使臣還有幾日就要進京，這人選，一時竟找不到更為合適的了。

適齡的宗室女子本就不多，南律又是邊陲小國，還已立王后，相比於和親為妃，有些底子的宗室自然更願意在大顯擇一門乘龍快婿。

「現下你說，該怎麼辦？」成康帝問。

「奉昭品行不宜和親，另擇便是。」

「你說得輕巧，你給朕擇一個試試？」

江緒淡聲道：「永樂縣主。」

「永樂不行，永樂怎麼……」成康帝下意識便要駁回，可不知想到什麼，忽然頓了頓。

永樂在眾目睽睽之下衣衫不整與江陽侯同處一室，已然失了清白，可她是被陷害，品行並無過失。

且大顯所在意的女子貞潔，在南律根本不值一提，南律民風開放，王后都是二嫁之身，必然不會介意此事。

再加上永樂又是當朝太后疼愛的外孫女，將她嫁過去，更能顯出大顯和親的誠意。至於太后，從前必不會答應，可現下永樂在大顯很難再覓如意夫郎，嫁去南律百利而無一害，她慣會權衡利弊，想來不會有什麼異議。

如此說來……永樂還真是上上之選！

成康帝龍顏大悅，連聲喊了三個「好」，當即擺駕，去了趟壽康宮。

成康帝本以為，宿太后那磨死人的性子，就算答應也得故意拖著想上兩日，卻不想她沉吟片刻，就直接應下了。這似乎是這麼多年來，兩人第一次如此迅速地達成共識。

當天夜裡，翟念慈在府中得此消息，如遭雷劈！

她與江陽侯並未發生什麼，她是清白之身，未來夫婿自會知曉，上京不行，她回北邊，如何不能尋上一門好親事？

可上至太后，下至父母，竟都認為南律那等蠻夷小國的妃妾便是她如今的最好歸宿，無人在意她如何作想！

她要入宮見太后，太后卻對外稱，身體抱恙，暫不見客。她在府中鬧騰，一開始母親還顧念她的情緒，溫聲相勸，後來卻將她關在屋中，讓她好好反思冷靜。

所以她和奉昭有何差別？

想當初在大相國寺，她還拿婚事嘲諷奉昭，如今那些嘲諷之言，竟是作孽般回轉到她自個兒身上。太后予她所謂的疼寵，就這般不值一提！

翟念慈一時只覺齒冷。

第八章　避暑

兩日後，平國公府之事終有所決。

成康帝下旨，奉昭郡主謀害定北王妃、永樂縣主，品行惡劣至極，罪無可赦，即褫奪郡主之銜，貶為庶人，圈禁大宗正司，終生不得出。

宜王教女無方，德行有虧，奪親王銜，降為宜郡王，回遷雲城。

江陽侯雖已身死，然玷辱縣主，德行敗壞，死有餘辜，即奪爵抄家，貶為庶人，子孫三代不得入仕。

在洋洋灑灑數百餘文的最末，成康帝才輕描淡寫了一句，定北王行事莽撞，平國公治家不嚴，著二人罰俸半年，以示懲戒。

其他旨意明檀聽來都覺得頗為合理，可最後責她夫君那句，就這？

然滿朝文武不覺為奇，甚至認為這次聖上責令了「行事莽撞」四個字，還罰俸半年，已是極不容易。

不論如何，此番下旨，平國公府一事也算是有了圓滿了結。

總的來說，明檀對這結果還算滿意。

只不過翟念慈明明也是陷害她的其中一環，如今卻成了完完全全的受害者，在上京雖尋不著好親，可她有太后回護，回到北邊還是能如魚得水，想想竟有些生氣。

不過她很快就氣不起來了。

三日後，南律國使臣進京，意欲求娶大顯公主。聖上欣然應允，令永樂公主出降南律，結兩國之好。

而這永樂公主，便是曾經的永樂縣主翟念慈。

大國公主出降，於公主本人而言，從來就不是什麼好事。背井離鄉，為人妃妾，歷朝以來，沒有幾位和親公主能得以善終。且只改了皇室江姓，連封號都懶得改，真是極其敷衍了。

明檀雖不生氣了，但也沒有幸災樂禍，女子命運如浮萍，多半身不由己，只能說，這許是她自行不義的苦果。

南律此番入京，除求娶公主外，還向大顯進貢許多奇珍異寶，千里良駒。

良駒入宮，成康帝特地邀了江緒一道去馬場挑選，江緒府中已豢有不少名馬，興致缺缺，可看到一匹通體雪白的小馬時，他目光稍頓，腳步停了停：「照夜玉獅子。」

訓馬司的馬師忙恭謹回道：「王爺好眼力，照夜玉獅子產自西域，可此次南律竟也進獻了一匹，不過是幼馬，要長成還需一定時日。」

江緒看了會兒，忽道：「幼馬不錯。」

成康帝莫名望了他一眼：「你要幼馬做什麼。」

江緒沒答，只要了這匹。

恰在這時，成康帝身邊伺候的內侍前來回話，說是南律進貢的奇珍異寶已經造冊入庫。

成康帝點點頭：「嗯，合適的都交予皇后，分賞後宮，對了，」他想起什麼，「朕記得這回進貢的物件裡頭有一對雕蘭如意，直接送去蘭妃宮中。」

「是。」

他隨口問了問江緒：「你也挑些回去？」

成康帝那麼客套著順口一問，定北王府家大業大，從來不缺這些個玩意，且江啟之這人素來簡樸，兩套衣服能換著穿上三個月，若不是他直接封賞，平日有什麼，多是一聲「不必」便打發了。

可不知定北王府今兒是遭了劫還是如何，難得主動地要了回馬不說，竟還順著他的話茬點了點頭，指定起物件：「綾羅綢緞，珠寶簪釵，各要一箱即可。」

明檀原以為，宮裡賞下的南律貢品不過是些尋常賞賜，各家都有不少。直到幾日後，南律使團護送出降的永樂公主離京，章皇后尋了機會召她入宮敘話，這才知曉原來不是。

「本宮早些日子就想召妳入宮，可一來忙著永樂公主出降，二來又想著妳受了驚，還是在府中多休息休息為好。」

「說來，前些日子實在是委屈妳了，平國公府招待不周，本宮合該替平國公府給妳賠個不是才對。」

「娘娘言重了，臣妾無事，只不過是身子有些不爽，前幾日得了些蒼山雪綠，本想邀含妙她們過府吃上一盞的，到底是因著身子不爽，不便邀客。」明檀笑著應聲。

她沒有多給平國公府找補，畢竟聖上都下旨斥責了平國公「治家不嚴」，她若是直言不干平國公府的事，這馬屁就稍稍拍過了些。略提一嘴章含妙，倒可以恰到好處地表明她對平國公府無甚芥蒂。

章皇后聞言，輕撥著茶盞，展笑道：「說起這蒼山雪綠，啟之對妳倒是真真愛重。皇上前日來長春宮還和本宮說，往日遇賞，啟之都是推拒，可這回南律使臣進貢，卻特特為妳要了一箱綾羅綢緞，一箱寶石簪釵，後頭聽聞南律還進貢了蒼山雪綠，也要走了一半。想來那匹照夜白，也是為妳要的吧。」

等等……

那些東西不是陛下賞的，是夫君主動要的？

見她的神情，章皇后輕聲揶揄：「怎麼，妳不知道？」

明檀搖頭，有些發窘，耳後根紅了小半。

好在章皇后沒再故意羞她，只吩咐身邊侍立的姑姑：「王妃愛茶，將本宮今年新得的蒙頂甘露都送給王妃。」

「是。」侍立的姑姑應聲。

明檀仍羞著，倒不忘順著臺階，起身謝恩：「『琴裡知聞唯淥水，茶中故舊是蒙山[3]。』多謝娘娘厚愛。」

陪坐在側的淑妃輕笑了聲：「定北王妃模樣好，性情好，才學也好，難怪得定北王愛重。」

「淑妃娘娘謬贊。」明檀微微頷首，端莊中略帶三分羞怯。

今次章皇后召她敘話，恰巧趕上幾位嬪妃來長春宮請安。

方才出言的淑妃聽聞是聖上東宮時期的老人，伴駕多年，雖寵愛漸薄，但聖上念著往

3「琴裡知聞唯淥水，茶中故舊是蒙山。」出自白居易《琴茶》。

昔情分一直厚待著她，瞧著很是有幾分不愛爭搶的模樣。

一位坐在下首的翠衣女子順嘴接過淑妃的話頭，補了句：「定北王殿下倒真是個愛才之人。」

「……」

殿中忽然靜了一瞬。

明檀聽著這話，本以為只是聲恭維，沒覺得有什麼不對，可殿中這一瞬，靜得竟是有些尷尬詭異。

她不動聲色地打量著，發現幾道目光有意無意落在對面一直安靜的蘭妃身上，蘭妃原本在撥盞，因著這話，動作微妙地滯了半息。

明檀對大顯後宮知之甚少，但也知曉自玉貴妃被囚冷宮後，後宮中便是蘭妃最為得意。

這位蘭妃娘娘深受聖恩，不到一年就連升兩級，未有所出的情況下，仍從貴人躍居到妃位。

聽聞，這位蘭妃娘娘是極有才情的。

明檀不知為何，前後想著，總覺得有些哪不對。

不過沒等她細想明白，章皇后就描補幾句揭過了話頭，轉而說起今年去行宮避暑的安排。

「前日皇上來長春宮，說起去永春園避暑一事，瞧這日頭，一大早便這般毒辣，也是該挪挪地方了。」

方才那位嘴快的翠衣女子有些期待地問道：「皇后娘娘，那咱們何時出發？」

「不出意外，應是半月之後出發，隨行名單本宮擬了一份，不過皇上的意思是，此次後宮不多帶人，只點了淑妃、蘭妃、儷嬪、純嬪，還有穆貴人。」章皇后淡淡掃了她一眼，「莊妃留在宮中料理宮務，佳貴人，妳是莊妃宮裡的人，便也留在宮中陪陪莊妃吧。」

噢，原來那位翠衣宮妃是佳貴人。

明檀沒出聲，暗自掰算著……只點了五位，那加上這位不打算帶的佳貴人以及留下料理宮務的莊妃，就是七位妃嬪，聽皇后娘娘這意思帶得還挺少，那這後宮妃嬪加起來，少說怕是也有二三十位了。

她正想到這，章皇后看向她：「對了，王妃，皇上也替妳家王爺安排了住處，若是得閒，不妨與王爺一道至永春園中小住。永春園最是清幽，景致也好，當散心也不錯。」

明檀忙彎了彎唇，起身規矩福禮：「是，聖上與娘娘費心了。」

明檀巳初進宮，近午時，才從長春宮中出來。

不等她長舒口氣，便聽後頭出來的佳貴人不避諱著就出言嘲諷道：「陛下是多久沒來長春宮了？不過就是前日來小坐片刻，皇后娘娘便這般翻來覆去地提！」

明檀：「……」

在後宮如此嘲諷皇后是可以的嗎？

正當明檀疑惑著，有人上前與她搭話：「定北王妃。」

她回頭：「淑妃娘娘。」

淑妃莞爾一笑，望了不遠處的佳貴人一眼，貼心為她解惑道：「佳貴人是隴西杜家的姑娘，入宮不久，性子是直爽了些，若有什麼開罪之處，想來不是故意，王妃不用往心裡去。」

隴西杜家，百年望族。

難怪在宮裡頭說話這麼無顧無忌。

只不過，佳貴人哪裡開罪她了，莫不是指佳貴人先前那句「定北王殿下倒真是個愛才之人」？

明檀不由得回想起當時那一瞬間的微妙氣氛。似乎所有的蛛絲馬跡都有極明晰的指向。

淑妃似是想起什麼，溫柔笑道：「皇后娘娘說，王妃愛茶？本宮那兒恰好也有些新得的敬亭綠雪，不如一併包了送予王妃吧。這後宮之中，最擅品茶的是蘭妃。本宮這木舌頭，一貫是嚐不出什麼好賴，送予王妃，倒省得讓本宮平白糟蹋了。」

這話說的。

明檀彷彿明白了什麼，靜了片刻，不露聲色回道：「淑妃娘娘太客氣了，既然最擅品茶的是蘭妃娘娘，這茶，送予蘭妃娘娘想來更為得宜。」

淑妃仍是溫柔笑著，不過略添了幾分勉強與自嘲：「本宮有的，蘭妃又怎會沒有？」

明檀聞言，輕笑了聲，聲音還是一貫的柔軟清淨，聽著卻有些意味深長：「那娘娘有的，又怎知臣妾沒有。」

淑妃一怔。

明檀不再與她多打機鋒，行了個平禮，徑直離開：「府中還有要事，臣妾就不多留了。」

方才在長春宮中，最先誇她有才的便是這位淑妃娘娘，隨後那佳貴人嘴快接了一句，也是淑妃最先望向蘭妃，再到提醒她佳貴人那話有開罪之意，主動提及蘭妃也愛品茶……

諸般種種，這位淑妃娘娘都在不動聲色引導她去聯想，她家夫君是不是與蘭妃有什麼？

誠然聽起來，蘭妃與她夫君的確可疑，但這位淑妃娘娘也不是什麼歲月靜好的善茬。都是天子妃嬪，在宮裡頭想鬥便鬥，與她無關，隨意。可想借她的手對付蘭妃？不好意思，沒門。

雖然在淑妃面前完全不接茬，但明檀心裡還是很難不在意，回到府中，她便第一時間著人去打探了番蘭妃的底細。

蘭妃的底細不難查，正經官家小姐出身，其祖父在時，家中最為顯赫，因其祖父曾官拜禮部尚書，還擔太子太傅之銜，是敏琮太子的老師。

敏琮太子，可不就是她已逝多年的公公麼。

明檀在榻上，邊倚著引枕假寐，邊兀自思忖著，忽而外頭傳來一陣極輕微的響動，有人打簾入了裡間，腳步聲極為熟悉。

江緒撩開床幔，正好與方睜開眼的明檀四目相對。

「夫君，怎麼這時候回了。」明檀稍感意外，她還從未在晌午見過江緒回府。

「軍中無事，便早些回了。」江緒淡聲應著，略略掃了她一眼。

入夏悶熱，在屋裡午歇，明檀穿得過於輕薄了些，脖頸肩骨下方，大片雪白的肌膚露在外頭，及近起伏的小山，煙粉色的軟紗羅籠著玲瓏身姿，腰間繫帶半散，她那把細軟腰肢，瞧著似是不盈一握。

江緒眸光略沉，聲音跟著低了幾分：「怎麼沒睡？」

「有些睡不著。」明檀毫無所覺，起身抱住江緒的腰，懶聲撒嬌道：「夫君睏嗎？不如同阿檀一道睡吧。」

江緒沒駁，明檀便自顧自替他寬起了衣，還碎碎念叨起了今日入宮之事。

她沒想什麼別的，不過是想單純地與她夫君一起午歇，順便拉拉家常，最好能順其自然不露痕跡地從她夫君口中問得蘭妃與他究竟有何淵源。

江緒上榻之後，明檀乖覺地蹭入他懷中，依舊是碎碎念叨做著鋪墊，鋪墊著，鋪墊著……方才說到南律的貢品。

「對了夫君，那匹照夜白獅子小馬駒也是送給我的嗎？」

江緒「嗯」了聲：「有空教妳騎馬。」

「……」

不必了。

為何總想教她做些不淑女的事！

她繞開話頭道：「聽皇后娘娘那麼一說，我從宮中回來便去馬廄看了，那小馬駒可真漂亮，雪白雪白的，沒有半根雜毛，我很喜歡！嗯……那我們以後就叫牠『小白兔』好不好？」

小白兔。

那明明是玉獅子。

他沒應聲，目光落在明檀蹭得愈發凌亂的衣裳縫隙間，喉結上下滾動著，忽然不知握住了什麼，明檀一頓，不敢置信地抬眼望他，他溫熱呼吸噴灑在她耳邊，聲音低低地，帶些似有若無的笑意：「嗯，確實是小白兔。」

晌午驕陽灼人，樹葉被陽光曬得透綠，枝頭蟬鳴不絕，透著盛夏將至的慵懶氣息。

王府裡頭，許多人昏昏欲睡，可茶水房的差使不比旁處，時時得候著主子們吃茶用水，雖是犯睏，但躲不得懶。

兩個小丫頭在爐邊打著蒲扇，前頭忽然有人傳話說，殿下回了，其中一個丫頭便忙著起身，入屋送茶，可沒過一會兒，這小丫頭又滿臉羞臊地回了茶水房，手中端著的茶也沒送出去。

「怎麼了？妳不是去送茶了嗎？」

小丫頭有些難以啟齒，邊拿扇火的蒲扇給自個兒搧著風，邊用蚊子般的聲音囫圇嘟囔道：「妳去外頭聽一下不就知道了。」

一直坐在爐邊的丫頭好奇，起身出了茶水房。

及至正屋門口，小丫頭腦子嗡了下，臉倏然發熱，匆忙回了茶水房。

四下寂靜，只爐上煮沸的熱水翻滾，樹梢上的知了聒噪，兩個小丫頭鬧著大紅臉打著扇，誰也沒吱聲。

日薄西山。

靈金色的夕陽一束束從窗櫺間投進來，透著朦朧光暈。

明檀身上被汗水浸得黏黏膩膩，已是累得沒有半分力氣。

她被抱到靜室用了回水，回床榻時，來換錦衾的婢女正要退下，她們一個個，頭都埋得很低，可耳朵紅得不行，顯然是見了床榻上那些凌亂痕跡有些不好意思。

白日做這檔子事，還所有人都知道了。

明檀羞憤不已，落了榻便將自己捲在錦被裡頭，縮進角落，一時將蘭妃之事忘到九霄雲外。

江緒神清氣爽地更完衣，望向縮在床榻裡側的那長長一條，問：「不用晚膳？」他聲音低啞，帶著幾分漫不經心的饜足。

明檀搖了搖頭，極小聲地應了兩個字：「不餓。」

江緒沒勉強：「本王也不餓，那妳休息，本王先去書房。」

你不餓，你當然不餓！

明檀邊腹誹邊咬被角。

江緒這一去書房，幾個時辰都沒出來。期間有暗衛稟事，還有舒景然來找他下棋。

舒景然明顯能感覺到，江緒今日心情頗佳，許多話換做平日，他最多「嗯」上一聲，今日卻還有興致追問一二。

「方才入府時，我遇見王妃身邊那位身手極好的婢女，就是那日在平國公府，救了落水閨秀，替我解圍的那位，她……是不是津雲衛的人？」

「雲旖？是。」

舒景然不知想起什麼，忽然笑了聲：「王府是怎麼虧待人了，還要從外頭買燒雞。」

「你對她感興趣？」江緒破天荒問了句。

舒景然愣怔，下意識便想否認，可否認的話到了嘴邊，怎麼都說不出口。

方才在外頭遇上那位雲姑娘，他主動打了聲招呼，人家沒什麼反應，他提醒了那日平國公府之事，她才恍然大悟。

但很明顯，她那日只是聽王妃吩咐行事，根本不知，也未曾留意自己是在為誰解圍。末了她客套地問了句要不要吃燒雞，可嘴上問著，手上卻很誠實，半點也沒要送燒雞給他的意思，甚至在他婉言推拒後鬆了口氣。

這位雲姑娘，確實很有趣。

他不自覺又笑了下，沒正面答，只對江緒說道：「倒是第一次見你對這些事感興趣。」

江緒：「……」

兩人靜了片刻。

「其實那日若不是為了幫我解圍，王妃也不必遭那番罪。」想起平國公府一事，舒景然有些自責、歉疚，「王妃此刻可在府中？我理應向她當面致歉才是。」

「不必，」江緒垂眸，邊落著子邊道：「她在屋裡補眠。」

「補眠？」

這時辰，補什麼眠？

「她下午累了，晚膳都沒用。」

舒景然頓了頓，他為何覺得，江啟之這話……似是別有深意，解釋得這般詳細……難不承想讓他順著問上一句，王妃下午為何會累？

想到這，他順著問了句：「入夏天熱，晌午日頭更是毒辣，王妃做什麼累了？」

江緒沒再答。

但舒景然感覺他這句並未問錯，江啟之就是想讓他問上這麼一句，不答也是故意，從江啟之舒展的眉眼中，他似乎捕捉到些許享受的神情。

幾近亥時，舒景然才離開定北王府。江緒跟著他一道出了書房，只不過舒景然往府外走，他是往啟安堂回走。

夜風習習，暗香浮動。

回到啟安堂時，江緒在屋外停步，問了聲素心：「王妃可有用膳？」

素心恭謹答道：「還未用膳，王妃一直未起。殿下可是需要用些宵夜？」

「也好，」江緒點頭，「多準備些。」

「是。」

素心會意，朝著江緒入屋的背影福了福身，忙去廚房，著人備宵夜。

她讓人備了幾道江緒慣用的，還特地備了幾道明檀愛用的。

明檀被江緒挖起來用膳時，睡眼惺忪，還有些懵。

她本不想用膳，扒著被角懶懶軟軟地推拒了兩聲，江緒不再喚，只吩咐人將宵夜擺到床邊，不多時，蔥香小餛飩的香味直往鼻子裡鑽，瞌睡不由被饞醒不少。

沒忍一會兒，食欲戰勝睡意，她坐了起來，一點點蹭到床邊，和江緒並排坐著，玉白小腳輕晃。

因著剛醒，她有些怔怔的，也不想說話，就安靜地盯著桌上的小餛飩，乖巧得像個小寶寶，很是惹人憐愛。

江緒見她盯著小餛飩，不動聲色地將餛飩換到她的面前。

可誰想她竟脫口而出道：「夫君，餵。」

江緒稍頓。

一旁布膳的素心不由得抿唇偷笑，識趣地往外退。

明檀這聲原是因著剛醒，都沒過腦子，說完她便遲緩地反應過來了。

可她反應過來的同時，江緒沉默著，忽然將她抱到腿上側坐，有些生疏地舀著小餛飩，餵到她的唇邊。

明檀怔了瞬，吃了。

緊接著第二勺、第三勺……

餛飩是鹹的，可明檀心裡不自覺地泛出絲絲甜意。飽足後，她輕輕抱住江緒，往他懷裡蹭，小聲撒嬌：「夫君，你待阿檀真好。」

江緒放下瓷勺。

其實他也不明白，自己為何會這樣做，明明心裡覺得，他娶回來的王妃煩瑣又磨人，除了行房，最好不要有什麼交流，可有時他又總暗示自己，既娶了她，就該對她好些，不過是些小要求，應也無妨。

她的身子往下滑了點兒，他將其抱起，流連在她的脖頸間，低聲問：「想去永春園避暑麼。」

「永春園？」明檀仰起小臉，眼睛亮亮地點了點頭，「今日皇后娘娘也說了，半月之後便要去永春園避暑，還說聖上替你留了住處，讓我們得空一道去小住，我晌午本是要和你說的，都怪你……」

她面皮薄，到底沒把話說完，且想起臊人的事兒，身上又莫名熱了起來。

江緒卻沒半分不好意思，彷彿晌午那些事兒都不是他幹的，沉吟片刻應道：「那便帶妳去永春園避暑。」

「好。」

說起永春園，明檀終於想起蘭妃之事，她在江緒身上膩了會兒，忽然問了聲：「對了夫君，你和宮裡那位蘭妃娘娘相熟嗎？」

「蘭妃？還算相熟。」

「什麼叫還算相熟？」

「幼時她是公主陪讀，一道念過書。」

「噢，青梅竹馬。」

江緒完全沒察覺懷中小王妃的醋意，還回想了下：「她的祖父曾是我父親的恩師，幼時對我十分照顧，我父親在時，還有意讓兩家指腹為婚。」

竟有這般淵源。

「那為何沒有？」

江緒沒答，但明檀問完便覺失言。這還用問？自然是因為他父親很快就薨了，他也很快就不是皇太孫了！

她忙轉移話題：「夫君覺得蘭妃娘娘如何？」

「什麼如何？」

「就是……夫君覺得她有什麼地方很好嗎？」

「才情很好。」

聽到江緒誇別的女子有才情，明檀心裡酸溜溜的：「那，那我與蘭妃娘娘……夫君覺得誰更好？」

江緒覺出問得不妥：「妳這是在問什麼，有人嚼舌根了？」

明檀不答。

「本王與蘭妃僅是相熟，並無其他，當初一道念書的，還有聖上。」

「喔。」

連佳貴人這種入宮不久的妃嬪都能打聽到蘭妃舊事，明檀就知，她家夫君與蘭妃應是沒有什麼，不然聖上不可能毫無芥蒂，可她夫君親口說和她自個兒想，到底是不同的。

這會兒聽到他解釋，明檀心安不少，摟住他的脖頸，湊到他耳邊極小聲地告起了小黑狀：「今日在宮中，淑妃娘娘挑撥是非了，一直暗示我，夫君與蘭妃娘娘有些什麼。」

淑妃？

很好。

「還有，夫君還沒回答我的問題，夫君既覺得蘭妃娘娘很有才情，若蘭妃娘娘並未入宮，夫君會想娶她嗎？我這是第一回聽到夫君誇女子呢，夫君連阿檀都沒誇過。」

「本王記得新婚之夜誇過。」

江緒十分嚴謹地糾正。

「那除了美，還有沒有別的可誇？」明檀不甘心地厚著臉皮問道。

江緒想了許久——竟是沒有。

明檀期待許久，可過了一小會兒，兩小會兒，她臉上終是掛不住了。不過是尋些優點，至於想這般久嗎？

她氣得就要從江緒身上下來，可江緒拉了她一把，又將她換成面對面跨坐在自己身上的姿勢，幾不可聞地嘆了口氣，低聲道：「王妃什麼都很好。」

他自己都未察覺，那語氣中帶了些無奈，又帶些從未有過的，哄人的妥協。

時序終至盛夏，五月天裡，日頭甚為磨人。明檀怕熱，一日大半時辰都要待在蓮池旁的涼房裡頭，啟安堂內也半點斷不得冰。

好在很快便至聖上移駕永春園的日子。

永春園是皇家避暑園林，園如其名，四季如春。太宗皇帝曾欽點園中十處並為「永春十景」，前朝名家入園賞景時作了十首詠景詩，後廣為流傳。

皇帝移宮，再是從簡，出行隊伍也是浩浩蕩蕩。江緒懶得湊熱鬧，聖駕移宮兩日過後，才帶明檀另行入園。

成康帝替江緒留的住處名為「春星閣」。

及至春星閣外，明檀仰頭望向匾額。匾額上面的字筆鋒凌厲，莫名有些熟悉，只是一時想不起那些許熟悉源自何處。

她彎唇讚嘆道：「『暗水流花徑，春星帶草堂[4]。』名字取得真好，字也寫得甚好。」

江緒聞言，掃了她一眼。

引路的內侍笑吟吟點頭，附和誇道：「王爺高才，取名自然是好，字兒也好。」

明檀唇角僵了僵。

這名是她夫君取的？還有這字……噢，她總算知曉方才的熟悉感緣何而來了，她在書房見過一回夫君寫字，正是如此匾般筆鋒凌厲。

可她原本是想當著內侍的面，不著痕跡地拍拍聖上馬屁呢，畢竟聖上有什麼好事兒都不忘想著她家夫君……

江緒看穿她的小心思，朝著內侍不鹹不淡地說了聲：「替本王與王妃謝過陛下。」

「是。」

內侍退下後，江緒負手，徑直往前，明檀小步跟在他身後，邊四下打量，邊好奇問道：「夫君，從前你在這兒住過嗎？為何要叫『春星閣』？」

4「暗水流花徑，春星帶草堂。」出自杜甫《夜宴左氏莊》。

「夜色頗佳。」

夜色頗佳？明檀不由抬頭，望了望天，若是夜裡幕空澄澈，春星點點，花徑旁清溪淙淙，她坐在閣外亭中撫琴，夫君則是以笛簫相和，那畫面，想想也是極美。哦對了，夫君會吹笛簫嗎？

她忙追上去問了問。

「不會，但本王會劍。」

明檀：「……」

大可不必。

見明檀不吱聲，他還反問：「妳不是覺得舞劍時撫琴相和，也算夫妻和鳴麼？」

「那，會劍和會舞劍，好像不是一碼事吧。」

她可沒忘記某人展示身手時，一劍砍死十丈之外一株綠萼的豐功偉績。

江緒：「……」

春星閣坐落在永春園北邊，這一塊通常是安排給皇族宗室的住處。

園中西面為后妃居所，明檀聽聞，前兩日有妃嬪因著住處好賴起了爭執，她原不解，不是只帶了五個妃嬪嗎？住處竟不夠分。

其後才知，聖上原本打算只帶五個，可後宮中的女子千嬌百媚，今兒她嬌嬈邀寵，明兒她可憐巴巴，聖上又是多情之人，所以這短短半月，伴駕出行的妃嬪，就足足多了一倍。

明檀那日在皇后宮中敘話，只不過窺見後宮紛爭的冰山一角，可這一角，就足以令她敬而遠之。

她打定主意，在永春園中小住的日子，若能不去西邊，就絕對不去。

相安無事過了兩日，章皇后遣人請她去戲樓看戲，說南邊進貢的荔枝到了，正是新鮮可口。

明檀放下手中雜書，心想看戲品茶吃荔枝，倒也不失為一番享受，且聽聞戲樓那邊搭了涼房，熱不著什麼。

她沒推拒，精心收拾了番，依著時辰出了門。

只不過途中她偶遇三皇子，三皇子年幼，頑皮，不聽乳母侍婢規勸，非要鬧著往假山上爬。那假山頗高，明檀覺得甚是危險，便耐心勸了幾句。

她本是想著若勸不動便要著人去通稟皇后娘娘，沒承想這小豆丁見她生得好看，還挺聽她的話，乖乖下來不說，還羞羞地跑上前，在她臉上親了下，然後噔噔噔地跑開了。

明檀心情極好，自戀地想著，她還挺受小孩歡迎。

這番耽擱，明檀到戲樓時，其他人已經到齊了，她給章皇后行了禮，解釋了番為何來遲。

章皇后自然不會怪罪，她正在點戲，見明檀到，溫和一笑，朝她招了招手：「來，看看這戲單，可有妳喜歡聽的戲。」

明檀往日與白敏敏一道聽的那些，多是才子佳人私奔幽會，可這些戲宮裡根本不讓演，她便中規中矩點了齣團圓戲碼。

她點完，章皇后又將戲單遞給佳淑儀，交由她點。

明檀意外了下，短短半月，那位本不能隨駕出行的佳貴人不僅隨駕出行了，還成了佳淑儀。

她望向滿面春風的佳淑儀，只見她的目光從戲單上隨意掠過，忽撫鬢道：「這戲單上唱的都聽膩了，不如來齣《孟母三遷》吧，會唱麼？」

「回淑儀娘娘，會的。」

她滿意地笑笑，闔上戲單，望向章皇后：「也不知怎的，懷了小皇子後，臣妾便時時念著盼著，甚至還想到以後該如何教導他，皇上昨兒過來，說有臣妾這麼個心急的娘，肚子裡的小皇子日後怕也是個急性子呢。」

原來是有喜了，難怪。

可太醫都看不出男女，她便這般一口咬定是小皇子，心思未免太直白了些。

果不其然，很快有妃嬪笑道：「佳淑儀怎知一定是小皇子，若是個小公主呢？」

佳淑儀面露不虞，沒接這茬，只向身側的宮裝麗人使了個眼色。

宮裝麗人忙道：「皇子、公主自然都好，左右都是為了皇上開枝散葉。再說了，能懷上，便是佳淑儀的福氣，總比有些人，懷都沒懷上要好。」

說完這句，淑佳儀與她望了蘭妃一眼。

蘭妃一襲月白宮裙，專注看著戲臺，神色淡淡。

她雖不出聲，但自然有站在她這一邊的妃嬪替她出聲。

明檀矜矜持持地剝著荔枝，邊吃邊聽著這些個妃嬪你來我往，面上不動聲色，心裡頭卻覺得臺下這戲，唱得可比臺上熱鬧多了。

其實若不帶偏見，光聽今兒這些，明檀也覺得蘭妃合該受寵，她的容貌才情都屬上乘，在咋咋呼呼的佳淑儀之流襯托下，那份寵辱不驚更顯難得。

戲至中途，淑妃姍姍來遲，原是今日養在她名下的四公主有些吐奶，她照料至四公主睡熟才趕過來。

章皇后當然不會怪罪，讓人將戲單送去，如先前那般溫和道：「特地為妳留了齣戲，妳看看想點哪齣。」

淑妃笑著接下戲單子，看了半晌，忽然拿著戲單問了問坐在她旁側的蘭妃：「妹妹覺得是這齣《梧桐雨》好，還是這齣《人月圓》好？」

蘭妃掃了一眼：「《梧桐雨》悲了些。」

淑妃點頭：「那便依蘭妃妹妹的，點這齣《人月圓》罷。」

淑妃話音方落，佳淑儀就笑了聲，意味不明道：「蘭妃娘娘竟喜歡這齣，不過這齣戲裡，王氏與丈夫指腹為婚，感情甚篤，確實讓人好生羨慕。只是不知定北王妃喜不喜歡這齣？」

明檀：「……」

看個戲也不讓她安生。

《人月圓》這齣戲是前朝某個名戲班子排的，講的是婦人王氏的丈夫上戰場後下落不明，王氏不願改嫁，獨自照顧老母幼子，數年後丈夫衣錦還鄉，王氏守得雲開見月明，與丈夫恩愛到白頭的故事。

佳淑儀說的指腹為婚也沒錯，可這只在戲文裡簡略交代了一句，提起這齣戲，大家多是感佩王氏重情良善云云，她獨獨將指腹為婚拎出來說，挑事的意圖簡直昭然若揭。

蘭妃壓根就沒想到這層，打扇的動作頓了頓，下意識望向明檀。

其他人也不由望向明檀。這位可是聖上欽定的定北王妃，家世十分顯赫，她若是厭上蘭妃，往後可有好戲看了。

可令人失望的是，明檀自個兒雖愛看戲，卻並不喜歡讓別人看她的好戲。

「這齣甚好，王氏不離不棄有情有義，其丈夫也是保家衛國、不忘本心的好男兒，我倒是與蘭妃娘娘心意相通了。」明檀笑盈盈望向蘭妃，還遠遠敬了她一杯荔枝酒。

蘭妃稍怔，點頭致意，掩袖喝了。

佳淑儀被明檀這四兩撥千斤完全不接茬的舉動哽到，靜了半晌，忍不住陰陽怪氣道：「沒想到王妃酒量這麼好，氣量更是好。」

明檀溫柔笑著，聲音極為溫柔：「佳淑儀好福氣，我堂姐有喜時，說上三句便噁心反胃，害喜害得厲害。」

不像妳，懷著孩子一張嘴還到處叭叭。

「對了，不知佳淑儀可有每日讀書？我聽人說，母親平日讀些什麼、說些什麼，肚子裡的孩子其實都知道，出生後便會有樣學樣呢。」

這意思則是，少四處搬弄是非，給自己肚子裡的孩子積點口德。

佳淑儀顯然聽懂了，面色有些難堪。

她本是有些忌憚明檀的身分，可她嬌生慣養長大，入了宮沒受過什麼委屈，還沒遭受過後宮的毒打，再加上現下懷了龍子，一時說話有些負氣。

「王妃還沒懷過孩子，懂得倒是挺多，說來定北王府還未誕過子嗣吧，王妃也是該抓緊些了，若是力不從心，不妨找人分擔一二，定北王殿下是咱們大顯的戰神，子嗣可是大事兒。」

佳淑儀雖然說話不過腦子，但這話還真戳到明檀的短處。明檀正欲應聲，可涼房外忽然走進兩道頎長身影。

江緒瞥了佳淑儀一眼，目光又落定在偷喝了荔枝酒，臉頰有些泛紅的明檀身上，他的聲音很涼，像在冰鑑中浸了許久，帶些漫不經心：「臣竟不知，小小淑儀都能做定北王府的主了。」

滿座寂靜，有那麼一瞬間，戲樓與下頭的涼房靜得落針可聞。也不知是誰先起的身，宮裝麗人們三三兩兩站了起來，一齊行禮道：「見過皇上，皇上萬福金安。」

成康帝沒出聲，所有人半福著，不敢如往常般自個兒將起，就連懷著孩子方才還甚為得意的佳淑儀也是半點沒矯情，緊張半屈，規規矩矩。

成康帝神色難辨，背著手，走到佳淑儀面前。

佳淑儀倒也乖覺，心知不好，忙認錯道：「臣妾失言，請陛下責罰。」

她平日在成康帝面前慣常直言快語，沒規矩的話沒少說。成康帝見慣後宮美人乖順恭謹，對她的偶爾放肆多有縱容。

這回不小心惹了定北王殿下，她本以為乖乖認個錯，皇上最多嘴上斥責幾句就會將這事輕輕揭過，畢竟她平日拒不認錯或是認得不情不願，皇上也沒真拿她怎樣。

可今日成康帝的態度有些出人意料。

「屢教不改，朕是該罰妳。」他的聲音冷而威嚴。

「皇上！」佳淑儀慌忙抬頭。

「來人。」

眼見成康帝要動真格，她忙轉身，對著江緒與明檀深深一福，搶在成康帝吩咐前快語道：「王爺、王妃，方才是妾身一時失言，還請王爺、王妃見諒。」

明檀此刻對佳淑儀有些刮目相看，這位也不是完全沒有腦子嘛，至少關鍵時刻，很是放得下身段。

佳淑儀在後宮的確算得上張致輕狂，仗著家世好，時常挑釁高位寵妃，欺壓低位宮嬪，甚至敢在皇后宮外暗諷皇后無寵，可她如此這般，憑的不只是家世和那份不怕死的囂張。

她知曉蘭妃素來是清淡如蘭的高潔才女，必不屑與她口舌相爭，只要不是太過僭越，蘭妃就不會還擊。

而皇后娘娘時刻保持寬和大度賢慧端莊的國母風範，後宮諸般爭嘴，在她眼裡不過是小妾打鬧，便是私下編排她幾句，想來她也懶得為此放下身段多作計較。

方才譏諷明檀，她一時氣不過，的確是失了分寸，不巧被皇上和定北王撞上，皇上還好，主要是定北王，前陣子才弄死個侯爺呢。遇上這尊惹不起的殺神，還能怎麼辦，只能認慫了。

她認慫認得毫不猶豫，可這世上沒有你認，旁人就必須接受的理。

「若犯了事都能用一句失言掩過，大顯要律法做什麼。」江緒冷淡道。

成康帝沉吟半瞬，點頭：「定北王此言有理，來人，佳淑儀……」

見狀，佳淑儀情急，忽而皺眉捂住肚子，輕喊了聲，作出極力忍耐的模樣：「臣、臣妾肚子——」

先前幫她說話的宮嬪忙扶著她坐下，急切道：「皇上，佳淑儀身子不適，許是腹中胎兒鬧騰所致，依臣妾之見，不若先讓佳淑儀回去歇著，其他事情以後再說也不遲。」

「身體不適，歇就能歇好，那邊關告急，等就能等平麼。」江緒漫不經心，「有仗便打，有病便治。」

成康帝掃了佳淑儀一眼，沉聲下令：「來人，請太醫。」

江緒：「請封太醫。」

佳淑儀咬著唇看向成康帝：「皇上，臣妾的胎一向都是李太醫看的。」

「淑儀是信不過封太醫麼。」

她忍住心中的慌張與恐懼憋了句：「那王爺是信不過李太醫麼？」

「信不過。」

「……」

這話也只有定北王殿下敢說了。

滿座無人再駁，成康帝喜怒不明地坐在上首，等著封太醫前來搭脈。

其實在座之人心中門兒清，哪能這般湊巧身子不適，這給不給臺階，全憑皇上心意罷了。

只是未料定北王殿下為了王妃會如此較真，直接替皇上做了決定，半點不給佳淑儀腹中龍胎面子。

果不其然，封太醫細細搭了幾遍脈，謹慎稟道：「回陛下，淑儀娘娘腹中的龍胎，十分安穩。按理說，是不應該腹痛的，這腹痛……微臣委實不知從何而來。」

佳淑儀心中驚懼，咬著唇不敢出聲。

成康帝望了她一會兒，忽然怒而拂盞。

「啪──」瓷器碎裂聲極為清脆，眾人不自覺地唰唰下跪，只有江緒還負手站著，無懼帝王之怒。

「佳淑儀言行無狀，以子挾寵，如此不配淑儀之位，著即降為貴人，禁足至回宮，也好靜心養胎，靜思己過。」成康帝沉著聲拍板定論。

江緒略略點頭：「陛下聖明。」

其他人也忙跟著高呼：「陛下聖明！」

成康帝：「……」

他沒好氣地瞪了江緒一眼。

江緒彷若未覺：「若無事，臣告退。」

成康帝揮了揮衣袖，示意他趕緊滾。

他回身走至明檀面前，朝仍跪在地上的明檀伸手，靜道：「起來。」

這樣是可以的嗎？

好像沒人有意見的樣子。

明檀頓了頓，小心翼翼伸出小手，緩慢起身。起身後，她朝成康帝福了個禮，老老實實被江緒牽著，亦步亦趨離開涼房。

眾妃嬪：「……」

竟是有些羨慕。

一直走到離涼房甚遠之地，明檀才稍稍鬆了口氣，不過她仍是擔憂，邊小步往前，邊斟酌問道：「夫君，你方才那般，皇上會不會有些……」

彷彿逼著皇上處置佳淑儀般，總覺得皇上會對他心生不滿。怎麼說，佳淑儀腹中懷的是龍子，龍子的體面還是該給的。若佳淑儀因此鬱結於心，損傷腹中胎兒，難保以後皇上不會對他心生芥蒂。

可江緒不以為意，只應了聲：「無妨。」

他既這般說，想來是自有分寸，且，雖不知為何，但明檀也略略感知出成康帝對江緒，似乎已經超出尋常君臣與皇室堂兄弟之間該有的信任。

想到這，明檀乖巧點頭，沒再繼續追問。只不過她猶豫著，扭扭捏捏說起另一話題：「其實，其實佳淑儀……佳貴人說的也是事實。夫君，我們成婚也三月有餘了，我的肚子好像沒有半分動靜呢。」

「才三月，妳想有什麼動靜？」

「很多人家都是新婚月餘就有喜了……」

「很多人家還終生無嗣。」

「哪家呀？」明檀真情實感地好奇。

江緒頓了頓：「本王都不急，妳急什麼，且女子早孕，本就於身體無益。」

「喔。」

江緒這麼說，明檀倒是安心了不少。既然夫君不急，那她也是不急的，且她的確沒做好成為母親的打算。

傍晚園中清幽。

江緒出園，去軍營辦事，明檀正在亭中無聊撫琴，不想蘭妃竟主動前來找她。

明檀稍感意外：「蘭妃娘娘。」

「王妃。」蘭妃行了個平禮。

蘭妃是清淡婉約的美人，氣質與沈畫有些相似，只不過相較之下，蘭妃更為沉靜，瞧著有些清清冷冷的，明檀見過她好幾次，但沒聽她說過幾句話。

未待明檀出聲，蘭妃便主動解釋道：「今日多謝王妃不與妾身計較，點那一齣《人月圓》，妾身的確並無他意。」

「我知道，蘭妃娘娘不必掛心。」

淑妃讓她在《梧桐雨》和《人月圓》中作選，她是絕不可能選《梧桐雨》的。

悲是一宗，最要緊的是《梧桐雨》講的可是帝王與寵妃的愛情，皇后還好端端在那坐著呢，歌頌帝王與寵妃的真愛算怎麼回事？

「只不過後宮紛雜，蘭妃娘娘以後還需多加留心。」她提醒了句。

不知想到什麼，蘭妃靜了半晌，才輕輕點頭：「對了，今日見王妃喜啖荔枝，宮中恰好還有些新鮮的，便順路拿了過來。」

明檀見了，笑道：「多謝蘭妃娘娘美意。」

明檀的確愛吃荔枝，只不過新鮮荔枝可是難得之物，這回進貢的，后妃裡頭除了皇后，也就只有淑蘭二妃，還有懷著身子的佳貴人得了。

昨兒春星閣送來了一小簍，她早就吃完了，今兒在涼房又用了一小碟，還是有些饞，沒承想蘭妃頗會投她所好，且瞧著這量，是把皇上賞的全送過來了罷。

蘭妃又道：「荔枝性溫，只不過放在冰鑑中浸過後不免寒涼，王妃還是慢些吃的好。」

明檀矜持地應了。

可待蘭妃走後，明檀就忙指揮著婢女將荔枝全擺了出來。

不是在涼房看戲，她也不必自個兒剝，邊吃著婢女剝好的冰荔枝，邊讓人染著丹蔻，素心還在一旁念書，習習夜風吹來，怎是「愜意」二字了得。

只不過若知這份愜意的代價是半夜小腹絞痛，動靜折騰得整個永春園都誤以為春星閣出了人命，聖上差點擺駕前來，明檀必會好好聽蘭妃之言。

「王妃如何？」

封太醫斟酌道：「王妃食多了冰荔枝，又、又……」

「又什麼？」

「又月信方至，所以小腹絞痛。」

封太醫被婢女前來尋他時那番焦急模樣驚出半身汗，此刻背上的汗被風吹乾，還涼颼颼的：「微臣已為王妃開了緩解之方，只是絞痛本就因人而異，許是還要痛上些時辰才能有所緩解。」

江緒：「……」

他今夜在營中，原是要與青州回來的將領秉燭議事，聽人來稟王妃小腹絞痛，面無人色，疑是被人投毒，只好撂下一眾將領，匆匆趕回。

可竟是吃多了荔枝。

他默了默，忽而撩簾入屋。

屋內，明檀縮在榻上，已經沒什麼力氣再痛呼了。小腹還是一陣陣絞痛，每每襲來，額間便會滾落豆大汗珠，她蜷成小小一團，疼得意識模糊。

今日所議之事甚為要緊，被這等荒誕小事擾斷，江緒心中本是有些厭煩的，可見到她這般頭髮凌亂，面若紙色，難受又可憐的樣子，那點厭煩即刻便被其他情緒取代。

他落坐榻邊，輕輕幫她捋開貼在面上的髮絲，粗糙指腹在她柔嫩的小臉上停留會兒，正欲傾身，又對上她朦朧睜開的雙眼。

「夫君。」她的聲音極小，還帶著哭腔，「阿檀怎麼了，阿檀要死了嗎？」

「無事，別怕。」

他想了想，將人撈了起來，抱在懷中，溫熱的掌心貼住她的小腹。

「阿檀到底怎麼了，方才流了好多血，該不會是吃錯什麼東西小產了吧？」

她平日月信從未如此疼過，今日又頻頻提及有孕一事，下意識便作此想。

江緒完全不知她為何會聯想至此，一時無言，竟不知該不該答。

見他不出聲，明檀以為是默認的意思，眼淚唰唰唰地流了下來：「阿檀對不起我們還未出世的孩子，都是阿檀的錯，到底是為何，是不是佳貴人……」

「不是，並未小產，只是吃多了冰荔枝，來了月信而已。」江緒不得不解釋。

「……」

明檀立馬收了哭聲，淚眼汪汪地望著江緒，不自覺打了個淚嗝。

深夜，月色溶溶，明星點點，春星閣內燭火通明。

明檀得知是個烏龍，心中大石落定之餘，委實有些不好意思。不過她在江緒面前出糗也不是一回兩回了，如今應對起來頗游刃有餘。

她打完淚嗝沒過幾瞬，就立馬皺眉捂住小腹，趴在江緒肩頭，氣若遊絲道：「夫君，好疼，阿檀肚子好疼。」

雖是在轉移話題，但明檀也沒說謊，她的肚子仍是一陣陣地抽疼得緊。

江緒不知該如何安撫，只是拍了拍她的肩，不甚熟練地安慰了聲：「再忍忍。」

好在封太醫開的藥終於煎好送了進來，那藥溫熱，裡頭應是放了紅糖，甜甜的。江緒耐著性子一勺勺餵，明檀也乖，半點都沒抗拒。

只不過正如封太醫所言，絞痛因人而異，喝下去半晌，明檀未有緩解跡象。

素心又灌了湯婆子送進來，江緒接過，依素心所言，將其隔著裡衣放在明檀的小腹之上。

可這大熱天用湯婆子，明檀的汗越出越多，原本只是疼，現下又多了一重熱，她難受得像隻病蔫的小貓，唇色蒼白，只能軟軟地縮在江緒懷中。

也不知是方才拿肚子疼轉移話題遭了報應還是如何，過了許久，未有緩解便罷，她還感覺腹痛愈發頻繁劇烈。

「夫君，阿檀真的好疼。」她忍不住，委屈地哭出了聲。

江緒抱緊她，下巴抵住她的腦袋，輕輕揉了揉她的頭髮，不自然地安撫著：「乖，不哭。」

「夫君，你能不能直接將阿檀敲暈，這樣就不用疼了。」

別說，江緒還真認真考慮了下。

可很快明檀又抽噎道：「算了，敲暈也很疼，若是一記敲下去還沒暈，也太遭罪了……夫君會點穴嗎？有沒有什麼穴位是一點便能暈過去的？」

有是有，只不過能讓人即刻陷入昏睡的穴位都很危險。

江緒不知想到什麼，忽然將她放在榻上，落下帳幔，召了封太醫進來。

「太醫，王妃腹痛之症暫未緩解，可否用藥或是施針使其昏睡。」他問。

明檀和小可憐似的，小聲在帳內補道：「不要施針，施針很疼的。」

「這……」封太醫想了想，「此症宜疏不宜堵，隨意用藥怕是不妥。這樣，微臣減一減量，為王妃配一服安神湯，好助王妃儘早入眠，王爺以為如何？」

如今別無他法。

江緒點頭應允。

封太醫躬身告退，去為明檀開方。

不一會兒，安神湯煎來了，明檀又服下這碗封太醫親自盯出來的安神湯，可她這神還沒怎麼安，倒有些想要如廁了，畢竟湯湯水水灌了好幾碗。

於是江緒又抱她下了榻。

江緒本想直接將她抱去廁房，可明檀怕丟人，說話都快沒聲兒了，還死活不讓，只叫婢女攙著，艱難地走去廁房。

她這情形，如廁也麻煩得緊，要忍著疼換月事帶，還要堅持淨手淨面。

一通折騰下來，回到床榻之時已近三更。

值得慶幸的是，明檀的小腹絞痛稍稍有些緩解，終於有了朦朧睡意。

湯婆子早涼了，她不讓再灌，說是熱得慌，哼哼唧唧讓江緒用手替她暖著，還得寸進尺地在他耳邊哽咽撒嬌道：「夫君親親阿檀，再幫阿檀揉一揉肚子好不好。」

江緒此刻自是有求必應，親了親她的眉眼，還耐心地幫她揉著小腹。

「好了，快睡。」他聲音低低的，聽著有幾分難得的溫柔。

明檀覺得小腹的疼痛正在逐漸消失，她的意識慢慢消失。

待明檀沉沉入眠，江緒才放緩揉肚子的動作，他望著賴在自己懷中的明檀，也不知在想什麼，神情竟是比平日要柔和不少。

這一夜，春星閣的人都沒睡著，風止軒的佳貴人也一宿沒合眼。

她白日才與定北王妃有了齟齬，夜裡定北王妃就小腹絞痛疑被下毒，這叫她怎麼敢合眼？若真是被下了毒，眾人可不頭一個就得懷疑她！

那麼問題來了，到底是有人想藉她之名除掉定北王妃，還是有人想故意弄上這齣好嫁禍於她？

會是誰呢？皇后？蘭妃？還是定北王妃自個兒唱了出戲？

既是被下毒，自然就得查毒從何而來，那她這兒該不會被人安了釘子，提前在屋中藏了毒好等人來搜時抓一個人贓並獲吧？

深更半夜想到這些，佳貴人坐不住了，連夜便將自個兒居住的風止軒翻了個底朝天，還提溜了不少下人進屋輪番審問。

這通忙活一直忙到天亮，也沒忙出個什麼結果，佳貴人懷著身子，眼底熬得烏青，疲憊非常，委實是有些撐不住了。

恰好這時有人來稟：「貴人，昨兒夜裡定北王妃並非被下了毒，彷彿是……吃了些冰荔枝，鬧肚子。」

佳貴人支著額的手滑了滑，半晌才雙眼無神，遲緩地問了句：「妳說什麼？冰荔枝，鬧肚子？」

「是。」

佳貴人也不知怎的，白眼一翻，直接氣昏過去了。

明檀鬧的這通烏龍，不只佳貴人知道，其他人也都知道了，畢竟永春園就這麼大，眾人都關注著，想瞞也瞞不住。

明檀現在心裡頭十分後悔，沒臉出門。

想當初梁家明楚奉昭永樂輪番設計都沒能毀她精心維持十數載的名聲，如今卻是一著不慎，栽在幾顆冰荔枝上！她光是想想被人在背後議論定北王妃吃個荔枝都能吃出有人行刺的動靜，就覺得快要窒息了！

唯一值得慶幸的大概是，還沒人敢當著她的面議論。

這幾日沒臉出門，明檀只好待在春星閣中作起了早先說好給江緒繡的香囊。

香囊這種小物件，做得再精細，也費不上多少時日，繡完香囊，明檀閒閒無事，想起江緒之前說過的話——她體質弱，需得好好鍛煉。

先前她答應江緒要學射箭，可答應是一回事，學又是另一回事，她躲著懶，今兒裝睡，明兒起不來，愣是拖到來永春園都沒再去過府中的演武場。

此番她心血來潮，怕江緒嫌她反覆不願再教她射箭，便拿小腹絞痛一事賣了賣慘，順便用精心縫製的香囊明行賄賂，結果當然是很順利地讓江緒重新答應了此事。

春星閣雖無演武場，但後頭便有一片竹林。江緒讓人在林中空地豎了個箭靶，還特地著人送來之前替她訂做的小弓。

正所謂工欲利其事，必先利其器，江緒如此作想，明檀也是如此作想，只不過她利的器不是弓，而是學射服。

她決定要學射箭之後，便伏在桌案上畫了張學射服的圖，將配色衣料一一標注在側，遣人快馬加鞭送去錦繡坊。

錦繡坊也不負她望，不過兩日，便趕出件與她所畫之圖完全一致的學射服。

明檀換上之後，十分滿意：「夫君，好看嗎？阿檀穿上這身是不是十分英姿颯爽！」她提著裙擺在江緒面前轉了轉圈，明眸皓齒，神采飛揚。

江緒：「……」

明檀還道：「我讓人專程做了雙小靴，不過還沒送到，若換上小靴這身就更為完美了，到時候一定會更好看的！」

「射箭在於姿勢、力道、準頭，不在衣裳。」江緒忍不住提醒了聲。

「不，阿檀以為，姿勢、力道、準頭固然重要，但有一身與之相配的俐落衣裳也很重要。」

「重要在哪？」

「重要在心情會好啊。」明檀理直氣壯，「射箭與打仗其實是同個道理，夫君你領兵上陣之時，是不是需要先鼓舞鼓舞士氣？阿檀雖不通兵法，但也知道士氣可是打仗取勝的關鍵所在，那同理，學射的興趣與勁頭也是學射取得顯著成效的關鍵所在，穿了令人心情愉悅的衣裳，學射勁頭十足，不就會事半功倍嗎？」

「……」

歪理真多。

江緒懶得理她，先往外邁了步子，明檀忙跟上。

一路走到竹林，江緒將小弓交予明檀，預備先教她正確的射箭姿勢。

明檀伸手去接，沒承想甫一接手，她就差點被那把小弓壓得往前趔趄，不得不用兩隻手穩住。

「為何這麼重？」

明檀驚了，瞧著精巧的一把小弓，這重量實在是超出她的認知範圍。

她驚了會兒，看向江緒單手拿的那把大小正常的弓箭：「夫君，你的也很重嗎？」

江緒沒說話，直接將弓遞給她。

方才的小弓明檀雙手托著，還拿得住，可江緒這把弓，她重到感覺自個兒抱著都沉得緊，趕緊還了回去。

明檀真有些沒想到，她原以為自己會射空又或是根本射不出去，可萬萬沒想到她竟是連弓都拿不起來，連拿都拿！不！起！來！

氣氛倏然凝固。

江緒其實也想到她弱，但沒想到她這麼弱，就這麼把小弓箭還得用兩隻手托著。

明檀咳了聲，硬著頭皮嘗試著用一隻手拿住小弓，拿是能拿，可她只能拿著放在身側，完全舉不起來，她試著抬了幾次胳膊，抬到一半手臂便痠到不行。

明檀有些懷疑人生：「夫君，要不今日就先，歇歇……」

江緒：「……」

她方才那些振振有詞的歪理言猶在耳。

明檀當然不會忘記自己方才大言不慚說了什麼，她一時臉熱，羞惱道：「夫君你還是自己練吧，阿檀先去用些早膳，許是沒用早膳，身上沒力氣。」

說完她便轉身匆匆往回走，還捂著臉，心裡念叨著：丟死人了丟死人了。

正當此時，前頭竹隙間忽然竄出條小蛇，隔著近丈距離移行。

明檀怕蛇，還沒來得及腿軟驚叫，眼前劍光一閃，江緒移身易影及至近前，以快到看不太清的速度出劍斬其七寸，斬完之後，那柄劍回落，正正好插在明檀身前的地上，劍身還晃了晃。

「無毒，放心。不過平日妳一個人別來竹林。」

明檀確實被嚇了下，但盯著那柄劍，不知怎的，她電光火石間，忽然想起前些時日入園，與江緒的幾句對話：

「夫君，你會吹笛簫嗎？」

「不會，但本王會劍。」

「妳不是覺得舞劍時撫琴相和，也算夫妻和鳴麼？」

「那，會劍和會舞劍，好像不是一碼事吧。」

當時她順著話頭便這麼應了，也沒覺得哪兒不對，可這會兒看到劍，她忽然覺得有些不對了。

夫君是從何知曉，她覺得舞劍時撫琴相和，也算夫妻和鳴的？如果沒記錯的話，她好像只在靈渺寺許願這般說過吧。

從竹林回到屋中，明檀有些心不在焉，偶爾瞥江緒一眼，也是欲言又止。

江緒以為她是被蛇嚇壞了，沒多想，只是喝著粥，看一早送來的邸報。

到底明檀還是忍不住，旁敲側擊問了句：「夫君可曾聽說過靈渺寺？」

靈渺寺？

江緒的動作停了一瞬，繼續喝粥，連眼都沒抬，不動聲色反問：「妳與令國公府退婚後，不是在那祈過福麼。」

「啊……」

明檀埋頭扶額，閉著眼恨不得抽自己兩巴掌，她怎麼把退婚這茬兒忘了。

「怎麼了？」

「沒怎麼。」明檀忙轉移話題，夾了塊酥餅給他，「夫君嚐嚐這個，素心今兒一早特地采了新鮮花瓣烤的。」

江緒接了，沒追問。

明檀暗自鬆了口氣，她可不想和夫君聊什麼退婚的老黃曆，又不是什麼光宗耀祖給自個兒長臉的好事。

眼看靈渺寺這話頭是不能再提了，明檀一時不知如何再問，只能安慰自己，方才夫君應話時半分無異，想來與她在寺中念叨無甚干係，許是她夢囈了，又或是無意間說過一嘴但她自個兒不記得了也說不定。

江緒翻著邸報，眼尾掃過還在扶額懊惱的明檀，唇角不自覺往上揚了下。

今日成康帝召江緒覲見，出門前，江緒對暗衛下了道命令：「帶人去竹林，把蛇都殺了。」說得雲淡風輕。

「是，屬下領命。」

暗衛領命領得痛快，可轉過身便面無表情地想：殺蛇，這還不如讓他去殺人來得痛快。

盛夏時節本多蛇蟲，就算清理了竹林，永春園中草木繁多，其他地方的也能遊竄過來，該如何清理？

清平殿，空曠幽靜，沉香嫋嫋。

成康帝與江緒坐在棋桌前對弈。

身為帝王，成康帝自然什麼都通一些，於棋藝一道上，無需江緒放水，他也能與其平分秋色。

這會兒，成康帝邊落子邊與江緒談起政事：「昨日靈州市舶使喻伯忠遞了摺子上來，說監官周保平狎妓暴虐，縱樂無度，五日前暴斃於家中。」

江緒目光落於棋面，靜靜聽著。

成康帝自顧自繼續道：「靈州的市舶稅連年降低，可往來藩客卻不知多了凡幾，朕不過派個周保平探探虛實，半年不到就折了，看來這靈州，還真是水潑不進，刀插不入了。」

江緒仍未出聲。

成康帝絮叨了半晌，見江緒不發一言，他忍不住敲了敲桌：「你如何看？」

「右相如何看？」江緒反問。

「右相以為，靈州是宿家最後一塊地盤，世代經營，不易啃下，需得從長計議。」

成康帝耐著性子復述完，不由得吐槽了句，「都是些廢話。」

「右相說得不錯，太后一脈樹大根深，如今最大的倚仗便是靈州海貿。兔子急了還會咬人，動作太大，怕是會得不償失。」

「朕何嘗不知，可這塊骨頭難啃便不啃了？靈州海貿日益繁盛，他宿家在此劃地為王算怎麼回事，你快給朕想想主意。」

江緒看著角落已被圍堵難以突出重圍的黑子，垂下眼簾，忽然在不遠處落了一子。

「陛下要的不過是把控海貿，靈州既難攻堅，不若再開一港，徐徐圖之。」

成康帝頓了頓。

大顯前失北地十六州，歷經三朝，到他手中仍餘五州未曾收回，是江緒領兵多年征伐，才從北地蠻夷手中拿回曦、理、虞、東四州。

北患未絕，南夷侵擾也未休止，於開港一事上，幾朝都是慎之又慎。

成康帝不是沒想過再行開港，可這開港不可能一蹴而就，光是開不開，開在哪，朝臣就能反覆辯上月餘。

他思考良久，忽問：「若是再開一港，你認為何處為宜？」

「全州，桐港。」

「桐港？」

江緒提起這麼個小地方，成康帝一時沒想起在哪兒，好半晌，才在腦海中勾勒出其地理位置。

不知想起什麼，他忽而撂下棋局，喚人拿了張輿圖過來。

全州與靈州中間隔了兩州，可與主要互通的摩逸、渤泥、交趾、真臘等國，海航距離相差無幾，要轉移靈州經營已久的市舶貿易，具備了便利的地理條件。

且全州內鄰禹州，禹西地區是西域往來要塞，周圍有錫止、龐山等望縣拱衛，若能在全州再開桐港，禹州往來交通之匯更為便利。

最為要緊的是，全州遠北地，也遠南夷，在此開港，不必憂心有海寇蠻敵聯合之困。

只不過，「全州並不繁榮，你說的桐港只是全州裡頭一座小得不能更小的海鎮，貧苦久矣，與靈州毫無可比之處。」要開港口，總得有點基礎條件。

「白紙一張，更易書寫。」

這麼說，也沒錯。

成康帝點了點頭。

「此事，容朕再考慮考慮。」成康帝點了點輿圖，「即便開港，短期內也難從靈州分一杯羹，所以這靈州……不論如何，至少得插人進去，博買不論，這抽解怎麼也得給朕交齊了。」

他又嘆道：「周保平忠心，人也機敏，他下靈州近半年，此番遭難，想來應是拿到什麼東西，朕得派個人去查查，究竟是怎麼死的。」

江緒不置可否。

他想了想，問：「阿緒，你認為誰去合適？」

江緒沒答，只是抬眸與他對視一眼。

「這倒也不必你去。」成康帝下意識否道：「朕看，就讓舒景然去吧，也好讓他歷練一番，他是右相之子，宿家不會妄動。」

「左右無事，我與他一道去，順便去趟桐港。」

「也好，隨你。」成康帝沒多糾結。

議完正事，成康帝又與江緒閒話了幾句，只不過江緒向來沒什麼興趣與他聊閒事，很快便欲起身離開。

他起身之時，成康帝注意到他腰間竟佩了個香囊，忽然覺著有些稀奇：「你何時佩香囊了？」

他年少時便喜歡與江緒這位堂弟走在一起，許是兩人面臨同樣的困境，他待江緒總是要特別些。

可江緒從小就沒給過他好臉色，某歲端午，他分了個婢女繡的驅蟲香囊給江緒，江緒不領情，還肅著張鼓鼓的小臉對他說：「君子不佩閨閣玩物。」

江緒說到做到，這不佩，便是十幾年未佩過。

且江緒如此一說，弄得他很有負罪感，十幾年都未再佩香囊，非要佩，也是繫於肘後，藏於袖中。

今日稀奇，這「閨閣玩物」怕是長了腳，自個兒攀上了定北王殿下的腰間。

成康帝似笑非笑地看了他一眼。

他懶得解釋，轉身負手離開。

成康帝望著他的背影，興之所至，忽然招來宮人，問：「是哪位妃嬪做了香囊來著，拿來給朕瞧瞧。」

宮人應是，忙去取某位才人送來的香囊，心裡嘀咕著，前日從宮中送來時，陛下不是說：「繡什麼香囊，呆在宮中就安分守己，沒事兒多抄幾本經靜靜心。」轉頭還斥他，「這新來的才人不懂規矩，你也不懂規矩？朕幾時佩過香囊？什麼東西都往朕跟前送！」

帝王心思，真真是變幻莫測。

另一邊，回春星閣的路上，江緒遇上蘭妃。

蘭妃見著他，停步行禮道：「見過定北王殿下。」

江緒略略點頭，此道只通春星閣，他問：「妳尋王妃？」

蘭妃與他保持著距離，眉眼低垂，「嗯」了聲：「聽說前幾日王妃吃多了冰荔枝，鬧肚子，妾身心中一直有些歉疚，那簍冰荔枝，是妾身送的。今日便想帶些好茶，來給王妃賠罪。」

「是她自己貪吃，與妳無干。」

倒是第一次聽到他用這般帶有情緒的話形容女子。

貪吃。

已近樓閣，蘭妃抿唇，不知想到什麼，忽道：「既在此遇上殿下，便煩請殿下替妾身將這些茶轉交給王妃吧。」

她話音方落，前頭樓閣便傳來女子叫喊之聲——

「啊——！」

「王妃！」

「小姐！」

江緒聞聲，往不遠處望去，忽而足尖輕點，易影離地。

這幾聲驚叫來自春星閣外的鞦韆。

明檀坐在鞦韆上，讓婢女們推著，本是想吹吹風，在高處瞧瞧永春園的無邊好景，誰想推了會兒，她忽然眼尖地瞧見江緒與蘭妃的身影。

她不確定是不是瞧錯了，催促著婢女：「推高點，再推高點。」

「小姐，不能再高了，再高了危險。」素心擔憂道。

「無事，再高一些。」

明檀終於瞧清了。

竟真是江緒與蘭妃。

他們怎會走在一起？瞧著……似乎一道往春星閣來了。

雖然江緒已解釋過兩人關係，但蘭妃怎麼說也是差點與他有過婚約的女子，空谷幽蘭般恬淡，還是他親口誇讚過的高才。

明檀腦袋瓜裡下意識閃過個念頭，不行，與蘭妃站在一塊，她怎麼也不能輸了！

於是她忙道：「素心，快搖一搖梨花樹，還有妳們，鞦韆再推高些。」

她想著，梨花雨落，她在鞦韆上飛蕩，衣袂飄飄，再配上少女輕快歡樂的笑聲，嗯，很好，很有幾分仙女下凡的韻味。

明檀兀自醞釀著笑聲，在鞦韆落到低處時鬆了隻手，想整理下吹亂的頭髮還有前襟。哪成想她這一鬆手，轉瞬之間，鞦韆便被推至了最高點，她另一隻手脫離了控制，半邊身子往外，繼而整個身子往外，竟是在最高點猝不及防地飛出去了！

那一瞬間，明檀腦子空白，心跳彷彿停止，耳邊有倏忽的風聲，她什麼都想不到，只能遵從本能地閉眼驚叫道：「啊啊啊啊——！」

由於事情發生不過瞬息，明檀甚至沒來得及想這一飛一摔是會半殘還是會死，就重重撲入一個清冷的懷抱。

她眼前冒著白光，閃了會兒金星，隱約間見到夫君那張熟悉的俊臉。

不遠處，蘭妃也怔住了。

她循著驚叫聲趕至院外，正好撞見定北王妃從半空飛落，直直撲入定北王懷中，王妃的雙腿環在王爺腰間，一團往裡貼得緊緊實實的，饒是王爺內力深厚，都被撲得往後退了小半步。

院內寂靜，知了不叫了。有那麼一瞬間，畫面似被凝固，連風都靜止不動。

最先回過神的是一眾婢女，她們的心臟似跟著明檀一道飛了出去，這會兒落定，慌慌忙忙下跪磕頭，認錯道：「奴婢該死、奴婢該死！」

明檀被告罪聲拉回神智，五感慢慢回籠，驚魂未定之餘，原本模糊的視線逐漸清晰，她眼前，與之對視的，是一雙沉靜而又熟悉的眸子。

兩人視線交接。

好半晌，她終於意識到方才發生了什麼——

她不小心從鞦韆上飛了出去，以一種直直往前撲，與仙女下凡毫無干係的姿勢，伴隨著失控刺耳的尖叫，飛了出去。

然後被她夫君接住了。

也就是說，繼偷入軍營相看被明楚揭穿、去別玉樓偷學避火圖被抓包後，她又在夫君面前作出了出糗的第三座高峰——想來，也不可能再超越的那種高峰。

因為這回一道圍觀她出糗的，還有她在心中一直與之比較，算得上是半個情敵的蘭妃。

明檀僵硬地轉頭看了蘭妃一眼，目光又移回江緒身上。她頭皮發麻，表情凝固，不知是哭是笑，心下只覺著，自個兒這回尷尬得差不多能用腳趾摳出一座大顯十三陵了。
婢女告完罪後，戰戰兢兢跪著，等候主子處罰，終於，江緒開口，打破院中的沉寂：「護主不利，所有人杖責二十。」
明檀聞言，顧不上尷尬，忙結巴著小聲解釋：「夫、夫君，與她們無關，她們也說盪高了危險，是我自己非要盪那麼高的……」
越往後說，她聲音越小，到最後，聲音都小得幾乎聽不見了。
可江緒不為所動：「貼身心腹，自有分辯勸誡之責，一勸不聽，便該二勸。如若不然，有朝一日作惡，她們也要為虎作倀麼？素心、綠萼，杖責三十。」
明檀：「……」
怎麼還越打越多了？不是，不就盪個鞦韆怎麼就上升到為虎作倀了？
她還想開口，素心、綠萼忙搶在她前頭哐哐磕頭異口同聲道：「多謝王爺教誨，奴婢甘願領罰。」
她倆不僅嘴上異口同聲，心裡還不約而同想著：拜託了小姐，別說了！
江緒這通不留情面的問責，讓怔在一旁的蘭妃回了神。
其實有時候，不小心撞上尷尬場面的人，會比製造尷尬的人更無所適從。她遠遠福了一禮，輕咳了聲，忙道：「妾身，妾身是來送茶的，茶已送到，閣中還有些事，妾身就不多叨擾王爺與王妃了。」

說完，她示意宮人上前送茶，自個兒福了一禮，匆匆轉身離開。

蘭妃離開後，院中再次陷入沉寂。

明檀仍掛在江緒身上。她丟人丟到雙目無神，僵硬四肢與腦中思緒無處安放。

江緒原本是面對面抱著她，忽然將她往上拋了拋，將其扛在肩上，邊往屋內走邊冷淡吩咐：「鞦韆拆了。」

不知是被這四個字刺激到了還是怎麼，明檀忽然掙扎起來，小腿蹬著，手不忘拍打著江緒的後背：「你快放開我，嗚嗚嗚……好丟人，我不要活了！」

江緒沒理她，直接將她扛進內室，扔在床上。

明檀落入軟榻之中，順手撈起錦被捂臉，邊蹬腿邊悶在錦被裡頭胡亂發洩著，過了好一會兒，她才靜下來。

「鬧夠了？」

江緒一直站在床邊看著，見她安靜，忽而伸手，拉開錦被。

明檀頭髮凌亂，雙目無神，臉上還被自個兒揉得這一塊紅那一塊紅，活脫脫像個小瘋子。

不過小瘋子時刻都不忘注意自己的形象，都這般了，還不忘立馬回身，背對江緒。

其實江緒方才有些動氣，不知為何，見到明檀這副模樣，煩悶之氣倏然全消，還莫名覺得有些好笑。

「午膳想用什麼？」

「我像是還能咽下午膳的樣子麼。」明檀聲音很小，聽來有幾分幽怨。

「……」

明檀折過繡枕捂臉，聲音被枕頭捂得悶悶的：「夫君，能不能讓我一個人靜靜。」

江緒聞言，沒說什麼，稍頓片刻，安靜地退了出去。

外頭素心與綠萼的板子已經打完了，三十大板下去還能踉蹌走路，可見放水放得有多厲害。

見到江緒，兩人誠惶誠恐地告罪行禮，又小心翼翼問，能不能進屋伺候。

「不必，讓她靜靜。」

兩人應了聲是，對視一眼，不敢進去打擾。

明檀這一靜就從晌午靜到了晚上。

江緒原本沒把這事放在心上，小姑娘面皮薄，自己緩緩就好了。可他出了趟園，回來聽說王妃從晌午到現在，既未用膳也未出門，有些意外。

他撩簾入內，緩步走至床邊。

明檀夏日是不用香的，屋內只有佛手、青梨，淡淡的果香。

她沒睡，聽到腳步聲，身體很明顯地頓了下。

江緒落座榻邊，先是望了明檀一眼，而後緩緩伸手，拂開明檀臉上碎髮：「這是在與本王置氣？」

明檀小幅搖頭：「我是在與自己置氣。」

「氣什麼？」

「氣我自己丟人。」

「誰說妳丟人了？」

她忽而轉過身來，眼睛紅紅的：「嘴上沒說，心裡肯定都是這般想的！」尤其是你！

江緒似乎知道她心底補充了什麼：「不管他人如何想，本王並未如此作想。」他稍頓，看向她紅通通的眼睛，「就因為此事，氣哭了？」

明檀忙捂住自己眼睛，可她眼睛有點痛，捂著難受，於是乾脆捂住江緒的眼睛，蠻不講理道：「大顯哪條律法不讓女子氣哭了！」

江緒心下失笑，寬掌覆上她的小手，剛準備將其拿開，她又做出副有些小凶的模樣：

「不許看，好醜！」

「醜也無妨，反正，糟糠之妻不下堂。」

「……」明檀自己鬆手了，瞪直眼睛看向江緒，不敢置信道：「我如何就糟糠之妻了！」

新婚之夜夫君對她說「吾妻甚美」的畫面還在眼前歷歷分明，半年不到竟成了醜也無妨的糟糠之妻，果然世間夫妻情分，都不過爾爾！

她心底頓時拔涼拔涼的，嘴也扁了。

眼見明檀就要當真，江緒摸了摸她柔軟的臉頰，拇指指腹刮過她眼下淚痕，見好就收道：「本王說笑而已。」

「……」

「夫君還會說笑嗎？一點都不好笑！」

明檀地被氣到了，又背過身去。可她氣不過，很快自己翻回來，望著江緒控訴道：「你就不能說些好聽的誇誇我哄哄我嗎？莽夫！一點都沒有情趣。」

「情趣？」江緒緩慢復述了聲。

兩人對視，明檀覺出些危險，忙想改口。可江緒忽而沉靜往外吩咐道：「來人，備水，王妃沐浴。」

「……我不要沐浴！」

江緒輕鬆將她抱至懷中，在她汗津津的背脊上摸了摸：「不沐浴？」

「那、那我一個人沐浴，不要和你一起。」

方才說到情趣他便著人備水，想也知道他要幹什麼壞事，她才不要！每次在水中都會弄得淨室滿地水漬，動靜也大，可丟人了。

討價還價間，淨室內很快水霧氤氳，紗幔輕晃，花瓣飄浮在水面，呈現出朦朧曖昧的紅。

江緒抱著她進了淨室，將她放在浴池旁的凳上。春星閣中的淨室有一方白玉浴池，兩人來永春園後還沒在這池中試過。明檀不安地搓著小腳，渾身充滿抗拒：「我、我自己洗就可以了，不要和你一起。」

多日未曾纏綿，她總有預感，今晚要是在這被他得逞，明兒就別想起床了。

江緒極低地笑了聲：「這恐怕由不得妳。」

明檀一聽不好，起身就要往外逃，可她哪是江緒的對手，很快便被捉住，抵在屏風上。

江緒貼在她耳側提醒：「再動，屏風會倒。」

「……」

然後屋外的丫頭們就會想，王爺和王妃可真激烈。

明檀不動了，假意投誠。可就在江緒的俊臉緩緩靠近之時，她忽然用額頭撞了下他的額頭，得了半息，又想往外跑。

只是她未注意自個兒的衣上繫帶還握在江緒手中，這一動，衣裳被扯開大半露出香肩不說，還差點往前摔了跤。

江緒扶住她，聲音沉而曖昧：「王妃這是在親身示範，教本王欲擒故縱的情趣麼。」

「……」

才不是！

她又羞又氣，伸手推了把江緒，可人沒推動，反而自個兒腳下打滑，往後一仰——

「噗通！」

栽進了浴池之中。

屋外的丫頭們想：王爺和王妃可真激烈。

跌入池中後，明檀撲騰兩下。身上凌亂衣衫盡濕，勾勒出玲瓏有致的線條。

她閉著眼，被嗆得直咳，好不容易呼吸順暢了，又被一堵溫熱胸膛抵住。

她下意識往後退，那堵溫熱胸膛也跟著往前逼，待跌至池邊，終是退無可退。

明檀很有幾分審時度勢、能屈能伸的本領，見逃不開，她立馬變了副面孔，委委屈屈拉住江緒的手，邊晃邊求饒：「夫君，只一回，一回好不好，小日子剛過呢。」

「一回？」江緒傾身，聲音落在她頸側，弄得她有些癢。

明檀下意識往後縮了下，背脊發緊，眼神躲閃。

可他的手已經繞至她的腰後，在腰骨處曖昧摩挲，她一陣顫慄酥麻，試探讓步：「那兩回，最多兩回，不能再多了！」

江緒眼底閃過一抹欲色，騰出隻手，捏住她小巧的下巴，往上抬了抬。

他像在打量一件精緻瓷具，目光在她臉上流連，漸深漸暗，也漸近。

在貼得極近，鼻尖已相對之時，他低低地吐出兩個字：「三回。」

而後直接堵上檀口，咬舐輾轉，壓得她不由後仰。他身上久素未紓的侵略氣息極為霸道，根本不容拒絕。

窗外幽靜，倏忽夜風吹散草木花香。

掩在草木間的月色昏昧朦朧，春星點點密布，間或有幾顆忽明忽暗在閃動，似在好奇窺伺人間閨閣裡的無邊春色。

不知過了多久，明檀眼上有些腫，鼻尖泛著紅，柔軟臉頰有退潮後的淺淡紅暈，模樣楚楚，惹人憐惜。

江緒忍不住揉了揉她的腦袋，又低頭親了親她的眉眼：「明日帶妳去騎馬，如何？」

明檀也不知聽到沒，唔了聲，翻身背對著他，不過很快又被翻回來，塞入熟悉的胸膛之中。

一夜無夢。

次日醒時，已是日上三竿，明檀身上清清涼涼，雖也痠疼，但比預計中好上不少。

她伸手讓綠萼伺候更衣，問完兩人昨日那頓板子，順道問了聲：「妳幫我上的藥？還是素心？」

綠萼抿唇偷笑：「奴婢倒想，可王爺疼惜，不願假手於人呢。」

「……」

明檀羞惱，輕瞪了她一眼。

綠萼笑意不減，邊替她整理衣領邊繼續道：「素心去拿膳了，小姐昨兒就用了頓早膳，今兒可得多用些，且王爺回來不是還要帶小姐去騎馬嗎？騎馬可耗體力了。」

「騎馬？」

「對呀，王爺出門前吩咐說，晌午他會回來接您，還讓咱們準備好騎射服來著。」

明檀終於想起，臨睡前，他好像說過這麼件事，且聽他的語氣，像是為了哄她，特地做出的補償。

嗯……他這種莽夫，也只能想出這種一廂情願以為是在哄她的補償了。

「對了，小白兔也餵得可好，皮毛油亮光滑，通體無暇，定是極襯小姐英姿。」綠萼又道。

「什麼小白兔？」

明檀疑惑問了聲，剛問完，她自個兒想起來了，是那匹照夜白獅子。

說起來小白兔這名兒可取得忒差了些，不過隨口一取，倒沒少給她在床上找麻煩。

晌午時分，江緒回了。

昨晚控訴他不會哄人，他便想領小王妃去永春園的馬場，教她騎馬。如此耐心，也算哄了。

其實明檀對騎馬毫無興趣，不過她想著自個兒與夫君除了在床上，其餘時候相處甚少，夫君既騰了時間專程陪她哄她，她也不好掃興。最要緊的是，她想和夫君多待一會兒，增進些交流。

今日天氣好，日頭不曬，馬場空曠，明檀看著通體雪白的照夜白獅子幼駒，忍不住上前，順著毛輕輕摸了一把，邊欣賞邊感嘆：「真好看，馬鞍也好看，上頭的花紋刻得有幾分精緻。」

「……」

江緒靜了會兒，上前，放緩動作翻身上馬，為她做了回示範。

很快他下來，耐心和她講起上馬與控馬的基本要領。

「記住，上馬之後，握緊韁繩，用前掌踩馬鐙，不要用腳心——」說到一半，見明檀還盯著精緻馬鞍，他停聲問，「聽懂了麼。」

「嗯，聽懂了。」明檀點頭，為了證明自己有在認真聽，還將他方才教的那些簡略復述了遍。

只不過她腦子懂了，身體沒懂。剛踩上馬鐙，身體重心就不由偏了。這也怪不得她，這小馬駒可是能跑能動的活物，真往上騎，哪能和嘴上說說那般簡單。

「不要怕，本王扶妳。」江緒及時托住她的腰，將她往上送。

有人護著，明檀膽子大了些，她緊緊拉住韁繩，克服著身下小馬不安分踢踏所帶來的緊張，心一橫，閉眼跨上了馬。

「夫君！不要鬆不要鬆，快扶住我！」

上馬後，她感覺腰上的托力忽然撤了，慌張往旁側望了眼，繼而抱住馬脖子不撒手，出聲求救。

「別抱，按本王先前說的，坐直，拉住韁繩即可。」江緒負立在一旁，不再相幫，只是出言引導。

可明檀害怕得緊，身子每每稍抬一些，便立馬怕得伏了下去。

「坐直。」

「坐不直，阿檀的腰彷彿有自己的想法……」

「不急，慢慢來，先鬆手，別抱。」

明檀完全不敢鬆，咽著口水，聲音顫道：「說出來夫君可能不信，我的手好像也有了自己的想法……」

江緒：「……」

不遠處林蔭旁，停著皇后儀仗。

章皇后半瞇起眼打量著馬場上的一雙璧人，似是心有所感般，極輕地嘆了聲：「少年夫妻的情分，最為難得。」

「是啊，皇后娘娘與皇上也是少年夫妻，自是旁人不能比的。」昨日因香囊得了皇上青眼，被臨時接至永春園的小才人在後頭逢迎道。

皇后淡笑了聲，未有言語。

倒是淑妃彎起唇角，望著馬場上不讓與撒嬌的二人，忽而打趣道：「咱們不如猜猜，大殺四方的定北王殿下……到底受不受得住這美人嬌？」

「我猜定是受不住，俗話不都說了，最難消受美人恩嘛！」一位妃嬪嗔笑。

「正是，王爺待王妃，瞧著與自幼一道長大的獻郡王與郡王妃相比，也不遑多讓呢。」

「蘭妃妹妹，妳覺得呢？」淑妃又問。

蘭妃未答，只是輕輕搖頭。

其實她瞭解的江啟之，並不是一個會妥協遷就的人。

幼時她是公主伴讀，與皇子公主、宗室貴戚一道在宮中念書，江啟之也在。那時，她對這位差點與自己指腹為婚的前皇太孫極為好奇。

許是因這份好奇，她總會不自覺地多留意他些，這份留意，日漸累積，也積升起了別樣情愫。

知慕少艾的年紀，她對江啟之有過極短暫的懷春心思，那心思怦然又苦澀。

苦澀於她知曉，他是有大抱負，終有一日能實現抱負的男子，情愛之於他，無關緊要，更不值一提。

而她註定要入深宮，成為帝王的女人，縱與之面面而立，也不會有更多交集。

能聊以慰藉的便是，她總想著，他那樣驚才豔絕的男子，雖不屬於她，也不會屬於任何女子。

只不過而今發現，她許是錯了。

「果然猜中了！」

宮妃們嬌笑。

不遠處，明檀趴在馬背上，死活沒法兒坐直，不時磨著站在身側的江緒。

江緒起先不為所動，可被磨了會兒，還是讓步牽繩，拉著她走了一小段距離。

明檀慣會得寸進尺，得逞後，又讓江緒抱她坐上他的疾風勁馬，美名其曰兩人共乘一騎，可以手把手教，江緒也依了。

江緒是想手把手教，可明檀並不是真的想手把手學，賴上一騎後，她便舒適地靠在他懷裡，好奇問：「夫君是不是可以騎很快？最快能有多快？」

「若不換馬，至多四百里。」

「這麼快！那夫君得了空閒，能不能帶阿檀去外頭騎騎馬？阿檀還從未體驗過坐在馬背上縱馬飛馳的感覺呢。」明檀仰頭，有些崇拜地看著他。

江緒「嗯」了聲，沉吟道：「過段時日吧，本王過兩日要去靈州，待從靈州回來便帶妳去。」

「靈州？」明檀知道靈州極為繁華，但離京甚遠，比青州還要遠上大半路程，「夫君這次要去很久？」

「少則月餘，多則三月。」

「這麼久……」

與江緒成婚以來，江緒雖時有外出辦差，但從未去過兩、三月。倏然聽到要離開這麼久，明檀心裡竟有些莫名失落。

晚上安置時，明檀翻來覆去睡不著。

她一直動來動去，江緒也無法安睡，他忽地撈過她的身子，攏在懷裡，帶著睏意低啞問道：「怎麼了？」

「夫君這回要去靈州，可靈州不像禾州、青州……聽聞熱鬧繁華，比京城也是不差的。」

江緒「嗯」了聲，漫不經心繼續問：「還聽聞什麼？」

「還聽聞，聽聞靈州有一百八十舫，畫舫相接，往來小舟通行，女子窈窕多姿，環肥燕瘦應有盡有，可是名副其實的醉生夢死溫柔鄉。且靈州女子溫婉靈秀，是出了名的美人多。我舅舅府上從前便有一房姨娘，是舅舅南下靈州時帶回來的，那時很得寵愛，只是身子不好，去得早。敏敏以前常說，那位姨娘若還在，她怕是都得靠邊站了。」

「王妃聽聞的還真不少。」

明檀小聲問道：「所以、所以夫君會不會也突然帶回個姑娘？阿檀不是善妒，絕對不是善妒，那如果夫君帶回個姑娘，能不能提前修書一封，好讓阿檀有些心理準備？」

準備什麼？

準備去拆了不守承諾的靈渺寺佛像金身？

江緒眼還沒睜，只聽明檀不斷絮叨，待她絮叨完，他才懶著嗓音低低應了聲：「王妃若不放心，其實可同本王一道前去。」

明檀自出生起，便未離過上京，出門最遠，也不過是去京郊佛寺燒香祈福。倏然提起同去靈州，她有些回不過神。

她去？她去做什麼？她也可以去嗎？

明檀望向江緒，先是愣怔，後慢慢回神，有些猶疑，又有些抑制不住的雀躍。

她小心翼翼拉了下江緒的衣袖，湊近問：「夫君，你說真的？阿檀也能去？不會打擾夫君辦事麼？」

「無礙，只不過路途遙遠，舟車勞頓——」

「沒關係，阿檀不怕受累。」

明檀答得毫不猶豫，眼裡亮晶晶的。

江緒未應聲，顯然並不是很相信。

不過很快，江緒就明白一向能坐就絕不走路的小王妃，為何能這般斬釘截鐵地說出自己不怕受累了。

靈州之行，他原本打算直接從永春園出發，可明檀想先回一趟王府，他正好也打算臨行前去趟大理寺獄，便依了。

只不過他沒想到，待他從大理寺獄回府，就見到府中二門處整整齊齊停了一排馬車。

他眉心突突起跳，後知後覺想起了，她去靈渺寺祈福時的那五輛馬車。

「這些都是王妃要帶的行李？」他問。

「回王爺，是。王妃說——」

「夫君！」

下人的話還未說完，不遠處明檀忽然招呼了聲，提著裙擺輕快上前。

走至近前，明檀邀功似的拉住江緒的手腕，眼睛亮亮的，唇角上翹道：「夫君，快來看看阿檀準備的行李。」

她回頭，素心立馬恭謹地遞上一本厚厚的行李簿冊。

「我按馬車順序，著人寫了一份行李簿冊，路上需拿些什麼，一一核對即可，是不是極為方便？」她邊翻邊道：「這第一輛自然是咱們要乘的馬車，靈州路遠，又正值酷暑，自是要用冰的，所以裡頭備了冰鑑，車幔處加了三扇木窗，若遇雨天，雨水也不會進到車裡來。」

江緒：「……」

明檀說著，拉著他往第一輛馬車走，素心跟著上前打簾。

這輛馬車極為寬敞，裡頭軟榻能睡下兩個人，中間置有能放下一局棋的桌案，旁邊有多寶格，榻上鋪了多層軟墊，最上面一層軟墊還是用的冰絲布料，涼涼的，坐在上頭不至於太熱，其餘還有花瓶字畫點綴，總之處處可見精細雅奢。

除這一輛出行所乘馬車外，後頭那些多是放兩人的衣物，還有器皿乾糧。

江緒見了這般彷若要去接管靈州的陣仗，一時不知從何駁起，只好先望著最後那輛空車，問：「帶輛空車是做什麼。」

「靈州繁華，自然有許多稀奇物件，且我還需要帶不少手信回來，帶上空車，屆時便好運回呀。」明檀理所當然接道。

「若裝不下，回京時再置辦車馬不就行了？」

「可當下置辦的與咱們府中的定然不一樣，如此一來，回程隊伍就沒那麼整齊好看了。」

「……」

江緒的眉心又跳了跳。

明檀偏頭打量，見他神色不對，小心翼翼問道：「夫君，這些馬車已然精簡，還是太多了嗎？」

江緒倒是相信她已然精簡，畢竟她去個靈渺寺都需五車，靈州路遠，她費盡心思簡至十車，想來還很是傷了番神。

只不過這麼多行李，不可能真依了她全都帶上，他簡短道：「若要跟本王一道去，最多只能帶兩輛馬車。」

「兩輛？」明檀瞪直眼睛，她先前想到可能要減，但沒想到要減這麼多，「這……是不是太少了些？」

江緒不為所動：「妳自己決定。」

他拉開明檀的小手，邁步往裡。

明檀看著江緒的背影，咬著唇，輕輕跺了下腳。靈州肯定要去的，她活了這麼久，還沒出過京呢。可望著一排馬車，她秀眉緊蹙，委實難以做出取捨。

兩人要乘的那輛是無論如何也不能減的，馬車裡頭的多寶格勉強可以塞些她的頭面，其他東西卻塞不下了，那換用的軟墊錦被、衣裳繡鞋，還有器皿、乾糧等物什，一輛馬車如何裝得下。

她翻著那本厚厚的行李冊子，頭疼得緊。

第九章　南下

事實證明，這世上許多事，也不是一定做不到。時間再緊，擠一擠總是有的。兩輛馬車太少，為著出門，必須帶的行李也是能塞下的。

次日一早，日頭未升，江緒便帶著明檀與她精簡下來的兩輛馬車出發了。

此去靈州多行陸路，若不出意外，這一路都能在熱鬧之處尋到好的客棧休歇。

出門連行李都已從簡，丫鬟自是不好多帶，素心與綠萼，一個穩重一個機敏，明檀也不知帶誰才好，索性帶了雲旖。出門在外，多個會武的，總能多上幾分安全。

舒景然在城外與他們匯合之時，見到雲旖，有幾分意外：「雲姑娘。」

雲旖疑惑地看向他：「你是？」

舒景然稍怔，倏而失笑。

倒也不是他自戀自誇，但女子見他第三面還無法將他認出，這的確是頭一回。

正在這時，明檀撩簾，笑盈盈和他打了聲招呼：「舒二公子。」

舒景然忙拱手，朗聲笑道：「給王妃請安。」

「舒二公子不必多禮。」

雲旖終於想起來了，這便是王妃非要她救的那位男子，之前在府中還遇見了回，客套了幾句，差點客套走一隻燒雞。

後來她去給王妃請安時說起此事，王妃當時用一種頗為好笑的語氣說，人家是京城第一美男子，哪會真要她的燒雞，她委實憂慮得太多了。

想到此處，她忙垂首，跟著明檀喊了聲：「舒二公子。」

「雲姑娘想起舒某了？」

雲旖老實點頭：「王妃說您是京城第一美男子。」

舒景然再度失笑。

明檀沒想到雲旖這憨子會突然來這麼一句，稍稍有些不好意思。但京裡都這般說，她也不算說錯。

倒是江緒看著兵書，忽然出聲道：「天黑之前要趕到東鎮，還想留在這敘話，今晚便只能睡馬車。」

「……」

幾人閉嘴了。

一路無話，不想江緒一語成讖。

臨近酉時，原本晴好的天氣突然生變，疾風驟雨撲面而來，馬兒嘶鳴著，馬蹄帶起泥水後濺，不願再往前行。

「王爺，雨太大了，不能再往前趕了。」暗衛握緊轡繩，向後稟道。

「前面有石亭，去避一避。」江緒聲音很淡。

因著明檀的精心布置，他們乘的這輛馬車其實感受不到什麼，關上窗，裡頭依舊舒適，只是外頭雨聲有些嚇人罷了。

「夫君，我們是不是趕不到禾州了？」

江緒仍在看兵書：「如妳所願，睡馬車。」

「……」

怎麼就如她所願了？

其實禾州與上京相鄰，出城之後，只需翻兩座矮山便能進入禾州地界，平日單騎而行，半日足矣。

可趕著兩輛馬車，速度到底不敵，原本預計在日落前趕至禾州東鎮，遇上這場突如其來的暴雨，是趕不到了。

半山腰有供人歇腳的石亭，除江緒與明檀待在車中，其餘的人，包括窗不遮雨的舒景然都入了石亭躲雨。

待到雨停，天已經黑了。

明檀起先還抱有雨很快會停，能繼續趕路的僥倖心態，只不過看著天慢慢暗下來，心裡頭漸漸涼了。她不敢相信，出門第一日，便面臨著要在荒郊野外露宿一夜的境況。

「那我今夜不能用膳，不能沐浴，也不能有寬敞床榻好生安置了是嗎？」她忍不住問。

江緒闔上書，什麼話都沒說，便下了車。

明檀本想追問他要去哪，可他動作太快，還沒等她出聲人就已經下去了。

她心裡莫名一陣委屈。

先頭他也沒說不讓帶行李，收拾多了，非要減成兩輛便也減成了兩輛，可這一路又是「如她所願」又是一言不發的，她就那般招人煩不能讓他多說一句嗎？

她是有些吃不得苦，多問了兩句，可頭一日便如此待她，誰曉得到了靈州兩人的夫妻情分還能剩下幾分？倒不如明兒便自請回府，也懶得給他添麻煩的好！

想到這兒，她忽地踢下繡鞋，兩隻腳縮上軟榻，雙手抱膝。

約過了一刻，江緒撩簾，見她這般，頓了頓：「妳做什麼。」

明檀偏頭，不想理他。

江緒伸手，將她的繡鞋規整擺至軟榻之下，沉靜道：「不是要用膳、要沐浴、要睡寬敞床榻好生安置麼？下車，本王帶妳去。」

明檀稍怔，慢慢抬起腦袋：「去哪？不是趕不到了嗎？」

江緒未答，走到一匹馬前。

明檀忙穿好繡鞋，跟著下了馬車。

許是沾了雨水，那馬的鬃毛一綹一綹結在一起，雖泛著光澤，但不甚好看。馬身還掛了盞被固定住的氣死風燈，馬蹄不時踢踏著，氣死風燈一動未動。

江緒回身，忽而將她抱送上馬。她未有心理準備，下意識又要像之前學馬那般，怕得去抱馬脖子。

好在江緒很快上了馬，坐在她身後，勒了勒韁繩，那馬長鳴一聲，微抬前蹄，抖擻著甩開鬃毛上的雨滴。

「此去東鎮，疾行需半個時辰，免不了顛簸，忍忍。」說著，江緒忽地甩了下馬鞭，「駕——！」

馬兒迅速飛奔起來，明檀還未回神，只因身下飛馳的動靜忍不住輕呼出聲。

盛夏雨夜的山風帶著些許清涼，駿馬疾馳於山林之間，耳邊有倏忽風聲呼嘯而過，氣風燈的暖黃光暈映照著依稀可見的前路，夜空如水洗般清透明淨，星子閃亮，月色皎潔。

飛奔了好一段，明檀終於反應過來，忍不住問道：「夫君是要帶我先行一步去東鎮落腳嗎？」她的聲音被風吹得飄忽，怕江緒沒聽見，又大聲重覆了遍。

「不然呢，本王若不帶妳先行落腳，明日是不是就想打道回府了？」江緒內力深厚，無需放聲，也能清晰入耳。

「夫君怎麼知道？」明檀脫口而出。

「……」

他不知道。

意識到自己說漏了嘴，明檀假裝什麼都沒發生，仰著小腦袋往後，另起話頭吹捧道：「夫君待阿檀真好，多謝夫君！」

「大約是不抵妳的京城第一美男子好。」江緒不知怎的，忽然垂眸望她一眼，接了這麼一句。

「……」

明檀腦中忽然冒出一個大膽的猜測：方才在馬車上他愛理不理，該不會是因為這句對舒二公子的誇讚吧？

她立馬一本正經地解釋道：「雖然京中閨秀誇讚舒二公子乃京中第一美男，但在阿檀心中，夫君才擔配此名，她們那是沒見過夫君，若是夫君早些年在京中露面，想來每每出行，必能一睹擲果盈車的盛況！」

說完，她還肯定地點了點頭。

江緒未應聲，只在她身後幾不可察地勾了下唇角，夾緊馬腹，縱馬往前飛馳。

東鎮是禾州鄰京最近的一座城鎮，地方不大，但往來商旅多，有幾分熱鬧。

江緒與明檀夜行至此時，主街兩旁還燈火通明，街邊支有各色小攤，煮餛飩的、湯麵攤餅的，路人坐在攤邊矮凳上大口進食，吃得有滋有味。

江緒從前在這兒落過腳，帶著明檀去了鎮上最好的客棧。

「二位客官，是要打尖還是住店？」肩上搭了條抹桌布的店小二殷勤領著兩人往裡。

江緒跨過門檻：「住店。」

「那二位這邊請，」店小二引著他倆往櫃上走，「掌櫃的，這二位客官要住店！」

「一間上房，一晚。」

不等掌櫃開口，江緒便付了錠銀子。

「欸，好嘞。小店亥時之前都能點酒點菜，二位若要吃些什麼喝些什麼，和小二說便是了，回頭讓人給您送屋裡去。」掌櫃的見兩人容貌不俗，氣度不凡，知道是花得起錢的主兒，態度十分熱絡。

江緒略略點頭，與明檀一道，隨著店小二上了樓。

這間客棧雖說是鎮上最好的客棧，但與京中酒樓還是無從比擬，上房布置得難入明檀之眼。

這些倒沒什麼，只不過明檀從未外歇，即便是去靈渺寺，廂房中的一應物什全都換了自己帶的。

她起先以為能夠適應，可用膳梳洗過後，躺在榻上怎麼也睡不著。不是自己所備的床褥，她的身體充滿抗拒，精神緊繃，渾身不自在。且一路疾行，坐在馬上只覺得顛簸，從馬上下來，卻覺得腿間被馬鞍磨得火辣辣的，也不知是破了皮還是青腫不堪，疼中帶癢，弄得她方才不好意思沐浴，只用溫水簡單擦拭一下身體。

「怎麼，睡不著？」江緒問。

明檀本想說實話，然想到夫君特地騎馬夜行帶她來此，斷沒有再多加挑剔之理，於是將欲說之辭咽了下去：「有些認床，很快就睡了，夫君你也快睡吧。」

見她乖巧閉了眼，江緒沒再多問什麼。

明檀就這麼保持著綿長均勻的呼吸，生生忍著不適，熬了一夜。後半夜她有些熬不住了，意識模糊間，彷彿感覺身側之人起了會兒身。

而另一邊，舒景然眼睜睜看著江緒要夫人不要兄弟，不打招呼便單騎夜行而走，委實有些大開眼界。

江啟之到底怎麼回事？每回提起自家王妃都一副不甚放在心上的敷衍之態，可他每每撞見的，為何如此令人迷惑？

隨行護衛去找木頭乾草生火，雲旖也不知去哪兒了，不見了好一會兒。

舒景然回過神，正問隨從雲姑娘在哪，就見她用樹枝叉了幾條魚回來。

「雲姑娘，妳這是？」他語氣略帶猶疑。

雲旖坦然地望著他：「烤魚啊。」

舒景然怔了怔，本想說他的馬車中有乾糧、糕點，倒也不必這般風餐露宿，然雲旖已經一屁股盤坐在生起的火堆前，將處理乾淨的河魚放在火上，反覆翻烤。

他乾站一會兒，還是撿了塊乾淨地方，坐到雲旖對面。

「聽說，雲姑娘現在是王府的姨娘？」他斟酌著，挑起話頭道。

雲旖眼睛盯著烤魚，點了點頭。

「那雲姑娘平日在府中做些什麼？」

雲旖抬頭看了他一眼：「保護王妃。」

舒景然頓了頓。

他當然知道是保護王妃，此事他旁敲側擊問過江緒，只不過不好意思多問。

所以他並不清楚，雲旖是在府中頂著姨娘名頭履行護衛之職，還是既要履行護衛之職，也要履行姨娘之職。

雲旖專心幫魚翻著面，又道：「不過府中守衛森嚴，王妃不出門的時候，也用不上我，我一般都在練武，偶爾出任務。」

「那，妳家王爺與王妃待妳好麼。」

雲旖自然點頭：「王妃待我很好，做了什麼好吃的都會分出一份送到我的院子，還替我漲月例，讓我自己出府買吃的，嗯……還經常送衣裳和珠寶給我，不過那些衣裳我穿不習慣，穿起來沒有娘娘千萬分之一好看……」

聽她滔滔不絕講著王妃，絲毫不提王爺，舒景然明白了什麼，順著她的話頭，又問了幾句。

雲旖也是個老實的，問什麼就答什麼，只不過答到一半，她忽地收聲，奇怪地望了聽得認真的舒景然一眼：「舒二公子，你為何一直向我打聽王妃之事？」

「……」

他哪有打聽王妃之事？難道不是她說什麼都能歪到王妃身上麼。

雲旖已經想完一套邏輯，給火上的魚撒了鹽巴，抬頭認真勸道：「舒二公子，聽說您與主上是好友，還是飽讀詩書之人，那您理應知曉，朋友妻不可欺。雖然我不清楚當初王妃為何讓我救您，還誇您是京城第一美男子，但王爺與王妃十分恩愛，您還是不要有非分之想為好，主上的脾氣您應該清楚，您這一路若一直這樣，不僅會害了自己，還會害了王妃的。」

「不，不是，舒某並未有非分之想，雲姑娘誤會了——」

「若是誤會那最好。」

雲旖起身，本來魚已經烤好，打算分一條給舒景然，可她覺得這人打著王爺好友的名號暗暗覬覦自家王妃，根本就不配吃魚，於是一邊說著一邊將魚收了回去。

舒景然跟著起身想要解釋，可第一次有種長了嘴卻不知從何開始解釋的哭笑不得之感。

次日一早，露宿石亭的一行人出發。江緒與明檀用了早膳，打算往前趕路。

昨日夜行之前，江緒就交代過雲旖，今日直接在禾州彭城會面。

彭城乃禾州中心，乃禾州最為繁盛之地，因毗鄰上京，有不少不在京中為官的富貴人家定居於此。

明檀戴著買來的帷帽坐在馬上，一夜沒怎麼睡，精神不大好，軟軟靠著江緒的胸膛。

路上，她有些出神地想起件事——明楚不就嫁到禾州麼，宣威將軍府，似乎就是在禾州彭城。

明楚出嫁以後，明檀未再與她謀面，只聽裴氏說起過，她的夫君似乎經常給父親來信，今年還在禾州軍營中升了官職。至於明楚，倒沒怎麼聽過消息。

他們傍晚到彭城之時，舒景然一行人抄近路，比他們先到了半個時辰。

彭城有王府名下的酒樓，到酒樓後，明檀艱難地下了馬。

昨日她腿間被磨得生疼，今日又乘了大半天的馬，雖不像昨日疾行，但她感覺這兩條腿已經不是自己的了。

她勉強維持著端莊矜持的姿態，跟在江緒身後往裡走，只不過這一切落在二樓窗邊正在吃菜的舒景然與雲旖眼裡，就有些變了意思。

「妳家王妃怎麼了，走路似乎有些奇怪。」

雲旖面無表情：「舒二公子可能不懂，這是王爺與王妃恩愛。」

其實她原也不懂，但在府中僕婦們的曖昧議論下，她如今懂了不少。

舒景然一時語凝，本想問她如何懂這麼多，然後發現更可怕的事情是，他自個兒竟也倏然意會了這話是什麼意思。

前些日子他被調進工部，不得已與同僚出門應酬了幾場。

工部同僚不比他從前交往的那些風雅才子，且大多年紀比他大，不會想要在他面前保持什麼高潔君子的形象，說起話來葷素不忌，不知不覺間，他竟被迫對男女之事有了幾分心領神會的了然。

兩人大眼瞪小眼。

雲旖是那種別人不尷尬她就決計不會尷尬的女子，對視一會兒，到底是舒景然敗下陣來，不自在地擱下竹箸，找了個藉口起身離開。

用過晚膳，江緒去了舒景然房中議事。明檀趁此機會沐浴上藥，又著人鋪了馬車上帶著的床褥軟被，倒頭昏睡。

舒景然房中。

「周保平之事可有眉目？」舒景然邊倒酒邊問。

「昨夜追影傳回消息，宿家也在找周保平留的東西。」

「宿家也在找，那想來應是市舶司暗扣抽解的證據？」舒景然思忖片刻，看了江緒一眼，「我還以為，你真是為了王妃才非要夜行至東鎮。」原來是與追影約好了。

此番出行不甚低調，沒有一味趕路，是因為這本就是個幌子。數日之前，江緒便遣了津雲衛出發前往靈州，暗探靈州市舶司監官周保平暴斃一事。

至於他們一行，想要低調也不能夠，自出發起，便有人一路暗隨了。

不知想起什麼，舒景然恍然大悟般推測道：「那王妃……你該不會是為了讓暗中盯梢之人以為，你饑色急色才連夜行至東鎮吧？」

「什麼？」江緒忽地抬眼。

「不過你對王妃，也太不憐香惜玉了些，路都走不了了。」說到這茬兒，舒景然頗覺尷尬，委婉提醒道：「依我看，以後還是別拿王妃遮掩為好，傳出去，終究於王妃名聲有損。」

走不了路，名聲有損。江緒稍頓。

舒景然又不自在地規勸了幾句。

江緒隱約明白了什麼，不耐煩地點了他的啞穴，起身望他一眼，冷淡地吐出四個字：「不知所謂。」

江緒回到房中時，明檀已經睡熟。屋中很暗，桌上原是為他留了盞燈，不知何時已經滅了，窗外月光透過窗紙，投出淺淡暗影。

他走至榻邊，輕輕掀開錦被，看了明檀腿間傷處一眼。

屋中晦暗，藉著淺淡月光，仍可看出她雙腿內側被馬鞍磨得青紫一片，與旁處白皙肌膚對比起來，頗有幾分觸目驚心。

此事是他疏忽，他慣常騎馬，日行百里亦是無礙，一路縱馬疾馳，忘了去想這位平日就嬌貴非常的小王妃是否能受得了。

這兩夜，她竟沒哭沒鬧。

江緒用指腹摸了摸她的臉頰，本想給她上藥，又發現已經上過了，他頓了頓，還是重新替她蓋上錦被。

次日上路，明檀察覺，馬車中的軟墊似乎厚了幾層，因為她看書慣常支著桌案，今日桌案竟莫名矮了不少，且……似乎只有她這一側的軟墊變厚了。

她稍稍有些疑惑，撩開車幔，悄聲問了問在車旁隨行的雲旖：「車上軟墊，是妳放的？」

「軟墊？不是。」雲旖下意識搖了搖頭，不過她很快想起什麼，「今早主上好像命人往車裡放過東西。」

夫君？

明檀一怔，探身往前，看了江緒高大英挺的背影一眼，唇角不受控制地，忽然往上翹了翹。

因是在城中駕車而行，不能疾馳，小半個上午過去，他們都未能出城。

臨近午時，江緒示意停車，就近找了個酒樓，歇腳進食。

這酒樓對面也不知是間什麼鋪子，熱鬧得緊，他們落座的這一小會兒功夫，就進進出出幾波打扮華貴，被丫鬟們伺候著的夫人、小姐。

跑堂的來送吃食，明檀好奇問了聲：「小二，對面是什麼鋪子？竟如此熱鬧。」

「對面啊，玉羅坊！成衣鋪子，這幾日新開的。」他們這桌點了不少酒菜，店小二介紹起來很是熱情，「這玉羅坊噱頭挺足，說什麼新店開張頭三日，特地給各位夫人、小姐準備了獨一無二的衣裳，每日午時拿十件出來，每位夫人、小姐，每日僅可買上一件！」

明檀聞言，來了興致。

小二湊近咂舌道：「您都不知道這幾日玉羅坊的生意有多紅火，那一件衣裳的價兒，都夠普通人家一兩年的嚼用了，可架不住咱們城裡頭有錢人多啊，日日都有人上趕著來買，為著件衣裳，前兩日還有人吵起來了。對了，今日就是最後一日，夫人，您要是有興趣，不妨也去瞧瞧。」

旁桌有人喚小二，他介紹完，忙拿著空屜退下了。

明檀轉頭看向江緒，雖掩著面紗，但她眼裡亮晶晶的，小手在桌底下悄悄拉了拉江緒的衣擺。

「……」

「雲旖，陪夫人去。」

「多謝夫君！」

明檀立馬起身，只苦了正盯著紅燒肉的雲旖，那盤紅燒肉肥瘦相間，糖色炒得極好，一看便知軟糯可口，極是入味。

她不動聲色地咽了下口水，抱劍跟了出去，並沒有注意到舒景然向她傳達的「放心舒某會替妳留上半盤」的暗號。

及至對面玉羅坊外，明檀抬頭，打量著先前被街邊小攤擋住的匾額。

匾額上頭的字寫得不錯，所用木料是極好的紫檀，字上還覆有精細金箔。

見有客來，夥計笑著出來迎人：「夫人，可是要看看衣裳？來，您這邊請。」

明檀矜持頷首，跟著他往裡走。

鋪中裝飾得頗為雅致，櫃後規整擺放著各色綢緞布匹，男女成衣則是分作兩邊懸掛，都未掛太多，每件有足夠的位置供人打量，這作派，倒與京城那些她光顧過的成衣鋪子一般無二。

「不知夫人想看什麼衣裳，素淡的、華貴的，小店都有。」那夥計殷勤陪在旁側問道。

明檀的目光從掛出的衣裳上隨意掃過，跟在身後的雲旖適時應聲：「我們夫人自然只看獨一無二的。」

夥計了然，腰往下躬了些：「那夫人這邊請。」

他快步往前，先一步為明檀撩起門簾。

一道門簾相隔，裡頭別有洞天，一看便知是為貴客準備的歇坐之所。

夥計引她至一張八仙桌旁落座，為她奉上盞茶：「夫人，您稍等，衣裳馬上為您送來。」

她可有可無地「嗯」了聲，沒動茶水，只望了斜對面一盞屏風半掩的八仙桌後一眼，那套正被裁縫繡娘拿在手中展示又被人爭搶的衣裳。

那套衣裳是杏粉搭玉白，交領短衫配褶裙的式樣，離得遠，上頭繡樣看不大清，不過她一眼便認出，短衫用的衣料是瑤花緞。

瑤花緞是蘇州今年新出的樣式，幾月前首批入貢，統共不足十匹。皇后娘娘得了兩匹，賞給了她，她做成衣裳剛穿一回，便被不知節制的某人撕破了。

聽聞瑤花緞不易織成，雖已過數月，但產量仍不多。

當初她是為了周靜婉才惹得某人毀了衣裳，事後她一直念叨著讓周靜婉賠她緞子，周靜婉應承了，可依周家的能耐，也等到她去永春園才賠上。而這玉羅坊如今有了瑤花緞製成的衣裳，確實有幾分本事，也難怪禾州女子趨之若鶩，為它相爭了。

「這套瑤花緞的衣裳，我們家夫人昨日便看上了，讓我今日來買，蘇小姐還是識趣些為好。」

說話的是個小丫頭，也不知是哪家的，很有幾分趾高氣昂仗勢欺人的氣勢。

「靈芝姑娘也要講些道理，這套衣裳誰不是昨兒就看上了？」蘇小姐的丫頭忍不住辯道：「掌櫃的都說了昨日不賣，今兒誰先來便是誰的，我們家小姐來得早，便理應是我們家小姐的。」

被喚做「靈芝姑娘」的丫頭笑了，陰陽怪氣道：「既是先來，怎的不先支帳？還比劃來比劃去，不就是嫌貴又不合身嘛。」

「妳！」

蘇小姐攔了把丫頭，自個兒出聲道：「那我現在支帳，妳做甚要攔？」

「還未支帳，便不是您的。我家夫人的帳先支在這兒了，這衣裳便是我家夫人的。」靈芝睇了旁邊的裁縫繡娘一眼，「妳們說，是不是這個理？」

「這……」

今日是蘇小姐先來要這件衣裳，只不過想先試試，看如何作改更為合身，所以這衣裳自然是蘇小姐的。可這位靈芝姑娘的主子……他們也不好輕易得罪，裁縫繡娘面面相覷，委實有些為難。

靈芝不耐道：「你們可想清楚了，我們家夫人出自靖安侯府，是定北王妃的親姐姐，若是惹了我家夫人不快，回頭給侯爺和王妃去封信，你們的鋪子還開不開得下去可就說不好了！」

聽到這，明檀：「……」

她何時有這樣的好姐姐？還有，為何看戲總能看到自己身上？

正在此時，先前招呼明檀的夥計領著裁縫繡娘捧了幾套衣裳過來：「夫人，這些——」

明檀打斷，望了斜對面的屏風一眼，輕問了聲：「那邊，該不會是宣威將軍府上的吧？」

夥計順著她的視線望過去，點了點頭，面露尷尬，卻不好多說什麼。

很顯然，靈芝這番話說到了點子上，屏風那頭靜默會兒，竟是那位蘇小姐忍著氣主動讓道：「給她吧，我不要了！」

說完，蘇小姐便帶著丫頭負氣出來，直往外走。

她的小丫頭跟在身側打抱不平道：「仗著有個做王妃的妹妹成日橫行，她又不是王妃！」

明檀：「……」

她本想喊住兩人，可不知想到什麼，暫且按下了，對雲旖遞了個不要輕舉妄動的眼神。

屋中還有幾位在看衣裳的夫人、小姐，有的事不關己，當做什麼都沒發生，有的則是上前奉承那位靈芝姑娘。

「這套衣裳依我看正襯妳家夫人，兩日之後的風荷宴上，夫人穿上這身，定然是要豔壓群芳，一枝獨秀的。」

「那是自然，承您吉言，我買了衣裳還要回去向夫人覆命呢，就不奉陪了。」

靈芝語氣傲慢，竟是連聲「奴婢」都不稱。一個丫頭，輕狂至此，若是在靖安侯府和定北王府，怕是早被發賣一百回了。

待她走後，明檀勉力保持著心平氣和，邊看衣裳，邊問身側的夥計：「我初來乍到，不知馮將軍府上這位三少夫人，往日也這般威風麼？」

夥計訕訕笑著，打太極道：「夫人，咱們鋪子也才開幾日，城中貴人都認不全，哪知道那麼多。」

明檀望了雲旖一眼，雲旖掏出袋銀子粗暴地塞給那夥計。

夥計一怔，這位夫人可真是——

他好半晌才回神，掂了掂銀子重量，話頭一轉便壓聲道：「咱們鋪子雖然才開幾日，但，但小的之前在另一家鋪子幹活，倒是聽過些這位馮家三少夫人的事，這馮家三少夫人她……」

明檀耐心聽著，越聽越壓不住心裡頭的火。

原來明楚剛嫁進宣威將軍府那會兒，有馮家老太太壓著，府內府外沒怎麼生過事端，甚至極少出門。

可今年入夏以來，馮家老太太不知怎的一病不起，至今未清醒，她竟就此張狂起來。府中兩位嫂嫂都是將門虎女，她不敢輕易對上，然出了馮府，她沒少藉著靖安侯府與定北王妃的名頭在外張致。

尤其是她這位定北王妃，禾州這邊雖不知兩人是否親近，可都想著，怎麼說也是親姊妹，她能拿出來成天掛在嘴邊，關係自然是不差的。

聽到這，明檀都快氣厥了。

明楚還真夠可以的啊，嫁到禾州了還不安分，從前不是看不上她麼？如今竟四處打著她的旗號招搖欺人！

不過她倒是沒有從前那般蠢了，如此行徑，一來仗勢得了利，二來又敗了她的名聲，可不是一箭雙雕美滋滋麼！

夥計又道：「今日那蘇家小姐，聽說本是要與馮家三郎議親的，後來馮家三郎與三少夫人……所以，這三少夫人沒少針對蘇家小姐。」

明檀沉默聽著，不發一言。

好半晌，她忽然起身道：「衣裳我要了，雲旖，付帳。」

待回到酒樓，明檀渾身冒著火，縱然遮著面紗也掩不住她的火氣，彷彿給她身上澆盆水就能滋滋冒煙了似的。

江緒望了她一眼，又睇了雲旖一眼。

雲旖：「……」

紅燒肉都不香了。

「夫君，我是可以下諭的，對嗎？」明檀忽問。

江緒點頭：「何事？」

「無事，不用麻煩夫君。」

既敢藉著她的名頭橫行無忌四處欺人，她便要讓她知道這名頭使起來到底要付出什麼代價！

兩日後，禾州余知府家開風荷宴，明楚好生打扮了番，穿著玉羅坊那身瑤花緞衣裳姍姍出席。

自嫁人後，明楚懂了些京中貴女慣愛綺羅錦緞的樂趣，當然，主要還是因著家中那兩位嫂嫂颯爽利落，根本就沒給她在英氣這條路上留下什麼發揮的餘地。

且男人愛的終究還是顏色，她嫁進門時，夫君已經有了一個通房。

雖礙於靖安侯府的顏面，一直未將其抬成姨娘，但夫君對其處處照拂，一月總要在那通房屋裡歇上十來日，比在她這正頭夫人屋裡少不了多少。

那通房就是有那麼幾分姿色，又慣會捯飭打扮，瞧著柔柔弱弱的，自她入門後，沒少給她挖坑使絆子。

起初她氣急了，想要拿出正室派頭整治，那小賤人還敢倒打一耙尋著老夫人和夫君來為她做主，她是個急性子，不如人會賣可憐，幾次三番下來，夫君對她不免心生厭煩。

不過在後院磋磨久了，她慢慢悟出來了，很多事，男人不是不懂，但心下有偏，有時就是要裝作不懂。

好在從前服侍她娘的丫頭柳心尋上門求她收留，柳心是個主意多的，仔細與她分析了番如今的馮家後院，勸她學著打扮，學著忍耐，學著在夫君面前收斂性子。慢慢的，竟也有了幾分成效。

如今老夫人病得要死不活的管不著她，那通房也被她尋了個由頭打殺了，日子總算是漸漸舒心起來。

余府，明楚甫一出現，便有不少夫人小姐上前環繞著她，說些奉承討好之言。

如今每逢這種場合，明楚便會有意無意提起自個兒那位好妹妹。

這也是柳心教她的。

柳心說，靖安侯府與定北王府這兩堵靠山這般強勢，不拿出來用委實可惜了些。且禾州不是京城，她又沒打著兩府旗號做什麼欺男霸女的惡事，很難為人知曉。

起初明楚心裡頭很是膈應，她作甚要借明檀那賤人之勢！

可柳心又說了，既是厭她，那借她之手橫行囂張，既得了便宜，損的又是她的名聲，豈不快哉？

她仔細一想，正是此理。

「這衣裳啊，也就湊合，若換作我那王妃妹妹，想來不怎麼能看上眼。」有人誇她身上那身瑤花緞，她漫不經心道：「我妹妹最是喜奢，無事剪著細帛玩也是有的。」

「畢竟是王妃，什麼好東西沒見過。」

「就是，聽說前兩日蘇家那位還想搶這身衣裳，真是自不量力。」

這頭圍著明楚正說得熱鬧，不知是誰「咦」了聲，眾人回頭，怔了一瞬，心下不由驚訝，窸窸窣窣地交頭接耳起來。

明楚一看來人，臉色倏然變了。

蘇容容？

她怎麼也穿了瑤花緞！

蘇容容便是前兩日在玉羅坊，被明楚的丫頭搶了衣裳的蘇家小姐。她今日著一整身的瑤花緞蝶戲海棠交襟錦裙，紅白相間，環佩叮噹，行動間彷若真有蝴蝶翩翩。

相較於明楚只有上身短衫是瑤花緞，她這一身顯然要華貴許多，且上頭的繡樣精緻繁複，一看便知做工極巧，價值不菲。

不只這身衣裳，就連繡鞋和珠釵耳墜，也似是特地搭這一身配的，都是一眼望去就十分不俗的物件，襯得她整個人比平日明豔動人了幾分。

「容容，妳這一身，也是瑤花緞？」有好事者忍不住問。

蘇容容抿唇淺笑，矜持點頭。

「難不成玉羅坊那日，還有別的瑤花緞衣裳？」

「那倒沒有，」蘇容容似不經意般掃了明楚一眼，「我原也買不著這麼好的衣裳，今日這身，是有貴人相贈。」

「貴人？什麼貴人？」

眾人七嘴八舌好奇起來，蘇家在禾州算得上是家底頗豐的富貴人家，可也僅是富貴，家中並無高官顯爵，更從未聽過她家識得什麼貴人。

蘇容容莞爾一笑，從容道：「說來也多虧了三少夫人，那日在玉羅坊，原是我要買三少夫人身上的這身衣裳，可夫人身邊的靈芝姑娘好生霸道，非說我未支帳，這衣裳就不是我的，又逼著玉羅坊將衣裳賣給她，否則就要去信給定北王妃，讓玉羅坊的生意做不成，我心想不過一件衣裳，倒也不必為難人家玉羅坊，便主動相讓了。」

眾人：「……」

這……馮家三少夫人也不是霸道一兩天了，蘇家小姐今日這般敢說，是失心瘋了不成？眾人面面相覷，一時竟無人接話。

蘇容容又道：「其實當時我是有些生氣的，平白被人搶了衣裳，換作諸位，可不生氣？只不過生氣又有什麼用，生氣也換不來定北王妃這般尊貴的妹妹。當時我還想，定北王乃是為我大顯平定北地，威名赫赫的戰神，怎的就娶了位仗勢欺人的王妃？」

眾人已經驚到呆若木雞了。

蘇容容是活膩了嗎？竟當眾說定北王妃仗勢欺人？

「這麼氣了一日，誰想，第二日就有貴客登門，說是她家夫人昨日在玉羅坊中，碰巧目睹了靈芝奪我衣裳。她家夫人心裡過意不去，想著恰好也做了身瑤花緞製成的新衣，還未穿過，便特特拿來送我，當是賠禮道歉。」

有人敏感捕捉到了「過意不去」與「賠禮道歉」，也有人只想知道誰膽子這麼大，如此行徑，難道不是公然與定北王妃作對？

然不管這些人如何想如何問，蘇容容也只是笑而不語，轉頭悠悠哉哉，望向神色已然有些不對的明楚。

「三少夫人今日還有閒情來此參加風荷宴，不急著回府接王妃諭令？」她好整以暇問道。

「王妃諭令？」

「什麼諭令？」

「蘇小姐妳如何知曉？」

眾人嗅出不對的苗頭，你一句我一句發問。

恰在此時，明楚身邊那位極為囂張的靈芝姑娘忽然跑來了，她慌慌張張附在明楚耳邊低聲說了句：「夫人，不好了，定北王妃遣人來府下諭叱責，老、老爺剛好在府中！」

明楚原本就氣青一層的面色「唰」一下鐵青了。

蘇容容這才笑著繼續對人解釋：「大家可知道那位派人來我家送衣裳的貴人是誰

麼——正是三少夫人口中三句不離的好妹妹，定北王妃呢。」

眾人譁然。

「王妃娘娘心裡頭也納悶，她如何就有一位這般威風的好姐姐，竟打著她的名頭四處招搖，這不，今兒特特遣人至宣威將軍府下諭，就是想要告訴某些人，可別仗著娘家胡作非為狐假虎威！」

大家你望望我我望望你，這三少夫人與定北王妃的關係……

不說旁的，就說王妃兩日前便知此事，偏要等到今日風荷宴讓蘇容容當眾打她的臉，還要去馮府下諭斥責，怕是得知這位庶姐在禾州仗著她的名號耀武揚威，氣得不輕啊。

而此刻，馮府眾人也氣得不輕。

如今家中老太太病重，其餘人不敢太拘著這婦人。這婦人在外頭處處以「定北王妃親姐」名號自居，他們多少知道些，可知道也不能拿她怎樣，人家的確就是定北王妃親姐，定北王妃都沒說什麼，他們又怎好置喙？

且她先前還打殺了三郎的通房，因她本是正室，懲處個通房不算大事，又仗著定北王妃撐腰，手段雖狠，但也沒人敢追究什麼。

可這婦人與定北王妃不如她吹噓的那般情深也就算了，這到底是有多大的仇？竟惹得人家毫不顧惜姐妹之情上門打臉！下諭責其「假借王府之勢橫行霸道」、「私德有虧不宜在外招搖」，甚至連他們府也落了句「治家不嚴」的警告！

明楚鐵青著臉回到府中時，婆子守在門口，徑直將她架進正屋花廳。

不等她出言辯解，馮將軍便怒不可遏地大喝一聲：「蠢婦，跪下！」

她原本不肯跪，還想找馮三郎，沒承想她夫君已然因著約束不力跪在那兒了。

不過一恍神的功夫，有僕婦踢著她的腿窩，按著她跪在馮三郎的旁側。

馮將軍是個粗人，一生戎馬，從未幹過什麼仗勢欺人的事，今兒被個年紀輕輕的小王妃下諭責罵了通，老臉都丟盡了！

他劈頭蓋臉便是衝著夫妻倆一番痛罵，讓夫妻倆滾去跪祠堂，且警告馮三郎再也不准放這蠢婦出門放肆，還有明楚身邊那兩個叫柳心、靈芝的丫頭，一個挑唆是非一個狗仗人勢，通通打死了事！

明楚自然是不願的，她掙扎氣極：「你們馮家這樣對我，我爹爹若知道了——」

她話沒說完，馮將軍就將一封信甩到她的臉上，粗聲道：「這便是妳爹來的信！妳爹說如今妳是馮家兒媳，如何管教憑我馮家！他日若要休棄，也不必打發回靖安侯府，直接一輛馬車拉到眉安與妳姨娘一道青燈古佛便是！」

明楚聞言，耳鳴一陣，瞪直了眼，有幾分不敢置信。

好半晌，她慘白著臉將信展開，手抖得哆哆嗦嗦的。那上頭，竟真是她爹的字跡與印信。

「娶了妳這般蠢婦，是我馮家家門不幸！妳若再生事端，我馮家便立馬休了妳！」

她渾身泄力，當初被裴氏關在侯府祠堂的恐懼與無助湧上心頭，再也不敢放肆半分。

馮家鬧得天翻地覆之時，江緒明檀一行已離禾州甚遠，馬車正不快不慢地駛在前往禹州的官道上。

見明檀手中的書半晌未翻一頁，江緒問了聲：「在想什麼？」

明檀慢慢放下書卷，若有所思道：「在想，此刻我那三姐姐應是知曉，用我名頭行事的代價到底是什麼了。」

她不可能讓夫君在禾州無端逗留兩日，便只留了雲旖，讓她給蘇家小姐送東西，再特地等至今日的風荷宴前往馮府宣諭，另外她還往靖安侯府遞了封信，想來有裴氏從旁進言，爹爹不會連這點事都拎不清。

「其實她若只是打著靖安侯府的名號，我最多給爹爹去封信，爹爹對三姐姐，總是有幾分疼惜的。可她千不該萬不該藉著定北王妃的名頭行事。她如此行事，損的不只是我的名聲，更是王府和夫君的名聲，夫君的戰功與威望是沙場上一刀一槍拿命搏來的，我豈能容她這八竿子打不著盡幹蠢事的在後頭糟蹋。」

見她認真又生氣，江緒略感意外，也略感觸動。其實他並未想過，他這小王妃整治庶姐是為了他的名聲著想。

明檀喝了口茶緩了緩，又氣氣地補了句：「我還沒糟蹋呢！」

「……」

江緒稍頓，默默將方才那分觸動收了回去。

此番雲旖留在彭城辦事，舒景然也主動留下等她。待事情辦成往前追上隊伍，車馬已經行進禹西。

禹西地區是西域往來要塞，沿途景象頗具異域風情，明檀一母同胞的嫡親兄長在禹西龐山任縣令一職，江緒已答應她，會繞路龐山經停一日，帶她去見兄長一面。

明檀兄長名喚明珩，長她八歲，參加過兩次春闈，成康二年得同進士出身。博取功名的同年，他與左諫議大夫長女定親，不承想定親不久，左諫議大夫長女便因時疾難愈，不治身亡。

明珩雖無大才，但為人勤勉踏實，重情重義，僅與未婚妻子相見一面，仍發願為其守喪，三年不娶。且一意孤行，不願依侯府之勢留任京官，自請外放，甘做小小縣令。

今年是他外放龐山的第四年，明年便任滿歸京，待述職調任了。

江緒看過明珩在吏部的考評，年年上等，政績頗豐，是個不錯的父母官。此行繞路龐山，不只是滿足明檀，也是他自己想與明珩見上一面。

得知幾年沒見的小妹妹要與她那位王爺夫君一道途經龐山，明珩心中很是激動。

明檀大婚，他沒能回京觀禮，只能遣人為她添份嫁妝。

明檀婚後，他與京中通了幾回信，每每問及明檀，回信都說很好。可回信是回信，沒能親眼所見，好與不好，又如何能妄下定論。

「大人，今日不是要去義莊嗎？」小捕快在身後追著問。

「讓仵作去便是，今日本官妹妹要來。」

判完田產糾紛的案子，明珩摘下官帽，匆匆往縣衙住處趕。

走至半程，他忽又停步，對跟來的小捕快道：「青和，妳也別去了，妳是姑娘家，剛好可以幫本官收拾收拾屋子。」

小捕快怔了瞬，面上訝意難掩：「妹妹？大人的妹妹……怎麼會來龐山？」

他們家大人不是上京人士麼，那大人的妹妹自是京中閨秀，如何會來龐山小縣？

「說來話長，總之，妳先同本官去收拾屋子。」

青和點頭，跟上明珩的步伐，心中對這位久聞其名的縣令妹妹不免又多了幾分好奇。

縣衙眾人只知大人家住上京，卻極少聽大人提起家中之事，偶爾提上那麼一回，都是在說他那位漂亮可愛長得和天仙似的小妹妹。

大人素來簡樸，吃喝都在縣衙，穿著只講乾淨，可給妹妹搜羅稀奇物件的銀子花起來毫不手軟。她倒是極想見見，大人這位稀罕得緊的小妹妹到底是何等人物。

車馬行進龐山縣後，明檀按捺不住撩開車幔，好奇地往外張望。

與兄長已近四年未曾謀面，她想仔細瞧瞧，兄長治下四載的地方，到底是何模樣。

可這一瞧，明檀心中不免有幾分酸澀。

龐山雖是望縣，終不能與上京作比，上京城裡那些世家公子，誰不是縱馬風流，紅袖招招，偏她兄長實心眼，非要到這小地方當什麼縣令，還因守喪不娶與父親鬧僵，如今連個嫂嫂都沒著落。

不一會兒，車馬停在縣衙外頭。

明檀輕踩轎凳，遮薄薄面紗，搭著雲旖的手下了馬車。

她通身著玉白梨花紗襦裙，幾欲乘風，飄飄若仙，因無綠萼巧手相伴，她髮髻挽得簡單，只簪碧綠玉釵，但仍難掩其眉目如畫。

雖條件不允許，不能像在京城那般出入皆呼僕喚婢，但雲旖為了撐起自家王妃的排面，一個人默默幹著一堆人的活兒，將明檀扶下馬車，又立馬為其撐起遮陽紙傘。

青和瞧呆了。

明珩也瞧呆了。

他離京之時，明檀還只是個臉頰嘟嘟的漂亮小姑娘，笑起來眼睛像兩彎月牙，總是甜甜地喊他「哥哥」，沒想到四年不見，小姑娘竟出落成了天仙，一行一止，如春水梨花，楚楚動人。

「哥哥！」

明檀的目光自出迎的一行人中掠過，很快定在為首著深青縣令官服的男子身上。

男子相貌堂堂，端正溫潤，是一望便知極好相處的面相，她忍不住輕喊了聲。

明珩回神，一聲「妹妹」差點脫口而出，不過他暫且忍了下來，因為，他的目光很快被後一步下馬車的黑衣男子吸引。

黑衣男子身形頎長，眉目冷淡，僅是下個馬車，就帶著上位者的天然氣勢。

想來這便是威名赫赫的大顯戰神，他的妹夫，定北王殿下。

明珩怔了一瞬，目光移回明檀身上，好半晌才克制下內心翻湧的激動之情，鎮定道：「二位舟車勞頓，裡邊請。」

見到從後頭那輛馬車上下來的舒景然，他亦是有禮引道：「舒二公子，裡邊請。」

舒景然點頭展笑，本欲喊聲「世子」，可想到龐山府衙中人似乎不知他的身分，還是改口喊了聲「大人」。

他與明珩並不相識，但他記得，從前兄長邀人煮茶論詩，這位靖安侯世子是其中常客。兄長還說過，靖安侯世子為人寬厚，極好相處。

一行人跟著明珩走進龐山縣衙。

一路行至衙內的待客花廳，明檀終於忍不住摘下面紗，上前抱住明珩，紅著眼喊道：「哥哥！」

「妹妹！」明珩也忙抱住明檀，摸了摸她的腦袋，聲音激動得發顫。

江緒：「……」

他這小王妃，平日在外頭一口一個守禮，如今哥哥倒能隨便抱了。

「哥哥，你怎麼瘦成這樣了，是不是平日忙於公務沒有好好吃飯？阿檀好想你！」明檀眼眶含淚，一臉心疼。

侯在不遠處的青和咽了咽口水，驚嘆於大人妹妹美貌的同時，也很想分辯一句：大人來龐山後明明厚了一圈，今年官服穿不下，還重新領了兩套新的，您長得好看也不能睜眼說瞎話啊。

然說瞎話的不只她，明珩也道：「還說我，妳也瘦得風都能吹倒似的，是不是——」

他話沒說完，江緒便望了他一眼，那眼神似乎在問：「怎麼，世子是覺得定北王府虧待王妃？」

「我很好，哥哥不必擔憂。」還是明檀先回過神，堵住明珩的話頭，「對了哥哥，這是我的夫君。」她又向江緒介紹，「夫君，這是我的哥哥。」

兩個男人的視線終於對上。

有外人在場，且他們沒有主動表明身分，明珩一時不知該如何稱呼，便斟酌著喊了聲：「妹夫？」

江緒默了默，良久，他頷首道：「兄長，喚我啟之即可。」

兄長？明珩點點頭，雖然聽著沒什麼不對，但隱隱感覺自己好像占了不小的便宜。

此番兄妹相見不易，江緒既帶明檀前來，倒不至於連單獨敘話的機會都不給。他主動與舒景然離開，只留雲旖在花廳外頭候著兩人敘話。

這話一敘，便是一整個下午，明珩與她說著自個兒在府衙的境況，她也與明珩交代了家中諸事。

晚上，明珩早早備了桌好酒好菜，與江緒這妹夫，還有舒景然這故人之弟暢飲了番。

明檀心中歡喜，與他們一道小酌了兩杯。可她酒量不好，喝的又不是果酒，兩杯下肚，小臉便紅撲撲的。

江緒本只准她喝一小杯，眼見她開始偷喝第三杯了，他忽地奪過，一飲而盡，沒什麼表情地對雲旖吩咐道：「夫人醉了，送夫人回房休息。」

他一發話，明檀便心虛得像做錯了事被抓包的小孩子般乖乖起身。

明珩見狀，心中不免擔憂。下午敘話時，明檀說王爺待她很好，但怎麼看，自家妹妹都像是被王爺吃得死死的。

四下無外人，他邊倒酒，邊猶豫著說了聲：「王爺，舍妹年紀小，不曉事，若是平日犯了什麼錯，還請王爺多多擔待。」

江緒很給面子地飲了他倒的這杯酒，聲音如酒般清冽冷淡：「兄長放心，本王的王妃，自然不會有錯。有錯，那也是別人的錯。」

明珩：「……」

很好，很霸道。

這夜，江緒明珩還有舒景然三人相聊甚晚。

大多時候是江緒與明珩在聊，舒景然甚少插話，他知道，此番特地途經龐山，江緒是存了用人心思的。

假以時日桐港一開，全州、禹州都必須由自己人完全掌控，明珩在龐山待了四年，對禹州極為瞭解，若是可用，自然不能錯過。

話畢回房，已是深夜。

江緒見屋內安靜，以為明檀醉了酒，已然熟睡。不想及至裡屋，明檀忽然從被子裡鑽了出來。

不知怎的，她竟換上了今日在外頭買的西域舞衣，緋色，上身露出白皙細膩的肩頸腰腹，邊緣墜有裝飾閃片，下身則是薄薄一層緋紗，朦朧遮著緊要之處與兩條筆直修長的腿。

「夫君，阿檀好看嗎？」

她聲音甜甜的，醉得不輕，晃晃蕩蕩起身，學著今日在集市上瞧見的西域舞娘，直勾勾瞧著江緒。

她學得不像，然純情嬌憨中略學幾分做作的媚意，嬌嗔磨人，更是要命。

江緒摟住她的纖腰，將她兩隻不安分的小手扣在身後，聲音略沉：「別鬧，這是在妳兄長府上。」

「兄長？唔……哥哥？」

她醉得聽不大懂江緒在說什麼了。

「叫誰哥哥？」江緒白日聽她一聲又一聲地喊著明珩「哥哥」，心裡就有種極異樣的衝動，此刻明檀不甚清醒，心底某種衝動又在隱隱作祟，他不動聲色問道：「本王叫什麼？」

「唔……江，江緒。」

「字呢。」他循循誘道。

「啟……啟之……？」

今日他告訴過哥哥，她記得的。

「這是在誰府上？」

「哥哥？」

「連起來。」

「……」

明檀此刻醉眼迷蒙，問些無需思考的簡單問題倒罷，可讓她連起來……她打了個酒嗝，腦袋歪在江緒胸膛上，往上仰著，眼神朦朧又疑惑。

「連起來？」

如何連起來？

不知想到什麼，她忽地往後退了退，一把扯開江緒袖上的束帶，踉蹌著轉圈圈，往自己身上繞。

繞到最後束帶不夠長了，她因慣性跌回江緒懷中，本就不甚清醒的小腦袋轉得暈乎乎的，磕在那堵熟悉的胸膛上，有些痛。

她蹙起秀眉，邊揉著額頭，邊拉了拉束帶，還嘟囔道：「連起來了呢。」

江緒：「……」

他今夜也喝了不少酒，身上帶著濃重酒氣，目光所及之處，是明檀身上的緋紅薄紗與白膩肌膚，銀亮閃片晃動，勾起她身上淺淡馨香，直直鑽入他的鼻腔。他眸色漸暗，喉間不自覺滾動了下。

偏這般，明檀還不安分地蹭來蹭去：「夫君，你身上怎麼涼涼的，唔……真好。」

江緒身上被她亂動的小手撩起一簇又一簇的火，念著是在明珩府中，他忍了片刻，可終是不想再忍。

夜裡暗香浮動，明檀半醉半醒間，一聲又一聲的「啟之哥哥」從唇邊逸出，江緒終是用實際行動教會她該怎麼「連起來」。

一夜貪歡，次日醒來，明檀頭疼得緊，腦子突突的，因著醉酒，不大記得自己昨夜做了什麼，又發生了什麼。

只不過見到躺在身側的江緒與亂作一團散發著曖昧氣息的錦衾，方才混沌一片的腦中零星冒出些羞人的畫面。

啟之哥哥？

她昨夜喊啟之哥哥了？

想到這，明檀的臉紅了紅，忙捂臉往裡側翻，身子蜷成了小蝦米。

她可太不知羞了，為何會這樣喊？這可是在哥哥府中，也不知昨夜有沒有被人聽到，真真是喝酒誤事，喝酒誤事！

忽然，身後長臂將她撈入懷中，粗糲指腹在她身上肆無忌憚地流連著。

她忙將其拍開，回身惱道：「昨夜你！明知是在哥哥府中，你太壞了！」

「本王醉了。」他的聲音低而饜足。

醉了，平日怎的不見他醉？且雲旖明明說過，主上千杯不醉！明檀羞惱，拿他沒法子，往他身上錘了兩拳，可力道輕飄飄的。

江緒攏住她的小拳頭，啞聲安撫道：「無事，舒景然與妳哥哥也都醉了。」

「真的？」明檀狐疑。

江緒「嗯」了聲。

明檀將信將疑，但還是稍稍心安了些。

在床上溫存了會兒，兩人起床更衣。見江緒又要穿一身黑，明檀按住，替他挑了身松青便服，還頗為賢慧地一件件幫他往身上穿。

穿好後，她隨手拿起江緒換下的黑色錦衣，想將暗袋裡的東西拿出來。

他暗袋裡頭通常會放些銀兩銀票、訊號煙彈，還有親王印鑑。

「欸，夫君，這是什麼？」明檀忽然摸出塊長條狀的玄色小玉牌，好奇打量。

這東西頂端穿孔，原本似是掛在什麼東西上頭的，通體呈玄黑之色，摸著似玉非玉，上頭有明顯的鈍器磨損痕跡，明檀瞧著，莫名有些眼熟，可一時想不起在哪兒見過。

江緒稍頓：「妳不認識？」

明檀老實搖頭：「不認識，但有些眼熟。」

「此物，救過本王一命。」他從明檀手中接過，摩挲會兒，又將其放入暗袋之中。

救過一命？明檀想再仔細問問，可明珩忽至屋外敲門，來喚他們一道用早膳。

聽到明珩的聲音，明檀腦中那根忽上忽下的弦倏然繃直。她忙支應了聲，舉起小銅鏡瞧了瞧。

很好，髮髻妝容很妥當，她整理下衣襟，拉著江緒一道出門。

早膳擺在花廳，用膳時，明檀旁敲側擊問道：「聽夫君說，哥哥與舒二公子昨夜都醉了，你們休息得可好？」

明珩揉額，有些無奈：「是有些醉，回屋便睡了。」

舒二點頭，輕輕嘆氣：「我也是，論酒量，還是不敵啟之啊。」

明檀聞言，悄悄鬆了口氣。

江緒自顧自用著粥，幾不可察地揚了揚唇角。

他們此行的目的地是靈州，繞經龐山本就只能稍停一日，依江緒的意思，用過早膳便要出發。然明珩盛情，非要留他們再用頓午膳，明檀也眨巴著眼望他。

念她昨夜辛勞，江緒頷首，答應了。

早膳過後，明珩帶他們去縣衙各處瞧了瞧，又去街上轉了圈。

龐山百姓對明珩極為熟稔，賣菜的老伯婦人見著他，笑得眼都瞇成了一條縫，非要讓他捎些自家種的新鮮蔬菜，街邊布莊的老闆娘一口一個「明大人」喊著，扭著豐腴腰肢上前，話裡話外都是想介紹姑娘給他。

明檀掩著面紗，一直規規矩矩跟在江緒身側。聽到有人要給她哥介紹姑娘，她終於忍不住，出聲念叨道：「哥哥，你為楊家姐姐守喪已滿三年，明年回京，這婚事可得提上日程了。爹爹雖不說，但他對你的婚事是極在意的，母親也暗地裡替你物色了好幾家小姐呢。」

提及這話題，明珩有些不自在。跟在後頭的青和也莫名一頓，抬眼偷覷自家大人。就那麼一瞬，明檀敏感捕捉到兩人的微妙反應。

她好奇地望向青和。

原本她沒大注意，只當人是衙門裡頭的小捕快，也沒想這小捕快是不是出現得是否太頻繁了些。

現下打量，這位青和姑娘很是眉清目秀，瞧著還很機靈能幹。最重要的是，她極為崇拜明珩，出口三句，必有一句是以「我們家大人」開頭。

明檀心思玲瓏，有心套話時，沒幾個人能招架得住，何況是青和這種在衙門裡頭辦差、慣常直來直去的姑娘。

她隨意抛了幾個話頭，青和便竹筒倒豆子般，將自個兒祖上三輩埋骨的風水寶地交代得清清楚楚。

嗯，身分是有些差距，爹爹那關定不好過。不過靖安侯府已是招風大樹，世子夫人的身世本就不該太過顯赫，找戶清白識大體的人家也算不錯。只不過哥哥是世子，他的妻子以後會是明家宗婦，清白之外，還需賢慧明理，擔得起宗婦之責。

不知道這位青和姑娘擔不擔得起，又願不願意擔起。

回到縣衙時，廚房正在備午膳，雲旖趁著這會兒功夫收拾行李。

明檀發現那位青和姑娘在看他們的馬，於是上前搭話道：「青和姑娘會騎馬嗎？」

「不會，不過我一直很想學。」青和搖搖頭，一臉老實。

「妳想學？剛好我可以教妳。」

「……小姐，妳會？」

青和撓了撓頭，直白地質疑了下，畢竟自家大人這妹妹看著就是個十指不沾陽春水的，讓她上馬都挺為難的樣子。

「當然。」

明檀之前親受江緒指點，這一路坐在馬車裡頭煩悶，她時不時與江緒同乘一段，順便接受師父指點。雖然騎不穩，但她記得快，如今理論知識頗為豐富。

於是江緒與明珩路過時便見到，青和坐在一匹馬上晃蕩，明檀在旁邊嚴肅指點著：

「對，就是如此，握緊韁繩，直起腰，一定要坐直，夾緊馬腹……」

「王爺，阿檀會騎馬了？竟還能教人。」明珩愕然。

江緒：「……」

真是一個敢教，一個敢學。

許是明檀理論知識到位，又許是青和悟性好，兩人這麼瞎折騰，竟沒出什麼岔子。

沒一會兒，雲旖過來了。

雲旖是正兒八經的津雲衛出身，殺人和切白菜似的，騎馬自然不在話下。明檀很有自知之明地騰出了師父之職，讓雲旖來教青和。

見青和對騎馬是真的感興趣，明檀留了匹馬送給她。

用過午膳，再是不捨，也得繼續上路，好在明珩還有一年便要回京述職，話別不至於太過傷感。

臨走前，明珩送了盒小玩意兒給明檀。

「這些是近半年搜羅的，原本打算下月捎回上京，既然來了，便一道帶上，路上也解解悶。」

「謝謝哥哥。」

明檀彎唇，接過紫檀木盒，打開看了一眼。

裡頭有精巧複雜的魯班鎖、玉製九連環、彩繪磨喝樂[5]，還有閃閃奪目的寶石簪釵，都是京中很難見到的新鮮式樣。

看完正要闔上，明檀忽然瞥見角落一抹極易忽略的玄色。她好奇，伸手撥了撥，將埋在角落裡頭的那塊玄色玉石拿了出來。

這塊玄色玉石與今早在江緒衣裳暗袋中見到的那塊質地極為相似，只不過形狀不同，這塊呈橢圓狀，更近鵝卵石的模樣。

「哥哥，這是何物？」她將其放在陽光下照了照，並不透光。

明珩解釋：「噢，這是西域那邊一個叫『烏恒』的小國獨產的一種玉石，名為『烏恒玉』，通體呈玄黑之色，質地極為堅硬，烏恒雖產此玉石，但產量極少，我偶然得了這塊，見玄色玉石難得，想著妳做首飾許是能用得上，便放在裡頭了。」

明檀聞言，了然地點了點頭。

明珩想起什麼，又道：「不過這玉，我從前也著人給妳捎過一塊，妳不記得了？」

明檀：「……」

有嗎？明檀疑惑了一瞬，很快釋然。

5 七夕日供乞巧用的娃娃。用木、泥或蠟製成。

她的寶石簪釵數不勝數，當初福叔借錯金閣名頭送的極品東珠頭面，她也只打開看了一回，都沒有戴過。

哥哥這麼說，那應該有吧，這樣一來，今早見到夫君那塊玉石覺得頗為眼熟，也能解釋得通了。

明檀沒多想，上車後還將這塊烏恒玉拿出來在江緒眼前晃蕩，邊打量邊絮叨道：「夫君，這塊玉石和你的那塊好像是同個東西，叫什麼『烏恒玉』？」

「哥哥說，他從前也送過我一塊，難怪我今日見到你那塊玉石頗覺眼熟。不過也不知道哥哥在想什麼，這黑乎乎的，竟拿給我做首飾，誰家姑娘會用黑乎乎的玉石做首飾，哥哥他也太不懂姑娘……」

說著說著，明檀忽地一頓。

等等，她想起來了。

幾年前，她似乎真的收過這麼一塊黑乎乎的玉石，且當下覺得新鮮，還用這黑乎乎的玉石做過首飾，做的正是江緒暗袋裡那種長條狀的小玉牌，掛在腰間禁步上頭，聊做點綴。

那禁步，應是三年前從寒煙寺踏青回府後嫌晦氣，與其餘衣裳首飾一道全都鎖進箱籠，再也沒拿出來用過。

說到寒煙寺，明檀不免想起樁舊事。

寒煙寺早些年在上京，香火十分旺盛。可三年前一夜大火，竟將其燒了個乾淨澈底，此後京中眾人對此寺諱莫如深，無人再提。

明檀記得，燒光寒煙寺的那把大火，正燃在那年的踏青節。

彼時她正值豆蔻之年，踏青節與京中閨秀一道，去寒煙寺尋春賞花。

寒煙寺地偏，因求子靈驗頗負盛名，後又不知怎的，傳出求姻緣也十分靈驗的名頭。

少男少女初識慕艾，對姻緣一事有些懵懂的熱衷，故不辭勞苦，非要出城去寒煙寺走上一遭。

那時明檀與梁子宣定著親，沒見過什麼世面，對這門婚事頗為中意。

去寒煙寺時，她順道拜了拜，祈求姻緣順遂，只不過拜完求籤，卻是下下凶簽，可把她氣得不輕。

因著這支簽，她心情不好，後與一眾閨秀在寺中後山圍坐一席賞花鬥草，也不大能提得起精神。

不記得當時是誰家小姐忽然要放風箏了，風將風箏吹得高遠，那小姐追著往前，眼睛不注意，腳上不留神，竟在她的淺色裙擺上踩了好幾個腳印。

明檀遭了無妄之災，本就不佳的心情愈發鬱悶。

只不過她不可能因著被踩髒了衣裳就掉臉子，只能心裡頭暗生悶氣，而丫頭伺候她去廂房換衣時，有人剛好撞上她氣惱的當口。

衣裳換到一半，寺僧砰砰叩門，說寺中進了刺客，想請她開門一查。

她當時心火蹭蹭上冒！查人都查到她這兒來了，胡說八道的她的名聲還要不要了！她揪著禮法對著外頭好一通懟，一二三四愣是沒歇半口氣。

外頭寺僧面面相覷，查人之事本不好張揚，寺中貴客也不好輕易得罪，幾經思忖，他們還是沒往裡硬闖，先去查了別的地方。

只不過她換好衣裳離開之時，忽地掃見屏風角落有零星血漬。

她的心跳漏了一拍，大腦倏然空白，渾身僵直，差點沒能走得動，好在最後還是強忍鎮定，當什麼事都沒發生般，緩步走出廂房。

那回踏青著實不順，明檀又氣又怕，只覺寒煙寺處處晦氣，回府後她心情極差地悶頭睡了一覺。誰想一覺醒來便聽聞，寒煙寺昨夜大火，整座寺都被燒沒了。

京中府衙對外稱，清明時節焚香燒紙者眾，引了山火，寒煙寺不幸蒙難。

可這事處處透著古怪，說是山火，也沒聽說山燒禿了，只獨獨燒了座禪寺，且寺眾只死傷了一小部分，其餘都已被轉移至其他禪寺。

明檀當時年紀雖小，也覺出些不對，甚至有些害怕是自己放走刺客，才使寒煙寺遭此大難。

不過後來她從裴氏處隱隱得知，寒煙寺此番遭難並非意外，而是上頭著意清理。寒煙寺有些僧人，似乎鬧了什麼見不得人的勾當。

詳細的裴氏沒多說，許是怕污了她的耳朵。可那年京中陸續有幾家夫人或是上吊自盡，或是因疾而逝，而那幾家夫人都曾在寒煙寺求子如願。

諸般相聯，再加上坊間極偶爾的隱晦傳聞，明檀隱隱有了個大膽的猜測：那寒煙寺裡頭，怕是有荒淫假僧，所謂的求子靈驗，不過是相脅索歡罷了。

再後來，她留心過夫人過世的那幾家，無一例外，生出的孩子都因各種理由陸續夭折。只有一家稱自家孩子身體孱弱，要送至江南老家休養，至此再無消息，這顯然更印證了她的猜測。

不過猜測始終只是猜測，上頭有人不想公之於眾，便不可能輕易得知，她只要知曉寒煙寺之難非她之過就好。

明檀陷入回憶，靜默半晌，江緒忽問：「在想什麼？」

「沒什麼。」明檀回神，下意識搖了搖頭，「對了夫君，你先前說，那塊烏恒玉曾救過你的性命？」她對這件事更感興趣。

江緒「嗯」了聲：「三年前收復虞州，有一仗打得艱難。從戰場脫身又遇追殺，護心鏡已碎，它替本王擋了淬毒之箭。」

明檀恍然，立馬便想起哥哥所說的此玉極為堅硬。

江緒輕描淡寫說了這麼一句，然個中艱險，卻是千言萬語都難以道盡。

在收復虞州之前，大顯表面和平繁盛，實際內憂外患已達頂峰。

宿太后虎視眈眈，幾次三番對成康帝出手，甚至利用寒煙寺的荒淫假僧，把控朝中數位重臣家眷，步步相脅，混淆子嗣，為的就是讓她們為己所用，竊取重要情報。

江緒潛入寺中調查，因輕敵中計，負傷藏於廂房。不巧，正是明檀換衣的那間廂房。

彼時他藏身屏風之後，而明檀就在屏風的另一折面換衣裳。

她將換下的外衣搭在屏風上頭，珠光熠熠的禁步隨意搭著。不知怎的，禁步上頭忽地掉下塊玄色小玉牌，聲音清脆，清晰入耳。

那一瞬——

江緒動了殺心。

可對面的小姑娘沒管掉落的東西，只是氣氣地念叨著這寺裡的籤如何如何不準，她的衣裳如何如何金貴。

後頭有人來查刺客，她似乎氣極，條理清晰地懟了回去，硬生生將人懟離了廂房。

江緒不由得望了屏風間隙一眼，那頭的小姑娘似乎才十三四歲，面龐精緻，略帶幾分稚氣。

可就是這位略帶稚氣的小姑娘，拿禮法堵了通人，又故意磨蹭換衣，無意中為他爭取到極為緊要的一刻。

他利用這短暫一刻席地療傷，恢復五成內力，順利離開寒煙寺。

夜裡燒寺抓人，白日朝中暗潮洶湧。許多事由始至終未放在明面上說，然一夜之間已天翻地覆。

寒煙寺一案可以說是宿太后一系當年不得已沉寂的關鍵所在，因此事做得過火，數位原本持中的重臣憤而表明立場，與宿太后一脈勢不兩立。

他的小王妃，在寒煙寺無意中幫了他一回，那塊被他順手帶走的玄色玉牌在不久之後的虞州之戰中又救了他一命。

收復虞州是他平生所遇最為艱險的戰役。前線交困，朝中貪餉，大顯軍節節敗退，死傷數萬。

他身負重傷在林中以身作餌誘敵追殺之際，忽而數箭齊發，其中一箭直逼心臟，他以為難逃此劫，然那塊他隨手放在胸口的玄色玉牌，竟是堅硬不摧的烏恒玉，替他擋下了淬毒一箭。

緣分一事從來奇妙，有些人相識數載不過點頭之交。而有些人平生一遇，便是命中註定。

第十章　心動

自龐山出發，一路不急不緩往前行了十日，終於到達靈州。

明檀此前從未離京，只知靈州海貿發達，經濟繁盛，且多出美人。聽聞歷朝采選，靈州送入京城的女子比旁處要多不少，前朝繼后、如今的宿太后也是靈州人士。

直到進入靈州地界，她才無意從江緖口中得知，原來宿太后不只是靈州人士，她背後的宿家已經掌控了大半個靈州。

前朝至今，靈州市舶司一直是宿家的一言堂，數任市舶使全都出自宿家一派，靈州最大的私商船隊也是由宿家出資組建，這便等於，無論是官營還是私營海貿，完全被攏在宿家手中。

靈州上下的地方長官多與宿家勾連，沒有勾連且不願有所勾連的，總會因各種理由死於非命。

明檀聽懵了：「那，那我們豈不是很危險？」

明檀所受到的教導一直是女子不得干政，所以她從不過問江緖的公事，此回南下靈州，她也沒問江緒辦的到底是什麼差，還下意識以為，既能帶上她，必然無甚凶險。

「怕了？」江緒抬眼瞥她。

明檀沉浸在方知此事的震驚之中，老實點了下頭。點完她反應過來，又立馬搖頭，強裝鎮定道：「有夫君在，阿檀不怕，有什麼好怕的。」

她嘴上這般說著，身體卻很誠實，背脊瞬間繃緊，還謹慎地撩開車幔一角往外張望。

江緒微不可察地翹了下唇角，垂眸翻書，並未告訴她不必擔憂。

靈州已是宿家最後一張籌碼，他們不會希望當朝親王與右相公子在此地界出事。退一萬步說，若真有人心存不軌，想要做些什麼，也得看他們有沒有那個本事。

晌午，車馬停在靈州西南一座小鎮，一行人在鎮上找了家酒樓歇腳用膳。

幾人坐在二樓雅間，明檀皺眉，剛想說這龍井不好，裡頭摻了陳茶，樓下忽地鬧將起來，似乎是有人吃了白食不願付帳。

明檀往樓下望去，掌櫃的很是硬氣，讓人攔著，不付帳不許出門。

然那吃白食的也很硬氣，擼起袖子一腳踩在凳上，粗俗地往地上吐了口痰，扯著嗓門道：「我呸！老子告訴你，我妹子調去伺候宿家三房的九姑娘了！等我妹子拿了月銀，還怕付不上你這幾個小錢？我妹子在九姑娘跟前可得寵得很，過幾日給我在宿府某個差事也是分分鐘的事，你少他媽給老子不長眼睛！」

這年頭吃白食還這麼囂張的？

明檀仔細打量著，只見掌櫃的聽到這番話，竟猶豫起來。那吃白食的見狀，得意洋洋地撈起桌上半隻油亮燒雞，大搖大擺出了酒樓，掌櫃的竟沒讓人攔。

等等，妹子是宿家三房九姑娘跟前得寵的小丫頭，就能讓人如此忌憚？看來宿家在靈州，還真是土皇帝啊。

明檀心中愈發擔憂。

兩日後，他們一行終於到達此行目的地，靈州泉城。

到了泉城，江緒不打算繼續低調，在城門查驗處便亮了身分。

知府聞訊，忙至城門親迎。

「不知王爺親臨，下官有失遠迎，還請王爺見諒。」知府誠惶誠恐，明明知道江緒為何前來，也要硬著頭皮裝出渾然不知的模樣，還得小心翼翼問上一句，「王爺此回大駕光臨，可是有差使在身？」

「本王行事，還需先告知知府大人麼。」江緒負手，顯然沒將人放在眼裡。

「下官不敢！」

知府腿都快軟了，他是知道這閻王爺要來，但沒想到人家會直接亮身分啊，前頭那麼多地方這閻王爺不都是安安靜靜住客棧麼，為何一到泉城就找上了他？他又不是宿家人！

知府心裡頭叫苦不迭，可嘴上還是得找番漂亮說辭解釋：「下、下官的意思是，王爺行事，若有什麼用得著下官的地方，下官定竭力配合！」

江緒淡淡掃了他一眼：「那就辛苦知府大人了。」

知府點頭，邊擦著汗，邊殷勤將他們一行引回府衙，好吃好喝招待著，半分不敢怠慢。

只不過明檀警惕，什麼都不敢碰，入口必試毒，器具邊緣也不放過，床褥擺設亦要著人仔細驗看。

晚上，知府費心安排了一番，邀請江緒與舒景然去仙泉坊，為二人接風洗塵。

這仙泉坊便是靈州一百八十舫中規模最大的一坊，共有六十八條舫船相連，坊中姑娘容貌才情，比之上京別玉樓也不遑多讓。

得知晚上江緒要去此處應酬，明檀心中擔憂，用膳時，幾次三番欲言又止。

江緒以為他這小王妃又是醋性上來了，斟酌著，難得主動道：「今夜有事，妳……不必擔憂，若知府家中女眷相邀，妳也可以與她們一道去熱鬧熱鬧。」

她慣愛熱鬧，這些時日舟車勞頓，恐怕也憋得慌了。

「可夫君去那仙泉坊——」

「王妃該對自己有些信心才是。」說著，他夾了塊肉給明檀。

「……」

她對自己很有信心好嗎？她人都跟到靈州來了，還怕他帶個畫舫女子回來不成？

好吧，她的確有那麼一點點怕，若她一道出行他還能順路捎個女子回府，那回到上京她也是不用做人了。

可如今她更害怕的是宿家對他不利，正所謂強龍不壓地頭蛇，如今在人家地盤上，若他要辦的差事觸及人家利益，那再是能耐，也不免凶險。

江緒出門前，明檀忍不住絮叨叮囑：「夫君酒量雖好，但方至靈州，還是要少飲些酒，萬事多加留心才是。」

說著，將離京前找封太醫偷偷要的解毒丸塞給他，小聲道：「夫君若覺得有什麼不舒服就吃上一丸，這是我找封太醫要的，可解數種尋常的迷藥毒藥。」

「……」

江緒想說些什麼，又覺得無甚必要，臨走前只是點了點頭，囑咐雲旖：「好好照顧王妃。」

江緒突如其來的亮身分不僅打得知府措手不及，也讓知府府中的女眷手忙腳亂。她們得知定北王殿下帶了王妃一道住在自家府中，而自家大人請了王爺和那位右相公子去仙泉坊接風洗塵，那王妃，她們總不能就這麼晾在府中不聞不問，所以夜裡，知府夫人安排了河中戲，請明檀前往一觀。

這河中戲是靈州一大特色，源起於靈州的一百八十舫，後有戲班子加以改良，創出了僅在靈州盛興、夜裡才唱的河中戲。

河中戲顧名思義，自是要在河裡頭唱。戲臺子搭在河裡，入夜臺上燈火環繞，河面也燃起簇簇河燈，觀者坐在畫舫裡頭乘涼，聞著荷香，賞著夜戲，別有一番愜意。

明檀收到邀請時下意識便想拒絕，人生地不熟的地方，她怎麼可能往河裡湊，嫌名聲太好還是活得太久了？

可她的拒絕讓知府夫人心慌了一番，以為是自個兒哪不周到，又親自來請，言辭熱情懇切。

明檀本想說身體不適，可冷不防的，她忽然想起先前夫君所言——

夫君為何會特地提醒一句「可以與知府府中女眷一道熱鬧」？莫不是在暗示她，讓她與知府府中的女眷多接觸瞭解？

見明檀猶疑，雲旖悄聲道：「王妃放心，主上還留了兩名津雲衛的高手隨行護衛。」

有嗎？為何她半點都沒感覺。

不過既是如此，她不再拒絕，心想還要在靈州待上數日，與此處女眷多接觸瞭解，許是對夫君辦差有所助益也說不定。

知府府衙離看戲的靈雨河很近，一路上，知府夫人和她細細分說了番這靈雨河的來歷，大約是些求雨很靈因而得名的鬼神奇事，明檀有一搭沒一搭聽著，並不是很感興趣。

倒是知府家二小姐的話頭引得有意思些——

「王妃娘娘，您可聽說過咱們靈州的一百八十舫？瞧，那頭一片亮的地方便是咱們靈州的一百八十舫了，王爺與爹爹他們去的仙泉坊是靠右的那一片。」

知府夫人忙瞪了她一眼示意她閉嘴，領人夫君去舫間取樂是什麼值得炫耀的好事不成？王妃不怪罪就是天大的面兒了，姑娘家家的，竟有臉在人跟前提！

不過明檀還真順著話頭望了一眼，遠處河面燈火通明，熠熠生輝，粼粼波光之上，映照出幾分如夢似幻的燈火盛景。她想著，若是再近些，許是能聽見女子的嬌笑聲響。

知府夫人安排看戲的畫舫很是寬敞，上頭八仙桌早已擺了精緻的果盤點心。

河面夜風習習，船行至離河稍有段距離的地方就停了下來，不遠處的戲臺，戲子傅粉登場。

明檀得知遠處那片奪目燈火便是靈州一百八十舫後，看戲總有些心不在焉，時不時就要往那頭望上一眼。

待到臺上一齣《春江花月夜》唱至尾聲，明檀忽地瞥見遠處那片燈火冒出簇簇青煙。這……難不成是他們那處的新鮮節目？

她不由盯著，可越盯越不對勁，怎麼瞧著，好像有大片大片的人影在移動？

她坐直了些，忽然，她驚道：「那兒是不是走水了？」

此言一出，畫舫上看戲的眾人不由往那處望去。

離得遠，他們看不清，知府夫人吩咐小廝划小船往那頭查看，那小船划至中途便急忙折返，小廝朝畫舫大喊：「夫人，走水了！那、那頭走水了！」

此刻不消他說眾人也看清了，火勢迅猛高竄，一簇簇燒著青煙，瞧那位置，正是大片光亮的最右側，仙泉坊！

知府夫人的臉色倏然煞白。

仙泉坊？

那、那自家老爺豈不是……還有那位定北王殿下和右相公子……天爺啊！

她眼前閃過一陣白光，剛站起來望了眼，又一屁股跌坐回去，六神無主，慌得半晌沒能張口。

戲臺上的戲停了，畫舫眾人七嘴八舌：

「怎會如此？這風一吹，舫船怕是都得燒光了！」

「是仙泉坊！娘，怎麼辦，爹爹還在上頭呢！」

「夫人，是不是要派人去救火？」

「這麼大的火勢，潛火軍應是已經出動了罷？」

夫人、小姐們你一言我一語，甚至還有些抱著看熱鬧的心思暗暗想著：這水走得可太好了，把那些個舫船裡頭的狐媚子燒個乾淨才好，省得成日妖妖嬈嬈慣作可憐，勾著爺們兒不著家！

知府夫人哪遇過這場面，平日在內宅養尊處優，最多也就是料理些妯娌女眷間拉裡拉雜的瑣事，一時指著她拿主意，她腦中全然空白。

就在這時，明檀壓下心裡頭不斷上湧的慌亂，冷靜出聲道：「夫人，立即遣人通知潛火軍與城防司，讓他們前往救火，府衙能調動的兵丁也全部調去救火！」

知府夫人正沒主心骨，一聽明檀所言，回了回神，忙點頭道：「是，是，王妃說得是，還不快按王妃說的去辦！」

下人面面相覷。

這……通知潛火軍倒沒什麼，潛火軍肯定會派人前往，說不定此刻都已經在路上了。可城防司與府衙兵丁，這哪是他們去報信就能調動的，王妃和知府夫人也沒這權利啊。

知府夫人正慌著，哪想得到這一層，見他們躊躇，急得手忙腳亂指揮道：「愣著幹什麼，還不快去！」

有人一臉為難：「夫人，若無知府大人手令，城防司與府衙兵丁，小的們去報信，他們不會聽的。」

明檀聞言，立馬駁道：「知府大人如今被困舫船，如何能有手令？你們去便是了，就說是本王妃的諭令。」她扯下腰間的王妃玉牌，「若不聽令便告訴他們，今夜王爺與舒二公子若在泉城出事，城防司與泉城府衙誰也別想脫罪！」

她如何不知王妃諭令無法調遣府城兵丁，可此刻她顧不得那麼多了，冷言威脅道：

「本王妃在皇上面前，說這句話的分量還是有的。」

此言一出，下人們背脊生了層薄汗，忙躬身接過玉牌，再不敢推脫。

不出所料，潛火軍早已趕至舫船救火，然城防司與府衙兵丁都推說沒有知府手令不可妄動，還是前去通稟的人拿出王妃玉牌，復述了番明檀之言，兩處長官才開始猶豫。

正所謂事急從權，當朝親王、右相公子，還有知府大人都在，只去個潛火軍委實說不過去，若真出了什麼岔子，皇上震怒拿人陪葬，宿家不一定保得住他們。

想到此處，城防司與府衙都應了聲是，忙點人出發。

看戲的畫舫已經靠岸，眾人站在岸邊等人來稟火情，明檀一直死死盯著火勢高竄的那處。

雲旖見她緊張，低聲寬慰了句：「王妃放心，以主上的身手，不可能被區區火勢困住的，且主上身邊也有暗衛隨行，您不必擔憂。」

雲旖這話其實說得十分保守，依她所見，主上何止不可能為火所困，不是他放的火就不錯了。

然明檀無法心安，她如何不知自家夫君身手了得，可這是在人家地盤，若這火本就是針對夫君而來，先前早有埋伏，眼下情勢又有誰能知曉？

潛火軍、城防司還有府衙三處出動，舫船那頭很快便傳回了消息。

「稟王妃，稟夫人，火勢由仙泉坊起，河面有風，火勢正急劇蔓延，暫時還未找到王爺一行！」

知府夫人臉色慘白，聲音發顫道：「沒找到回來稟什麼，還不快去找！」

「別忘了水下，水下也要派人去找。」明檀沉靜吩咐。

「是！」

這人稟完離開，很快又有人邊跑邊高聲傳回消息：「大人、知府大人找到了！」

明檀上前忙問：「知府大人找到了？那王爺與舒二公子呢？」

那人喘著粗氣，聲音斷續：「稟、稟王妃，只在水下找到了知府大人，王爺……王爺與舒二公子還沒瞧見身影。」

知府夫人忙衝過來問：「大人如何了？人呢？！」

「大人嗆水昏迷，暫時還不知道有沒有受傷，但……但性命應是無尤，府衙兵正打算將大人抬回府中。」

知府夫人先前受了衝擊驚嚇，此刻忽聞自家大人性命無尤，她捂了捂胸口，嘴裡念叨著「大人無事便好，大人無事便好」，誰想下一瞬，她便渾身脫力，軟綿綿地往後倒了下去。

「娘！」

「夫人！」

眾人手忙腳亂，忙扶住暈死過去的知府夫人。

「……」

這麼點事就暈了。

明檀抿著唇，想到還無音訊的江緒，攏在寬袖中的手攥得極緊，指尖邊緣攥得泛起了白。

其實理智告訴她，沒有消息便是最好的消息，知府都無事，征戰沙場殺伐果斷的戰神又怎麼可能有事？可她心裡又不斷想著，若是有人針對夫君，企圖縱火掩蓋罪行又當如何？

她腦中晃過無數想法，甚至想到這是否是知府夫人也心知肚明的一個局，為的就是將她騙過去，好拿她對付夫君。

那些想法紛繁雜亂，可都在提醒她，她應該相信夫君不會出事，她應該待在這裡等好消息，她應該保全自己不要輕舉妄動。她是定北王妃，每一個不經思量的輕率決定，都可能造成不可挽回的後果。

可無論她如何勸說自己冷靜，只要想到夫君有那麼萬分之一的可能遭人陷害設局，此刻正深陷火海，她就無法忍受自己只是這樣侯在這裡，被動地等人傳回消息。

時間一分一秒過去。

終於，她坐不住了。

「送夫人回去休息，各位也先散了，此處有我在即可。」明檀忽然穩聲吩咐。

爹爹既已找到，母親又暈了過去，知府家的小姐們早不想在這兒待了，告了聲退，便忙扶母親回府。

餘下的夫人小姐見狀，想著不關自家什麼事，紛紛應聲，很快四散離開。

人都走光過後，明檀忽然看向雲旖，目光灼灼道：「雲旖，我要過去。」

雲旖怔了怔：「過去？」她怕自個兒會錯了意，還特地望了起火的仙泉坊一眼，「娘娘……現在過去危險，您去了也做不了什麼，而且，主上不會有事的。」

「我一定要過去看看。」

「請恕屬下不能從命，主上說過……」

「夫君既派妳保護我，那妳便是我的人。」明檀語速極快地打斷，「我也記得夫君說過，津雲衛不事二主，現在到底誰才是妳的主子，妳到底聽誰的話？」

雲旖聽懵了，直覺有哪不對，卻一時說不上來。

明檀又望了望四周，揚高聲量道：「不是還有兩位暗衛嗎？人呢？王爺若是出事，保護我還有什麼用！」

四下寂寂，水波輕晃。

雲旖正被明檀那番話繞得有些糊塗，誰想明檀趁她不防，忽地提起裙擺，拔步上了停靠在岸邊的小船。

她咬唇，用力解開繩索，還像模像樣地拿起船槳，大有要自己划過去的架勢。

雲旖見狀，忙飛身上船，從明檀手中奪過船槳。

明檀知道自己肯定划不過去，打的便是將雲旖騙上船的主意。

見雲旖上船，她眼眶說紅就紅，聲音忽地軟了下來，小小的，還揑住她的衣擺：「好雲旖，就帶我過去吧，不會出事的，一定不會出事的。」

雲旖：「……」

這好像是她第一次見自家王妃如此著急，就像個沒要到糖的孩童，急得似乎下一瞬就能「吧嗒」掉下眼淚。

不知為何，她常年無波無瀾的心底，泛起淺淺漣漪。

靜默片刻，她忽然吹了聲哨。

一直守在暗處的暗衛終於現身，悄然點水，飄上小船。

雲旖囑咐道：「娘娘，您不可近舫，只能待在船上。」

只要雲旖願意帶她過去，她此刻自然是什麼都好，她乖乖點頭，誠懇保證道：「我就待在船上，不會讓自己置身險地的。」

但願如此吧。

雲旖暗暗嘆了口氣。

很快，小船划至河中央。

不遠處，火勢已蔓延至其他舫船，仙泉坊的火反而滅了大半，舫船燒得沉的沉，塌的塌，有不少焦黑的橫樑與屍體飄在水面，氣味混雜，難以名狀。

潛火軍、城防司還有府衙的兵丁正在那些冒著黑煙的殘船上搜尋，遇見焦屍，便一具具往岸上抬。

「你們快去找找。」明檀忙看向船尾兩道暗影。

那兩道暗影倒很聽話，略一頷首，便齊齊點水，飛至殘舫。

仙泉坊的舫船建得十分寬敞華麗，最矮都有兩層，最高的有近五層，縱然燒沉不少，剩下的舫船搜尋起來也頗費功夫。

半刻沒見人回，明檀有些等不及了。她腦海中關於宿家的傳聞想像被無限放大，以前與夫君在一起的畫面與之交織在一起。

她回身，磨起了雲旖：「仙泉坊的火差不多滅了，我們也去找找吧。」

「娘娘，您答應我不下船，也不會置身險地的。」

「火已經滅得差不多了，並不危險。」眼見離仙泉坊距離並不遠，她索性耍賴道：「妳若不讓我去，我便自己游過去好了。」

雲旖：「……」

半刻前的保證她就是聽了個寂寞。

可明檀磨也磨了，賴也耍了，雲旖沒法子，只能護著她，讓她如願上了舫船。

火勢雖已遏住，上頭濃煙仍是嗆人，明檀用沾水的帕子掩住口鼻，在還未被其他人搜尋到的舫船上邊找邊喊：「王爺、王爺！夫君！」

也不知是被濃煙嗆的還是急的，她眼角冒出了淚花兒。

雲旖寸步不離，陪著她一道，一間一間搜尋。

這些船不僅往上建了好幾層，還有往下通腹的船艙，明檀覺得若是意外被困，在底部船艙的可能性最大，所以尋完上頭，還堅持要去船艙裡找。

而此刻底部船艙恍若蒸籠，溫度極高，熱得灼人，明檀上上下下爬了趟，渾身上下已狼狽不堪。

雖然沒找到江緒與舒景然，但在船艙裡頭倒是意外找到個被捆得結結實實，已然奄奄一息的女子，明檀與雲旖一道，合力將她救了上來。

「沒找到？」江緒站在岸邊蘆葦叢中，問了句。

來人搖頭：「沒有，追影已經去清查女屍了。」

江緒沒再接話，但不打算在此繼續糾纏。

可就在這時，忽然有一道身影落定在蘆葦叢中，拱手低聲稟道：「王爺，王妃在仙泉坊。」

「你說什麼？」江緒稍怔。

「王妃為了找您，上了仙泉坊。」

他心底忽地一頓。

夜色濃重，無人看清他面上的表情，只知莫名靜了一陣，他忽然往前動身。

在底部船艙救出被綁住的女子過後，明檀愈發堅定了繼續搜尋其他舫船底艙的信念，然她體力本差，一番折騰下來，髮髻凌亂，汗如雨下，臉上全是髒灰，已是精疲力盡。

她也不知道自己在堅持什麼，明明知道眼下火都滅了還沒找到，以他的能耐應是早已脫險，可一刻沒有收到他的消息，她便一刻不能心安。

她想去其他還未搜尋的舫船。

舫船間有窄窄的獨木橋相連，眼見明檀要上橋，雲旖忙將救出的女子放下，快步往前跟上。

「呀嚓——」

這獨木橋乍一望去完好無損，然另一端已被燒焦，明檀剛走兩步，對面便呈傾塌之勢，她稍有慌神，身形一時不穩，似要往前栽去。

雲旖正要伸手拉她，夜幕下忽有人飛身而來，先她一步攬住明檀細細的腰肢，在半空中轉了一圈，足尖點水而行，穩穩落在舫船之上。

見到來人，明檀恍惚會兒，不敢置信地問道：「夫、夫君？」

她表情愣怔，聲音被濃煙嗆啞。

「跑到這來，妳瘋了麼。」

江緒垂眸看她，低聲問。

明檀有很多話想說，可眼睛半瞬都捨不得眨，流連在他臉上，仔細辨認著他的眉眼。

好半晌，她一直提在嗓子眼的一顆心，終是緩緩落了下去。

「夫君你沒事就好，沒事就好。」

說著，她感覺腦中始終緊繃的那根弦澈底鬆懈下來，輕飄飄的，眼前莫名模糊。失去意識前她只剩下一個念頭，好丟人，竟和知府夫人一樣，這麼點事就暈了過去！

「……王妃說，屬下若不讓她去，她便要自己游過去。當然，屬下也可以直接敲暈王妃，但屬下見王妃是真的很擔憂主上，有些不忍這麼做。是屬下失職，屬下甘願領罰。」

回到府衙，雲旖將今晚所發生的事一五一十交代了。

「不忍？」江緒瞥她。

「屬下出身津雲衛，的確不該不忍，但相伴王妃多時，屬下第一次見到王妃如今日一般著急失態，王妃不知主上要做什麼，只不過是害怕主上出事，想救主上而已，還請主上不要責怪王妃。」

「妳這是在指責本王？」

「屬下不敢。」

雲旖跪在地上，背脊卻挺得很直。

江緒不知在想什麼，沉默良久，忽開口道：「妳找到了本王要找的人，這次便算了，以後若再縱容王妃涉險，妳不必再出現在本王面前，滾下去。」

「是。」

雲旖退下後，江緒在明間靜立了好一會兒，屋外夜色沉沉，零星有鳥叫蟬鳴，他抬步，往內室走去。

內室寂靜，滿目都是她平日嫌俗的富麗堂皇，好在床褥與安神香是她自己帶的，許是正因如此，她此刻才睡得這般香甜。

江緒坐在榻邊，看了她手上的輕微燙傷一眼，拿起搭在面盆邊的濕帕，輕輕擦拭她臉上殘餘的髒灰。

其實今夜，他之所以會應知府邀約前往仙泉坊，是因為周保平留下的證據有線索了。早先數日，他遣暗衛潛入靈州，調查周保平暴斃一案，且已有了結果。

毋庸置疑，周保平就是因為拿到了靈州市舶司操控博買、瞞報抽解的證據才遭人滅口，還被安上個狎妓暴虐、縱樂無度的難聽死因。

不過周保平能成為皇上信任得用之人，十分敏銳聰穎，知道自身難保，便提前藏好了證據。

他在靈州市舶司任監官期間，常獨來獨往，甚少與人結交。當然，在宿家這地界，也無人敢於之結交。

暗衛入靈州尋查數日發現，他唯一能稱得上愛好的，就是去靈雨河上的一百八十舫聽曲取樂，他去過很多家，但去得最多的，還是與仙泉坊齊名的慕春坊。

而慕春坊裡頭他點得多的幾位姑娘，便是他狎妓暴虐、縱樂無度這一荒唐死因的證據與陪襯。

據暗衛調查，市舶司應是在發現周保平拿到證據的第一時間便將其控制，不知遭受了什麼，反正周保平始終沒鬆口，市舶司見從他口中撬不出東西，索性解決了他，之後又順著他平日的關係，找到了慕春坊的那幾位姑娘。

那幾位姑娘對此毫不知情，聲稱平日周大人點她們就是聽曲解悶，從不說自個兒的事兒。

但作為與周保平接觸較多之人，市舶司定不會輕易放過她們，嚴刑拷打未果，便直接將幾人殺了，與周保平湊做一堆，做出狎妓暴斃的假像。

至此，再無周保平所藏證據的線索，暗衛尋查數日沒有頭緒，宿家也同樣沒有進展。

直到江緒他們一行進入靈州，忽然有人祕密聯繫上暗衛，聲稱周大人將東西交給自己保管，但她受周大人所托，只能親自將東西交由聖上派遣之人。

那祕密聯繫暗衛之人是慕春坊裡的一個不起眼的小丫頭，秋月。

饑荒之年，周保平好心救她一命，她便一直忠心為周保平辦事。

早在周保平被調入靈州市舶司的三個月前，她就孤身來到靈州，提前在慕春坊尋了個燒火丫頭的活計。

秋月長了張平淡無奇過目即忘的臉蛋，平日專心做事悶聲不吭，極沒存在感。

周保平到慕春坊點人唱曲之時，她有好幾次往屋裡送茶伺候，可她太沒存在感了，無論是宿家還是暗衛，調查時都將其忽略了過去。

不過因著出了周保平的事，一連折損了幾位頭牌姑娘，再加上市舶司隔三差五便來查人，慕春坊近些時日生意慘澹，只得將秋月在內的一波丫頭都遣了出去。

秋月一直記著主子的交代，要等到聖上所派之人出現才可將證據交出，為避免被覺出行跡可疑，她未妄動，與其他大多數丫頭一樣，就近在仙泉坊找了份活計。

江緒今夜應邀去仙泉坊，就是為了親自去見這位秋月姑娘。

只不過大約是秋月此番主動聯繫暗衛露了馬腳，今夜江緒入仙泉坊後，還未與之見面，宿家就先一步覺出不對，派人前來想要劫她。

然舫上有不少暗衛，來人劫了秋月卻無法將其順利帶走，情急之下索性將其扔進船艙，而後鋪油，四下縱火。

這時節易燃易燥，加上河面風勢最易將火吹散，自能將江緒一行暫時逼離舫船。

來人大約是想著，若到火勢撲滅秋月還沒被悶燒至死，他們再將人劫走那就最好不過，若是死了，江緒一行暫時難再找到證據。

此舉確實成功了，仙泉坊無端走水，江緒與舒景然不得已，只能暫時撤離。

暗衛在來人趁亂想要逃離舫船之際將人截下，但來人皆是死士，未及逼問便已咬毒自盡，當下唯一能確定的只有，他們並未來得及帶走秋月。

眼見舫船之火燒盡撲滅也未找到秋月，江緒本已不欲停留，沒承想，竟橫生出了明檀這一變故——他的小王妃，竟親自上了舫船，要來救他。

其實走水之時，他腦中有那麼一瞬想過，靈州的河中戲十分出名，知府夫人今夜也許會相邀王妃前往一觀，那她也許會看到遠處舫船失火。

不過他也就想了那麼一瞬。看到如何？知道又如何？她素來有幾分小聰明，總不至於以為他會為此所困。

所以當他聽到暗衛來稟，王妃為救他上了舫船的時候，一時沒能回神。回過神後，半瞬覺得荒唐，半瞬又有些難以言喻的觸動。

明檀覺得自己很累，似乎睡了很長一覺，緩緩睜眼時，只見屋外漆黑，屋內已掌燈。

江緒坐在不遠處的榻上看書。

聽到床上動靜，他抬眼，放下手中書卷，起身走至床邊。

「醒了。」

明檀點頭，想要坐起來。

江緒扶了把，立起錦枕讓她靠著，自己也撩開下擺，順勢坐到榻邊。

「感覺如何？」他溫聲問。

「無礙，夫君你呢，有沒有受傷？」

「本王無事，倒是妳，睡了一天一夜，需不需要再請大夫看看？」

明檀稍頓：「一天一夜？」

她還以為就睡了幾個時辰呢。

那，舫船走水已經是昨天的事了？

她忙問了幾句昨夜之事，想起昨夜江緒還上船救她，又小心翼翼問道：「對了夫君，昨夜我上舫船，沒有給夫君添麻煩吧？還有，我昨夜與雲旖在船艙底下救上來個姑娘，她被人捆著，也不知道是怎麼了，還活著嗎？」

「活著，她恰好是本王在尋之人，王妃並未添麻煩，反而幫了本王。」

明檀有些意外：「夫君在尋之人？真的嗎？那夫君為何尋她？」

其實她只是順口一問，問完便覺失言，忙打岔，想將這話頭掩過去。

沒承想江緒主動將話頭拉了回來，耐著性子，將所有事情，包括他與舒景然來靈州到底辦的是什麼差，全和她講了一遍，其中甚至包含許多朝局之事。

這話裡頭資訊太多，明檀怔楞半晌，一時有些消化不來。

待她壓下心中震驚慢慢消化完這些事，她攥緊被角，忍不住，有些猶疑地小聲說了句：「夫君，本朝女子不得干政……你和我說這些……」

「是本王與妳說，又不是妳主動探聽。」江緒打斷，「且女子不得干政，從來都是約束沒有主見的昏庸之輩，以後妳大可不必刻意避諱。妳是王妃，說上幾句並不妨事，若有用，本王也可聽一聽，若是讒言，本王會被其左右，那是本王沒有分辯是非之能，與妳何干？」

明檀愣愣地看著他。

他今日所言，有些超出她從前所受的教導，可聽起來，好像很有幾分道理。

「想什麼？」

明檀搖頭：「夫君今天話好多。」

「……」

明檀忙解釋：「我不是嫌棄夫君話多，是因為平日夫君話比較少，那夫君今天說的話，比尋常一月加起來還要多呢。」

越描越黑。

明檀語無倫次，正不知該說些什麼彌補的時候，江緒忽開口道：「有件事，本王想問妳。」

「什麼？」

「妳為何要上舫船？」

他從昨夜想到今日，勉強理解了，她為何會覺得他不能安然脫險。無非是覺得宿家在靈州占地為王，手眼通天，此局乃是宿家刻意陷害。

可在他的認知中，即便他真出了什麼事，王妃也不應如此衝動才對。

宿家若能在舫船上要了他的命，她上去也不過是白白送死，她向來聰慧，不至於連這點都想不明白，且她素來惜命，為何要這樣做？

其實他心裡隱隱有了答案，但不知為何，還是想親口問一問她。問完，他就那麼一直看著，目光沉靜而筆直。

明檀怔怔與他對視半晌，忽而有些不自在地別開了視線。

她揪著被角，耳根莫名發燙。

現下清醒過來，她也覺得昨夜自己蠢得有些失控。可當下她就是那麼做了，就是覺得夫君若是出事她也不想獨活了，那她也不知是怎麼了，許是被下了蠱也說不定，為何要一直問她！

「我、我好像有些暈，還想再睡一會兒……」

她的聲音虛得緊，一咕嚕扯起錦被，整個人鑽了進去，連小腦袋都掩得嚴嚴實實的，還往裡頭翻了個邊，一步步蹭近床角。

靈州的夏夜與上京不大一樣，夜風濕潤，沾著白日未歇的熱氣。明檀不願回話，江緒也沒勉強，稍站片刻，便悄然退出內室。

他一路行至屋外，定定負手立於臺階之上，不知道在想什麼。

而明檀窩在被子裡頭裝著鵪鶉，腦子裡混亂得很，甚至生出些許因迷茫未知而帶來的慌張。

她知道，她一直都是很喜歡夫君的。但她喜歡的，應是容貌身分品行才華都十分出眾的——她的夫君。

所謂喜歡愛慕，都是建立在這個男人是她夫君的前提之上。

如若未生變故，未有賜婚，她的夫君換成梁子宣或是舒景然，她亦會喜歡，亦會全心全意與之相處。女子出嫁從夫，同心同德，又有何不對？

從前，她一直是這樣想的。

可現在，她有些不確定了。

不論她的夫君是誰，危難關頭，她都會為之不顧性命，不想獨活麼？

她輾轉反側，手中緊攥的被角已變成皺巴巴的一團，她睜著眼，睡不著，眼前不由自主地浮現出一幕幕往日與夫君相處的畫面。

他總是話不多的，端肅、冷淡，有時還會表現出十分明顯的不耐煩，可對她，又總是有些溫柔的，會一再包容，一再忍讓……

不知想到什麼，她的小腦袋忽然從被子裡冒了出來。翻了個身，唇角不自覺地向上翹著，心裡頭又是糾結又是甜蜜。

半晌，她將腦袋伸出床沿，試探著朝外面喊了聲：「夫君？阿檀有些餓了。」

外頭「嗯」了聲，不多時，江緒便領著呈宵食的下人一道進了屋。

如此良夜，不可辜負。

舒景然閒散賞月，尋至僻靜處，正欲對月吹笛，忽見雲旖半靠在不遠處的屋簷上頭，頗煞風景地啃著雞腿，他不由得喊了一聲：「雲姑娘。」

雲旖見他，啃雞腿的動作緩了緩，下意識擦了下嘴邊的油。

「舒二公子。」

舒景然頷首，縱身飛上屋簷。

「舒二公子，你會武？」雲旖有些意外，一路同行，她沒看出這人竟習過武。

「略通。」舒景然笑了笑，拂淨瓦片，撩開下袍落座。

舒景然這話倒不是自謙，從他的輕功中，雲旖也看出他內力不深，大約只是尋常自保的程度。

她的雞腿剛啃一半，一時不好獨自繼續，可吃得正香，她又不願擱下，想了想，她還是將懷中用油紙包著的另一包雞腿遞了過去：「給，舒二公子，請你吃。」

舒二垂眸，忽地一笑：「那多謝雲姑娘了。」

他眉目舒朗，展笑時更是令人如沐春風，雲旖怔了瞬，忙收回手，繼續啃著雞腿，只是動作不由收斂了不少。

「這是靈州的樟茶雞？」舒景然聞了聞，問道。

雲旖點頭：「我尋了生意最好的一家，說是已經做了三朝了，每日三更店家便會起爐，每日要賣數十爐，樟茶香氣很是濃郁，舒二公子你嚐嚐。」

舒景然很想嚐一嚐，只是這般徒手撕吃，委實是有些為難於他，沉吟片刻，他緩聲道：「舒某方用過宵食，待回屋一定好生品嚐。」

雲旖點了下頭，倒也沒多說什麼。

「對了，舒某一直有個問題想要請教雲姑娘，雲姑娘為何如此愛吃燒雞？」舒景然略有些好奇地問道。

雲旖莫名：「燒雞好吃啊，何況我不只愛吃燒雞，燒鴨、燒鵝我也愛吃，好吃的我都愛吃。」

舒景然又是一笑。

雲旖垂眸，三兩下啃完剩下半隻雞腿，聲音含混道：「津雲衛無父無母，大家都很能吃的，也許是小時候受過饑荒吧，不過我也不記得了。」

聞言，舒景然唇角微滯：「抱歉，是舒某唐突了。」

「津雲衛無父無母是事實，小時候的事不記得了是好事，舒二公子不必覺得抱歉。」

「雲姑娘能有這份豁達心境，實屬難得。」

「舒二公子，你們讀書人說話都這樣嗎？」雲旖渾身不大自在，「還是說高中探花的才這樣？」

「『這樣』是……怎樣？」

「就是……很會誇人？」雲旖揉了揉鼻子，「說話總是會顧忌旁人的感受。」明明是好友，卻不像主上，三天兩頭讓人滾，讓人提頭來見。

舒景然極淡地笑了笑：「人生在世，艱難之事已足夠多，少與人添堵便是再好不過。其實舒某幼時不懂事，進學時曾出言傷及同窗，卻不知他自幼不受家人重視，掙扎多艱，三兩句話險些使其輕生，無知的殘忍最為傷人，犯過錯事，自省過後，或多或少都懂得溫和了些。」

雲旖似懂非懂地點了點頭。

舒景然望著月色，忽而心念一動：「雲姑娘可想聽曲？」他輕撫玉笛。

「好。」

舒景然起身，長身玉立於月下，興起，行雲流水般吹奏了一曲〈西江月〉。

悠長一曲終了，舒景然緩緩放下玉笛：「這曲〈西江月〉共分三疊，首疊……」

舒景然回頭，只見雲旖腦袋一點一點。

「雲姑娘？」

雲旖的腦袋猛然一栽，迷茫睜眼，下意識擦了擦嘴邊可能存在的口水：「哦，三疊、三疊。」

這曲子還挺催眠，她是想好好聽來著，可實在是沒什麼意思，剛聽半刻她就睏到不行了，他們這些讀書人的愛好，委實奇特。

「這曲〈西江月〉吹得真好，初疊靈動縹緲，如朦朧早月先揭，中疊恬淡寧靜，如月華高升流轉，尾疊悠長不絕，餘韻迴響。早聞舒二公子笛簫雙絕，今日一聞，真是名不虛傳。」明檀邊等著江緒餵宵食，邊捧著臉讚嘆道。

江緒舀粥的手頓了頓，聲音沉靜：「王妃對琴笛合奏一事似乎十分掛懷，不如改日，本王讓舒景然過來與妳合奏。」

「真的嗎？好啊好啊。」明檀眼睛都亮了，點頭如搗蒜。

「……」

他手中銀勺往碗邊略撇，又往前送。

明檀本想再說些什麼，見他餵來了粥，便湊近喝了一小口，可剛入口她便皺眉道：

「燙！」

「燙就少說話。」

「……」

原來自家夫君並非真心想邀舒二公子與她合奏，明檀委委屈屈地「喔」了一聲。

因明檀與雲旖無意中救下秋月，江緒很快拿到了周保平留下的那份證據。此事顯然瞞不過宿家人，所以次日，靈州市舶使喻伯忠便向江緒下了拜貼。

得知此事之時，明檀正在院中書房為江緒研墨：「夫君，這位喻大人與宿家是什麼關係？」

「贅婿。」

原來如此，難怪不姓宿。

江緒擱筆，對稟事之人道：「請他來書房。」

「是。」

明檀怔了怔：「夫君就在這見他？」

「有何不可？」

明檀搖頭，倒也不是不可，只不過她以為，他們會去外頭正式擺宴，又或是邀上知府一道在花廳相見。

既如此，她懂事地放下墨錠：「那阿檀先回屋了。」

她是想走，可不知這喻大人是長了幾條腿，速度飛快，三兩句話的功夫竟已到了屋外。她懵了懵，下意識望向江緒。

江緒倒沒太在意，望了屏風一眼。

明檀會意，忙躲至屏風後頭，可她躲得匆忙，忘了研墨研得發汗，她將外罩的綾光紗擱在外頭椅上。

「下官喻伯忠，拜見定北王殿下，殿下萬安。」

喻伯忠瞧著年近而立，略有些福態，進來便畢恭畢敬朝江緒行了跪拜大禮。

江緒眼都沒抬，聲音極淡：「喻大人少放兩把火，本王自能萬安。」

喻伯忠：「……」

早聞定北王殺神之名，沒承想年紀輕輕，威勢確然極重，一句話就說得他背脊直冒冷汗，不知該如何往下接。

明檀躲在屏風之後，沒想到夫君會這般直接，似乎並不打算與來人多打機鋒。

「你今日既來見本王，便是心中有數，本王不欲與你們市舶司多作交纏，證據可以交還，但有兩個條件。

「一，靈州近兩年抽解稅收，全數補齊，往後靈州港不得再動抽解。二，周保平是忠臣，不可枉死。」

喻伯忠額上開始冒汗了：「這……」

「你若做不了主，回去與做得了主的商議便是，來人，送客。」

喻伯忠全程發懵，萬萬沒想到，他苦苦編排了一晚的說辭，今兒到這卻只給了他行跪拜大禮的機會，不過被人請出去前，他倒是眼尖地瞧見了椅上那條綾光紗。

回去後，喻伯忠向岳父大人大吐了番苦水。

「……這定北王殿下的確不好對付，根本就沒給小婿開口的機會。其實周保平的事兒好說，無非是賠上幾個人，另給他編個入耳的死因，可這抽解，岳父大人，這還要讓補上近兩年的抽解，聖上未免忒狠了些，這一時半刻的，市舶司哪有那麼多銀子！」

宿大老爺沉吟片刻：「若說往後的抽解不讓苛扣，倒是極有可能，可這補上近兩年的抽解，未必是聖上的主意。」

「您是說，這是定北王殿下自個兒的主意？」

「太后傳信，一直都是讓做好退讓抽解之稅的準備，可從未提過還要補上近兩年的抽解，溯不及往，聖上應不會逼得如此著緊才對。」

喻伯忠想了想：「莫不是前幾日那把火，燒得那閻王爺有些不快？」

宿大老爺哼了聲：「還不是你幹的蠢事！」

喻伯忠訕訕，忙道：「小婿定盡力彌補，盡力彌補。」

「你彌補什麼？抽解稅銀你來籌集？」

「是這樣，小婿今日去見那定北王殿下，發現這定北王殿下……」喻伯忠忽地湊近，與宿大老爺耳語了一番，「如此，只要這閻王爺消了氣，想來這條件也有商量的餘地。」

宿大老爺聞言，臉色緩了緩：「還不快去辦。」

「是，是。」

喻伯忠一溜煙兒地退了出去。

次日，喻伯忠送帖，尋了個接風洗塵的由頭，邀定北王殿下與舒二公子過徽樓小坐，品酒賞樂。

這回出門前，江緒特地多說了幾句，讓明檀心安。

明檀如今知曉其中的利益博弈，自然能分析出宿家應是不會對他怎樣。

可好不得昨兒才聽知府夫人說起，泉城徽樓中的女子都是比肩揚州瘦馬的存在，與那一百八十舫裡頭迎來送往的姑娘可不一樣，被達官貴人們領回府中做姨娘的大有人在。

明檀心裡略有些彆扭，然也不好多說什麼，只小聲嘟囔了句：「請人就請人，由頭也不知道找個聽得入耳的，什麼接風洗塵，都來靈州好幾日了還接風洗塵，夫君莫不是個雞毛撣子，哪來那麼多塵。」

她邊嘟囔邊伺候更衣，垂著眼磨磨蹭蹭的，掛好玉佩後，又暗戳戳替他掛了個鴛鴦戲水紋樣的玄色香囊。

江緒只注意到香囊顏色還算低調，沒仔細看上頭的繡紋，穿戴好後，他囑了明檀兩句，順手揉了揉她的腦袋，便與舒景然一道出門了。

喻伯忠此番設宴，既打的是為定北王殿下接風洗塵的名頭，少不得要多邀幾位官員作陪，除知府外，通判等地方高官也來得整整齊齊。

喻伯忠一番寒暄，眾人又輪著給江緒敬了杯酒。

見定北王殿下今兒比昨日給面子，喻伯忠倒沒再那麼戰戰兢兢，飲了杯酒，還嘴快多客套了句：「王爺與舒二公子已至靈州數日，下官本應早些為二位接風洗塵才是，可前些日子有事耽擱了，招待不周，招待不周。」

江緒垂眸把玩著酒杯，忽淡聲道：「喻大人這是哪裡的話，原也輪不上你招待不周。」

眾人：「……」

的確，知府通判都還活得好好的，哪就輪得上他一個市舶使擺東道主的譜兒，靈州再是宿家地盤，這話也委實說得狂妄逾矩。

喻伯忠臉色稍僵，被昨兒威勢逼壓所支配的恐懼又湧上心頭，他背脊生出層冷汗，忙賠笑道：「是是是，這還有知府大人，通判大人，還輪不到下官先行招待，只不過是下官久仰王爺威名，想為王爺多盡幾分綿薄心力罷了。」

江緒沒再應聲。

喻伯忠擦了擦額上的汗，與舒景然小心客套了番。好在舒景然說話中聽許多，這才緩了緩他心裡頭的忐忑緊張。

酒過三巡，喻伯忠終於提起正事。

「對了，王爺，下官有一事容稟。市舶司監官周保平之死，我司與府衙一道細查了許久，下官以為，周監官素來潔身自好，為官勤勉，萬不會是那等，終日醉心於狎妓享樂之人。」

江緒與舒景然靜靜聽著，其他人則是紛紛點頭，配合著喻伯忠的表演。

「大家也都覺得，周監官暴斃一事應是另有蹊蹺，然先前查了許久都沒查出眉目，下官想著周監官是聖上看重之人，不敢隱瞞耽擱，第一時間便將周監官明面上的死因寫了道摺子遞進了京，周監官的真正死因，下官一直在遣人細查，皇天不負有心人的，過了這麼些日子，總算是查出來了！」

喻伯忠臉不紅心不跳：「原是市舶司裡的舶幹與周監官不和已久，心有嫌隙，這舶幹又在市舶司裡頭拉幫結派，與下頭吏官裡那些個貼司、都吏、孔目勾連一氣，私下斂財，不巧，被周監官發現了。周監官清正，不願與之同流合污，拉攏不成，那舶幹一眾遂將其殺害滅口，還刻意構陷，著意損其身後清名啊！」

江緒仍是沒什麼表情，舒景然垂眸抿酒，心裡想著：為難這喻大人忍痛割肉了，竟捨得一氣兒交出這麼多人給周保平陪葬。

「如今涉事人等已盡被送往府衙，這些人戕害同僚，為官不正，死不足惜，只待押解上京等候發落。然周監官為市舶司鞠躬盡瘁，品行才幹眾人皆是有目共睹，如此喪命，實乃無辜。還望殿下回京之後，能代靈州市舶司眾向皇上陳情，還周大人一個清白，讓忠臣在九泉之下也能得以瞑目。」

喻伯忠說完這番話，其他人不由附和：

「是啊是啊。」

「周大人何其無辜。」

「可惜了啊。」

江緒不知在想什麼，聽完這番陳詞，也沒表態。

喻伯忠心下忐忑，仔細回想著方才所言是否有何處不妥，又或是此番改口殿下仍不滿意？

良久，江緒終於「嗯」了聲，斟酒自飲了一杯。

這是滿意的意思？

喻伯忠小心翼翼地打量著江緒的神情，好半晌，他終是鬆了口氣，忙拍了拍手，引一眾嫋娜姑娘入內。

不多時，只見一行姑娘娉嫋而來，一字排開，柔聲福禮道：「給定北王殿下請安，給各位大人請安。」

舒景然不由得看愣了一瞬，這些女子，比那日在仙泉坊中所見還要來得養眼，環肥燕瘦，各有千秋，單拎出來容色比之宮中妃嬪不遑多讓。

這些是徽樓中精心教養多年的姑娘，自非尋常妓子可比，個個兒都是一等一的美人，琴棋書畫亦是樣樣精通，行止不輸閨秀，又比閨秀多些學不來的好處，其中好幾個是宿家老爺們養著原打算收用的，然如今不得不先拿來招待這閻王爺。

江緒掃了一眼，不知怎的，在右手邊第二位姑娘身上多停了一息。

喻伯忠很會察言觀色，見狀，忙示意那姑娘近前伺候。

其餘姑娘未近其他男人身，悄然退下，另進了幾位容色上佳，然沒那麼拔尖的姑娘陪侍。

那被指派伺候江緒的姑娘穿了身緋色襦裙，肌膚賽雪，眉眼盈盈。

她行了個禮，乖巧落座在江緒身側，規規矩矩保持著寸許距離，執起玉箸，為江緒添了一筷子青筍，聲音柔婉乾淨：「靈州青筍鮮脆，清炒味最佳，殿下不妨嚐嚐？」

所有人都在關注著江緒的反應，包括舒景然。

這位姑娘，容色極美，但他看著怎麼，眉眼間有些眼熟？有些像……像……他似是忖住了，一時竟想不起來。

江緒沒看那姑娘，但靜了片刻，他竟執箸，夾起姑娘為其著添的青筍。

喻伯忠心下大定，英雄難過美人關，英雄難過美人關啊。他就知道，這位定北王殿下表面冷淡，私下卻能在書房幸女，想來必不會拒絕徽樓裡頭的姑娘，這步棋還真是走對了。

而此刻知府府衙中，明檀正品嚐著知府夫人特地著人準備的靈州美食。

靈州富庶，飲食十分講究精細，明檀一連嚐了幾道頗覺新奇的點心，正與知府夫人說著，待日後回了上京，定要尋名靈州廚子入府，外頭忽有人稟：「王妃，夫人，喻、喻大人送來了幾位徽樓的姑娘，說是……說是要送予定北王殿下。」

明檀唇角笑意微僵，半晌，她擱箸，起身問道：「你說什麼？」

下人戰戰兢兢，將方才的話復述了遍，又道：「幾位姑娘現下都在花廳外頭候著……」

明檀靜立片刻，沉靜吩咐道：「請進來。」

她轉身，端坐至花廳上首，知府夫人則是大氣兒都不敢出地在一旁陪坐。

徽樓姑娘嫋娜入內，一字排開，給明檀和知府夫人見禮。

明檀一個個打量過去，心裡無名火直往外冒，她不動聲色攥緊了手：「各位姑娘從徽樓來，王爺可曾知曉？」

這……幾位姑娘面面相覷。她們走時，王爺是不知曉的，之後知不知曉，那她們也不知道了。

見她們的神情，明檀稍鬆了口氣，她又問：「王爺人呢。」

其中有個姑娘心思活絡，想著以後就是王爺的人了，若不想被王爺收用一時便扔在一旁不得隨同回京，還得傍緊王妃才是。

畢竟她們這些人容色才情再好，出身擺在那兒，就註定了隨時可棄，而這後宅終歸是王妃做主，王妃眼瞧著是不喜她們，不若引開注意，再另尋機會求得庇護，起碼也得跟著回京入了王府才不算吃虧。

想到此處，那姑娘上前盈盈福禮，規矩答道：「回王妃，奴婢們來時，王爺仍在與各位大人把酒言歡，王爺只讓清羽作陪，其他的奴婢們也不知曉了。」

「清羽？」

「清羽是徽樓裡最好的姑娘，也是教習媽媽最看重的姑娘，奴婢等，都是不大能及得上的。」

明檀沉默。

這話裡頭上眼藥的意思她又怎會聽不出來，只不過她現下懶得管這女子的七竅心思，王爺指了姑娘作陪——這消息的確讓她在意。

徽樓中又是一番歌舞賞樂，過了好一會兒，有人來稟喻伯忠，說姑娘們都已順利送入府中。

喻伯忠滿意地點了點頭，他擱下酒杯，斟酌出言道：「王爺，清羽姑娘伺候得可還合意？」

雖然從始至終，這定北王殿下只不過吃了一片青筍，都未拿正眼瞧人，但男人間的那點心思他還能不明白？不拒絕不就是接受的意思。

他笑吟吟道：「王爺出門在外，身邊也是得有些個貼心人伺候，這侍衛婢女粗手笨腳的，又怎比得上美人們溫柔小意。不過下官想著，若是只有清羽姑娘一人，忙起來未免疏漏，所以就先遣了先前那幾位姑娘去府上候著。」

喻伯忠對這番貼心安排頗有幾分自得，還迫不及待地由此引至了抽解一事之上：「……只不過先前王爺所說的補齊抽解一事，實不相瞞，近兩年海上多風浪，船隊折損嚴重，市舶司如今，委實是捉襟見肘。這補齊近兩年抽解的事兒，可否……」

江緒忽地打斷：「你送人去了府衙？」

他的聲音忽地疏冷，正想給他斟酒的清羽不由抖了下，酒珠滾落在他的香囊之上。

她有些慌神，下意識便想拿手帕去擦，可江緒卻先一步按住了香囊：「別碰。」

他自顧自起身，撣了撣香囊上灑落的酒珠，這才注意到上頭的精緻繡樣。

清羽：「殿下……」

「讓開。」

江緒半個眼神都未多給，負手便要離席，舒景然也跟著起了身。

喻伯忠懵了，不知這好好的是怎麼了。

「王爺、王爺，下官……」

江緒略略停步：「喻大人都能花重金尋來諸多美人，想來市舶司腰包頗豐，補上近兩年的海貿抽解也不是什麼難事，既如此，那就請喻大人再按市行二分利，一併補齊利息，充盈國庫，也算是造福大顯百姓了。」

喻伯忠：「……」

這定北王殿下的臉變得太過突然，喻伯忠愣在原地，一時回不過神。

倒是清羽姑娘先一步反應過來，喊了聲「殿下」，忍不住追了出去。

清羽是徽樓裡頭最出色的姑娘，教習媽媽自幼精心教養，下月出閣，便是要將她送往宿家。

宿家雖是靈州這地界的土皇帝，然為人玩物，往後出路不過在那一方院落，且宿家二老爺的年歲，做她爹都綽綽有餘了，家中姬妾十餘房，無名無分的更是難以計數。

最為要緊的是，二老爺府上的四公子亦垂涎於她，若真入了宿府，往後等著她的還不知道是什麼日子。

原本清羽已經認命，可今夜遇見定北王殿下，她知道，她的機會來了。

暗衛見她追了出來，遲疑一瞬，不知該不該攔，畢竟方才她陪侍主上，主上確實沒有拒絕。

就這一瞬遲疑，清羽已然追了上去。也不知道她哪來的膽子，上前張開雙臂，擋住江緒的去路。

江緒略略頓步。

清羽直視著他，鼓起勇氣問道：「定北王殿下，奴婢能跟您走嗎？」

這位殿下年輕俊朗，位高權重，別說是妾室了，就算無名無分，只要能跟在他身邊，她便算是飛上枝頭，往後自有大好前程可掙。

她看了江緒腰間繡有鴛鴦戲水紋樣的香囊一眼，又道：「奴婢什麼都不求，只求能長伴殿下左右。」

此情此景，美人如訴。

舒景然都不由惻動，望了江緒一眼。

顯然，這位清羽姑娘是極聰明的，知道江緒這樣的男人閱美無數，身邊不缺姝色，見先前的柔順並未打動於他，便做出這般大膽姿態，以搏三分另眼相待。

而江緒——依他的瞭解，確實會對行事大膽之人另眼相看幾分。

一時間，舒景然有些拿不準江緒會做出如何反應，畢竟方才席間，他對這位清羽姑娘的態度，稍稍有些不同尋常。

可舒景然方想到此處，江緒便無波無瀾應道：「長伴本王左右，妳還不配。」他神色寡淡，聲音沒什麼情緒，輕飄飄的，半分被挑起興趣的意思都沒有。

清羽怔住了，面上一陣紅白交錯。

怎麼會呢，她行此舉，心中起碼有七成把握，這位定北王殿下怎會沒有絲毫遲疑？她不配，那誰才配？

可不待她想明白，江緒就已繞過她，離開了徽樓。

徽樓外，靈雨河一百八十舫被火燒毀大半，所有舫船被勒令休整停歇，河面黑燈瞎火，一片靜謐，離河不遠的知府府衙也靜悄悄的。

回到府衙後，江緒吩咐暗衛幾聲，沒理舒景然，徑直回了暫住的小院。

院內正屋燈火通明，想來某人還沒睡。江緒推門而入，不承想嚇得裡頭正在鋪床的丫頭回頭，忙噗通一跪。

「王妃呢？」他環顧一圈，問。

小丫頭跪在地上，戰戰兢兢答道：「回王爺，王妃在後院乘涼，說是……心火旺，想吹吹風，還讓奴婢鋪床時在枕下放個薄荷香包，薰上些清涼之氣。」

說著，她雙手發顫，恭謹地呈上香包。

心火旺？

江緒從薄荷香包上略瞥一眼，眸色暗了暗。靜立片刻，他驀地離開正屋，去了後院。

知府安排的這座小院後頭帶了個小花圃，這時節，姹紫嫣紅開遍，白日還有蝴蝶穿梭，翩翩流連，夏日香氣亦是沁人心脾。

花圃間有架藤蔓纏繞的鞦韆，裝點得甚是惹眼，可明檀大約是先前在永春園的鞦韆架上出足了糗，來府數日，從未往上頭坐過，現下乘涼也是著人搬了張軟榻，側身斜倚。

半個時辰前，明檀讓知府夫人臨時尋了個住處暫且安頓那數位徽樓美人，自個兒回了院子，氣著委屈著，不知不覺竟氣到睡著。婢女不敢懈怠，仍是動作輕柔地為她打扇。

見江緒來，婢女欲停扇行禮。

江緒抬手，示意其繼續打扇。

先前知府夫人相邀品食，明檀特地換了身衣裳。雪色襦裙在夜色下飄逸若仙，胸前朱紅訶子繡著精緻的海棠纏枝花紋，正若她的肌膚白得欺霜賽雪，不點而紅的朱唇似在引人採擷。

江緒走近，指腹刮了刮她柔軟的小臉，幫她撥開頰邊睡得散亂的青絲。

睡夢中明檀感覺有什麼粗糙的東西在她臉上磨蹭，眼睫顫了顫，不由得秀眉輕蹙，櫻唇緊抿，嘴角不高興地向下撇著，小臉略鼓起來。

江緒凝視著她，揮退了打扇的丫頭。

哪曉得明檀半點都受不住熱，扇停不過幾息，她就熱得砸吧著小嘴，翻身側向另一邊，還無意識扯了扯胸前的朱色訶子。

四下無人，隱有清淺暗香浮動。江緒一眨也不眨地盯著她，喉間莫名發緊，他撐著軟榻邊緣，緩緩俯身，停在她唇上，不知在猶豫什麼，最後，還是如蜻蜓點水般，在她唇上親了一下。

明檀沒醒，但熱得難受，三兩下快將遮胸的訶子扯掉了。

江緒見狀，拿起丫頭擱在一旁的羅扇，給她搧了搧。可他從前沒幹過這活兒，手上沒輕沒重的，先頭兩扇還只是搧得有些用力，第三扇卻是直接拍到她胸上，像是重重在她胸上拍了一巴掌。

明檀不由驚醒，下意識捂住胸口打了個激靈。

「夫、夫君？你幹什麼？」她睡眼惺忪，迷茫過後驚訝地瞪直了眼。

「……」

江緒沒什麼表情地扔下扇子。

明檀怔怔看了羅扇一眼，恍然明白了什麼，從榻上緩緩坐起，一蹭一蹭挪到軟榻邊緣，四下環顧了圈，忙整理散亂的衣襟。

方才醒來，腦子有些混沌，她還沒來得及續上睡前的情緒，可現下整理著衣襟，她忽然想起什麼——

她是怎麼就睡到外頭來著？哦，對了，徽樓美人，被送上門的美人氣的。

她手上一頓，動作緩了，神態倏然變了。

她邊整理著衣襟，邊不以為意問道：「夫君怎麼就回了？還以為夫君與諸位大人把酒言歡，又有美人相伴，今夜是不會回了呢。」

「……」

果然，該來的總是會來。

吃醋的某人以為自己掩飾得很好，全然不知醋味已經大到快能薰死花圃裡頭的嬌花，還若無其事繼續道：「喻大人送來的那些美人，我已經讓知府夫人尋了住處安頓好了，只不過人多，又來得匆忙，怕是會有些擠，還請夫君勿怪。當初我要多帶馬車，夫君不讓，不日回京，也只能多買些車馬了。」

江緒頓了頓，解釋道：「本王不知他會先斬後奏，將那些女子送入府中。」

明檀無動於衷。

江緒沒再多說，只道：「算算時辰，暗衛應已將人送回去了。」

明檀這才看他一眼，半晌，她壓下想要質問的欲望，邊低頭整理衣袖，邊雲淡風輕道：「也是，想來清羽姑娘一人便能抵過萬紫千紅爭春。」

「……」

見江緒這回不出聲，明檀動作稍凝，心下涼了半截。

她調整了下呼吸，問：「清羽姑娘人呢，夫君沒帶回來麼？莫不是要尋個良辰吉日再去徽樓接人？」

「妳希望我帶她回來？」

自己想要為何推說她希望？

她希不希望他心裡沒數嗎！

明檀氣到指尖不由攥緊袖口，嘴硬道：「府中寂寞，多個姐妹作伴也是好的。妾身粗手笨腳，不會伺候王爺，不夠貼心，倒是讓王爺受累了。」

江緒不知怎的，見她明明臉都氣鼓了還要強裝鎮定作出大度模樣，就頗想逗弄一番。定定地看了她一會兒，江緒忽道：「既如此，本王這便命人去將她接過來。」

他轉身。

明檀瞬間炸了，拉住他的衣擺，不經思考地往他身上打了下。

她這一下打得極重，自個兒手心打得發麻。

四下忽然寂靜。

明檀也忽然清醒。

她這是在幹什麼？打夫君？這不就是犯了七出裡頭的善妒？她還無所出，夫君該不會憤而休妻，或是以此相脅讓她同意那個徽樓裡頭的女人入門吧？

她的腦袋空白了一瞬。

半晌，她的神色清明些許，又往江緒身上打了下。

「……」

江緒見她打完人的神情，差不多明白她那塞滿禮儀規矩的腦子裡在想些什麼，可停頓半晌又打，他倒是有些不明白了。

「為何又打本王？」

明檀梗著脖子，氣紅了眼望他，理直氣壯道：「打都打了，七出也犯了，不多打幾下豈不是很吃虧！」

四下寂靜。

好半晌，江緒竟點了點頭：「王妃所言，很有道理。」

說著，他忽而上前，將人打橫抱起，往屋內走，眼底閃過一抹不易察覺的笑意。

「你幹什麼，不是要去接人？」

「接什麼人？」

「你不是說——」明檀一凝，後知後覺反應過來，「你怎麼這樣！」

「本王哪樣？」

她氣得說不出話。

倒是江緒將她放至榻上後，忽然捏了下她的臉頰，目光沉靜，啞聲道：「王妃吃醋的樣子，甚是可愛。」

這似乎是明檀第一次聽到江緒誇她可愛，不由望著他，愣怔了瞬。這一瞬，她身上衣裙被剝開大半，男人帶著熟悉的侵略氣息欺身而來。

兩人上回歡好，還是在龐山，數日未曾行事，倏然親近，明檀莫名有些害羞，還有些不自在。

——這似乎與舫船救火後，她察覺出自己對夫君並非止於夫妻情分有關。

她小臉柔軟微紅，眼睫躲閃著，含羞半垂，小手不安分地輕輕推拒，惹得江緒眼底的欲色又濃重了幾分。

內室春色漸染，屋外卻忽然傳來一聲突兀的通傳：「王、王爺，大人求見。」

這是知府府衙，婢女口中的大人，自是指的知府。

江緒箭在弦上，本欲不理，可明檀卻推了推他的胸膛，喘聲斷續道：「知府此刻前來，想來，想來定是有要事相商……」

他默了默，偏頭望向門口，壓聲問了句：「何事？」

「奴婢不知，大人只讓奴婢通傳，說是要求見王爺。」

江緒眼底欲色未褪，然終是翻身下榻，整理了下散亂的衣襟，離開前，他俯身捏了把明檀的臉頰，聲音微啞：「等本王回來。」

明檀捂住被他捏過的右臉，另一隻手撐著床榻坐起，害羞又心慌地擦了擦身上被啜出的痕跡。

屋外，江緒跨出院門，眼神未在知府身上停留，聲音不帶絲毫溫度：「你最好是有什麼要緊之事。」

知府冒了一腦門汗，如果可以，他半分不想打擾這位閻王爺好麼，這不是宿家他也開罪不起，只能夾縫求生呢麼。

他躬著身，誠惶誠恐道：「殿、殿下，有位自稱是從徽樓來的清羽姑娘，要見您。」

「就這件事？」

知府點點頭，一臉為難：「這位清羽姑娘說什麼也不肯走，說是有要事要與王爺相商……下、下官也不知如何阻攔，只得將人請到花廳。」

他不是不知如何阻攔，如若真是不知，他什麼都不必做，自會有暗衛將人擋回去，不過是因為來人打著喻伯忠的名頭，他不想開罪宿家，這才將人請至花廳，轉而又來請江緒。

知府正忐忑等著江緒回應，然江緒身後忽有人緩步上前，平靜道：「既然來了，見見也無妨。」

明檀本是見江緒落了印鑑，想著若有要事，可能少不得要用，便匆匆換了衣裳追了出來，沒想剛出來就聽到知府這番話。

這會兒她才想起，她方才還生著氣呢，被某人一番打岔竟忘到九霄雲外。

他是遣了那些美人不假，可那位清羽姑娘呢，他可從頭到尾都沒解釋，現下倒好，他不去接，人家自個兒送上門來了，她倒要瞧瞧到底是什麼了不得的人物。

說完，她不等江緒開口，便讓知府帶路。

花廳內，清羽換了身水藍長裙，正端坐等待。見知府來，她起身，眼角餘光瞥見定北王殿下的喜悅還未來得及上湧，便因瞧見陌生女子略怔了一怔。

那女子雪膚花貌，明眸皓齒，盈盈邁步間，美得讓人移不開眼，似是珍寶難得，精緻易碎，讓人莫名屏住了氣，不敢隨意呼吸。

明檀亦在打量眼前女子，這女子生得極美，可她似乎在哪見過，有種極微妙的熟悉感。

蘭妃、皇后、白敏敏、周靜婉、沈畫、雲旖……她腦海中閃過很多張熟悉的貌美面龐，甚至連自個兒攬鏡自照時的模樣也略略回想了番，不對，都不對。

可這眉眼……

她還沒思索出答案，清羽竟「噗通」一聲跪在她面前，磕了三個響頭，背脊挺得直直的，頗有幾分不卑不亢的倔強之意。

「奴婢見過王爺，見過王妃。」

來時路上，她遇上了方才被遣回徽樓的諸位同伴，知曉了此回定北王殿下前往靈州原有王妃一路相隨，那眼前這位，顯然就是王妃無疑了。

她跪在地上繼續道：「奴婢自知身分卑微，不配伺候王爺，然市舶使喻大人緊逼，如若王爺不肯收下奴婢，奴婢……」她又向著明檀的方向多磕了幾個頭，「還請王妃寬留，奴婢願做牛做馬報答，絕不逾矩半分。」

這作態，那些微妙的熟悉感又全然消失了。

明檀正思忖著那熟悉感到底從何而來，清羽卻誤以為明檀意動，繼續說了番自幼在徽樓如何不易，隱晦暗示她有多麼想要擺脫徽樓、擺脫宿家。

明檀落座上首，正欲說話，可抬眸時瞥見花廳右側掛著的那幅《洛神春水圖》，電光火石間，她忽地想起了什麼，心下震動，下意識望向江緒。

江緒與她對視一眼，算是默認了她心中所想。

明檀緩了緩，心頭大石落定，端起茶盞，矜持飲了半口，這才望向跪在地上的清羽。

她溫聲問：「清羽姑娘想離開徽樓是麼。」

「是。」清羽毫不猶豫應道。

她好不容易說服喻伯忠讓她前來一試，無論以何種方式，她都要為自己再爭取一次留在定北王殿下身邊的機會，哪怕是過河拆橋，得罪宿家。

明檀沉吟道：「王府不是避難所，若是誰來求上一求都要收留，那王府便要擠得無處可站了。不過清羽姑娘生得頗合眼緣，若想離開徽樓，我倒是可以幫妳一回。」

清羽忍下翻湧的心緒，面上只露感激，立馬便要磕頭謝恩。

果然，她賭對了，這些沒吃過苦頭的嬌小姐都心軟得很，與之針鋒相對，還不如將姿態放至最低，博其同情。

可明檀抬手按了按：「清羽姑娘不必忙著告謝，我能幫妳離開徽樓，也能保證喻大人不會因此事找妳麻煩，但這份眼緣，僅止於此。離開徽樓，往後是貧是苦，是富是貴，全憑姑娘自己，當然，離不離開，也全在姑娘自己。」

這意思是，她能幫她離開徽樓，卻不能允她進定北王府？清羽抬眼，對上明檀溫和的視線。

「王妃，奴婢——」

「清羽姑娘不用著急回答，我給妳一日的時間好生思量，明日日落之前，若想離開徽樓，會有人為妳安排。」

清羽一時啞聲，不由望向江緒，希望他能為她說句話。

先前在徽樓，這位定北王殿下明明多看了她一眼的，證明他對她至少不是毫無興趣，這中間到底是哪裡出了錯？

半晌，江緒說話了，卻不是為她。

「來人，帶她出去，不論王妃的恩典她要與不要，本王都不想再見到此人出現在本王與王妃面前。」

他聲音冷淡，也未看她，顯然是不甚在意。

夜風習習，月色溶溶。

回院路上一路寂靜，明檀斟酌著想說些什麼，卻不知如何開口。她先前諸般情緒已消散，心中只餘對夫君的隱隱擔憂。

在花廳驀然瞥見美人圖時，她想起了清羽姑娘眉眼間的熟悉到底緣何而來，不正是源自王府書房裡，被捲簾遮蓋住的那幅敏琮太子妃畫像麼？

她曾在書房不小心看到過一次，那畫應是婆母被立為太子妃時所畫，穿的是太子妃制冕服，容貌神態畫得細緻入微，栩栩如生，是令人見之難忘的雍容美人。

那位清羽姑娘的容貌氣度，遠遠不及仙逝的婆母，然粗粗一瞥，眉眼卻極為神似，無怪乎夫君會讓她作陪了。

夫君，應是極為懷念婆母的吧。

聽聞他未滿周歲，公公便意外離世，未曾享過如山父愛，然婆母是在他五歲時才因鬱疾逝世——

「本王母妃，出自嶺南易家，家世顯赫，自幼便是依國母要求培養。」也不知怎的，江緒忽然主動開口道。

嶺南易家？

這可是有從龍之功的開國大族啊。

「父王薨後，盛家有意扶持皇太孫，也就是本王，可母妃不願本王成為爭權奪利的棋子，只希望本王一生平安順遂。她不通政事，不懂身處朝局之中，很多事不是不爭即可，所以，她的選擇為易家帶去了不小的災難，時至今日，易家仍偏居嶺南，不敢與本王有半分牽扯，易家家主曾斥她不配為易家女，意欲將其清出族譜。」

他頓了頓：「她也許不是一位合格的易家女，但她是一位，很好的母親。」

明檀聞言，抿了抿唇。

當初要嫁入定北王府，她打聽過未來夫君的舊事，舅舅確實說過，他作為前皇太孫，能在政權兩度交替下安然存活，少不了太子妃的取捨庇佑，不過當初她並未深究，竟連婆母出自嶺南易家都不知道。

她猶豫著，開口道：「夫君，那位清羽姑娘，不然……」

「不過三分肖似，她如何能與本王母妃作比，無需介懷，亦無需理會。」

明檀緩緩點頭，心裡卻盼著那位清羽姑娘能拎得清些，頂著這張略相似的容顏，能選擇更為平順的一生。

然事與願違，次日明檀便收到消息——

清羽姑娘不願離開徽樓。

清羽是徽樓最出色的姑娘，離開徽樓，除了臉什麼都沒有，一時也尋不上比宿家更硬的靠山。

那還不如留下，等著被送入宿家。至少宿家在靈州說一不二，憑她的本事，入府之後想要多博幾分寵愛並不算難。

得知此事，明檀心中莫名有些惆悵。個人有個人的緣法，她也不能說人家的選擇一定是錯。

只不過夫君的事情似乎已辦至尾聲，不日便要離開靈州，她收拾著衣物，莫名陷入了沉思。

夫君被勾起舊事，定然是不開心了，她能為夫君做些什麼嗎？

兩日後，靈州事了。

周保平暴斃一案由市舶司撥亂呈情，上達天聽，成康帝下旨復其身後清名，官給葬事，並下恤銀撫其家人。

明面上，這已是成康帝能給他的最好交代，暗地裡，成康帝自會另加照拂他的家人，至少保其一生富貴無虞，若子孫爭氣，往後也自能得其恩蔭，有錦繡前程。

至於靈州港抽解，補齊兩年稅銀還莫名多出利息，這無疑是往市舶司身上明晃晃割肉。

然江緒並未給出讓步餘地，京中宿太后與成康帝暗下交鋒了番，成康帝話裡話外都表示，定北王的意思就是他的意思。

其實成康帝原本只是想給宿家一個警告，把控博買和官私海貿之事他暫時可以睜一隻眼閉一隻眼，但往後若仍連抽解稅收都敢肆無忌憚妄動，可別怪他撕破臉皮，自損八百也要傷敵一千。

至於補齊近兩年的稅銀及利息，他想都沒想過，可江啟之這麼一提，他竟然覺得很可以。

這擺明了是要讓宿家肉疼，但又不會疼到讓其不惜兩敗俱傷的地步，畢竟證據若是拿出來，市舶司上下必然面臨全盤洗牌，包括與之牽連的多位靈州官吏，甚至是京中的宿家一派，都會有所折損。

他們能斷腕換血，另扶人上位，可宿家並非上下一心不分彼此。

若真捨棄，被犧牲的幾房必然心生嫌隙，那些依附宿家的官員門客必會有所計較。屆時人心浮動，難保不會給他留下往靈州安插棋子培養勢力的空子。

相比之下，補筆巨額稅銀，也沒那麼難以接受了。

果不其然，宿家再是不願，最後還是捏緊鼻子同意了補上抽解稅銀及其利息，只不過推說籌措稅銀需要時間，望能寬至年底。

江緒倒好說話，什麼時候補上，什麼時候交出證據。宿家很是心梗了一番，只好改口應下，一月之內定會補齊。

補齊的稅銀數額談妥，江緒要了其中三成，為北地駐軍著添軍餉。

國庫平添大筆進益，一向最擅哭窮的戶部尚書難得大方一回，一口應下了此事。

此間事畢，江緒一行未在靈州多留。靈州眾官膽戰心驚數日，終是畢恭畢敬將人送出了城，鬆了口氣。

連被狠薅了一回羊毛的宿家也未流露出半分怨懟之意，只盼著這閻王爺早些離開，別再在靈州地界生出什麼事端。

明檀以為江緒這差事辦完，他們便要原路折返回京。可離城前一日她才知曉，江緒竟還打算去一趟全州桐港。

「妳與舒景然一路先行折返，本王會儘快追上，若追不上，你們先行回京便是。」

明檀忍不住問：「阿檀不能一起去嗎？」

「妳知道桐港是什麼地方麼。」

明檀搖頭，全州都不是什麼要緊的州府，她又怎會瞭解全州底下的無名小鎮。

「桐港地偏落後，連沐浴都是難事，比露宿林中不會好上多少。」江緒耐心解釋道。

明檀有些不明白：「桐港不是臨海嗎？為何會連沐浴都是難事？」

江緒頓了頓：「海水鹹澀，不能飲，也不可用來沐浴。」

明檀長於深閨，平生從未見海，認知有限，她一直以為海就是漫無邊際的江河，倒不知還有如此差別。

她忽然明白了什麼：「難怪靈州曾有過旱災，先前聽知府夫人說起，靈雨河因祈雨得名，總覺得有些不對，後來一想，靈州近海，為何需要祈雨？原來如此……」

江緒頷首：「所以，妳先與舒景然一道回京。」

可明檀回過神來，有些不情願，磨蹭上前，抱住他的胳膊撒嬌道：「夫君，阿檀不想先行回京，阿檀不怕累的，若是不能沐浴……忍幾天便是了，帶我一道好不好，我想看看海是什麼模樣。」

不知為何，江緒這回倒是極好說話，略略沉吟便應道：「上路後不可反悔，本王不會為妳耽擱。」

「嗯嗯，我不會耽擱夫君辦正事的！」明檀立馬挺直小身板，豎起三根指頭發誓道。

江緒姑且信了。

然明檀嘴上說著不會耽擱，離開泉城不久便試探著提起了要求：「夫君，我方才看了輿圖，我們似乎可以走理縣這條路過去，至多只費半日便可回歸原定路線，理縣比澄縣富庶……我想去理縣添些東西，省得到了桐港缺東少西的。」

「在泉城不是添置了？」

「先前添置的……可能不夠。」明檀冒著被他冷臉的風險絞盡腦汁找著藉口，「而且來時我們途徑理縣，不是吃了種很好吃的糕點嘛，我想再買一些。」

江緒放下兵書，定定地看著她。

明檀心想：完了完了，夫君定是要板著臉不留情面地將她訓上一頓了。

她小臉緊繃，心下忐忑，然江緒看了她一會兒，目光未移，只對馬車外頭說了聲：

「取道理縣。」

這就同意了？

夫君今日未免太過寬和了吧？

明檀不動聲色地偷覷著他，他卻神色如常，繼續看起兵書。

靈州理縣，大顯煙火之鄉，因盛產各式爆竹煙火而豐饒富庶。

往理縣街上走一遭，十家鋪子裡頭起碼有七家都是做煙火生意的。就連宮中慶典需燃煙火，也多是由理縣製成送入京師。

早先前往泉城，他們一行便在理縣暫住了一宿，此回事畢，明檀滿以為會途徑理縣折返，所以早早兒遣了雲旖前來做了準備，誰想還要繞去桐港，不得已，她只能硬著頭皮，找些聽來牽強的藉口試上一試了，沒承想夫君這麼輕易就答應了。

到理縣後，他們在來時歇腳的那間客棧下榻。

明檀趁江緒不注意，小聲問了問雲旖：「都準備好了？」

雲旖俐落點頭，又遞了個「我辦事您放心」的堅定眼神給明檀。

明檀跟著江緒回了房，略略梳洗番，又裝模作樣地拉住江緒，撒嬌賣嗔，非要他陪自個兒一道去買糕點。

這一路經行，明檀出門大多是由雲旖陪同，這倒不是因為江緒不願陪同，而是明檀不喜讓他陪同。

與他一道出門逛街，她若不開口，他便半句話都不多說。若問好看與否，他便都答好看。若問買哪個更好，便讓她都買……簡直就是根行走的木頭。

且他這木頭雖不發表意見，但總會讓人心底生出種「逛完了嗎逛完了就趕緊回去」的緊迫感，有他在旁束縛，逛起來總是不甚自在。

現下出門，又是一樣，明明是兩人一道，明檀卻逛得頗為寂寞，買完糕點便興致寥寥漫無目的地閒晃著，若不是為等天黑，她都想回客棧歇息了。

正當她無聊到三步抬頭望一次天，看天有沒有黑之時，身邊靜默的木頭成精了。

江緒忽然在某個街邊小攤旁停步問道：「這糖人如何賣？」

「捏好的五文一根，隨您挑選。若要現捏，八文一根。」攤販熱情應道。

「現捏是如何捏？」

「您說個樣兒，這就能給您現捏一個。」攤販拍了拍胸膛，擺出副老手藝人的架勢。

「那能照著我夫人捏麼。」

明檀聞言，不由望了他一眼，頗有種太陽打西南北邊一道出來的稀奇感。

「自是能的，夫人天仙之姿，公子好福氣啊！」有生意上門，攤販嘴上熱鬧得緊，明檀還遮著面紗，天仙之姿也是說誇就誇，「對了，公子自個兒可也要捏一根，兩根便宜些，只收您十五文如何？」

江緒本想說不必，然明檀先應道：「好啊，那便照著我倆各捏一根。」

「哎，好嘞！佳偶天成，好事成雙嘛。」

聞言，江緒沒再多說什麼。

這小攤販嘴上活絡，手藝卻不如嘴巧，依著兩人捏的糖人，除了身上衣裳對了顏色，其他地方愣是瞧不出半分相似。

付了帳，明檀拿著江緒的糖人樂了。

「這是如何捏的，我遮著面紗捏不出容貌便罷，夫君生得如此英俊，竟被捏成了這般模樣，瞧著臉寬了兩倍不只，還有這眉毛，這嘴巴……」

她邊說，邊拿起糖人往江緒臉邊比對：「嘖，可真是太醜了。夫君若是如斯尊容，阿檀嫁入定北王府的第一日怕是就要抹了脖子去了。」

江緒：「……」

明檀正絮絮叨叨念著這兒醜那兒醜簡直就是醜得不堪入目，身側之人竟忽然從她手中奪走了糖人，面不改色地咬斷了糖人的腦袋。

「……」

明檀僵了瞬。

這糖人多是用來看的，味道並不好。她夫君未免太凶殘了些，醜起來連自己都吃！

想到這，她下意識望向江緒手中照著她捏的那根糖人。

江緒也垂眸，捏著木棍轉了兩圈，作出似乎要吃的姿態。

明檀瞪直了眼，醜的只有他，為何連她的腦袋也要咬斷！

可那糖人送至嘴邊，並未如明檀所想那般身首分離，他只是緩慢將糖人含入口中，而後漫不經心看著她。

明檀腦袋空白半瞬，耳根忽熱，不顧平日在外時刻注意的矜持，在他靴上踩了一腳。

登徒子！猛浪！下流！

明檀臊得獨自往前，徑直走出了大半條街。

天色漸暗，走至街口，明檀才想起正事，四下望了望，原來自個兒走反了方向。

她停步，想要回身，又不自覺被不遠處的熱鬧吸引——

兩街交匯之處，路人裡三層外三層圍得密不透風，時不時交頭接耳，窸窣低語。

江緒跟了上來，手中的糖人不知是被他吃了還是被他扔了，明檀也沒注意，只是探頭探腦望向人群，好奇喃喃了聲：「是在演雜耍麼。」

江緒掃了一眼。

「這也太難了，都解不開！」

「依我看啊，那小雀兒本來就拿不出來，就是騙人的東西。」

「對啊，頭能出來翅膀就出不來，翅膀出來身子出不來，哪有這樣的理？」

兩人上前，圍觀百姓正討論得熱烈。

明檀瞧見也有幾位女子在看，便打聽了句：「姑娘，請問這是在做什麼？」

「擺攤解機括呢。」那姑娘眼不離，熱心解釋道：「這人說，先前有個做機括的高人在他家中借宿過一晚，走之前送了他一個機括當謝禮，喏，就是那玩意兒。」

明檀踮腳，順著視線望過去，只見小攤上擺了小小的木籠，籠子裡頭有隻木作的小雀兒，旁邊歪歪斜斜寫著：「五十文一次，一次半炷香。」

「別說，這東西做得還挺精巧，這人拿它出來擺攤，說是誰能將那小雀兒從籠子里弄出來，還不弄壞這玩意兒，便將這玩意兒給誰。解一次五十文，一次只能解半炷香，還得提前押上五兩銀子，若是把東西弄壞了，這五兩銀子就不還了。」

明檀聞言張望，那碗裡頭約莫有幾百文，也就是說有幾個人試過了，都沒成功。

「為何大家只看不試呢，難道這其中還有什麼講究不成？」明檀忍不住問。

那姑娘這才轉頭看了她一眼，以為她沒聽清先前說的話，特地比了個「五」的手勢。

「要押五兩銀子，這哪是隨便能試得起的。就算拿得出五兩銀子，那木頭玩意兒誰知道會不會一個不小心就碰壞了，若是五兩銀子白白打了水漂，換誰不心疼！」

五兩銀子很多麼？明檀遲疑了一瞬，看了江緒一眼。

江緒低頭問她：「喜歡？」

「……瞧著很是精巧，應不是隨便能做出的東西。」明檀矜持暗示。

江緒頷首，緩步上前，往桌上放下錠銀子。

見他放的是錠十兩的銀子，擺攤那人都沒讓他先付五十文的帳，忙堆出笑臉，捧起木作的籠中雀機關，往前遞了遞：「公子，您請、您請。」

江緒拿到籠中雀機關，目光微凝了一瞬，站在旁邊的明檀心下不由訝然。

江緒察覺到她的反應，問了聲：「知道？」

明檀點頭，輕聲遲疑道：「這應是……雲偃大師所做的機關？以前在閨中看過雲偃大師寫的《機關術論》，雖從未見過實物，但聽聞他所做機關均會在上頭刻流雲紋。」

眼前這籠中雀機關，木籠底座便刻有極精緻的流雲紋，與《機關術論》上頭印著的一模一樣。

拿出來擺攤解機關的約莫是不識雲偃大師，竟只讓人押上五兩，這意思不就是在他眼裡這機關只值五兩麼，若拿到上京城裡去賣，遇上懂行的，五百兩想來也不成問題。

雲偃是高宗時期的機關大師，聽聞高宗在世時，便讓他為自己設計了陵寢中的機關，以保後世不被宵小擾其清淨。高宗離世後，他也避世消失，再未聽其音訊，先帝尋過他，但未尋見，如今出自他手的機括作品留存得極少。

江緒打量了會兒，便開始解。

木籠上下只有兩個不大的圓洞，沒有可活動的餘地，周身由五根木欄圍立，小雀兒的翅膀是可以上下撥動的，其他部位都無法動。

顯而易見的是，這小雀兒只可從木欄縫隙裡拿出來，然這小雀兒的頭圓圓的，只能恰好卡在木欄縫隙裡。若是換個方向，腳倒可以先出來，可翅膀便會被木欄卡住。若挪動翅膀，讓翅膀側出，身子又會被卡住……

總之，無論如何挪騰，出了一個部位，總會有其他部位被木欄卡住。

江緒原本以為簡單，可擺弄了好一會兒，竟沒將其解出來，他神情專注，儘量控制著力道，省得一個不小心直接將這機關折散架了。

半炷香的時辰將至，明檀看了周身莫名降溫的某人一眼，心底不由生出些許淡淡的尷尬。

方才圍觀的小姑娘竊竊私語說著，這位公子俊朗不凡，且瞧著極有底氣，定能解開這機括。

她亦是如此認為，和身邊的姑娘悄悄吹噓了兩句，還滿心期待著夫君大展神通，贏下雲偃大師的機括送給她，可現下……

「公子，半炷香到了。」擺攤之人小心翼翼地提醒了聲。

江緒眼都未抬：「再來半炷香。」

「欸，好嘞、好嘞。」

眼看半炷香又要燃盡，周圍的人議論紛紛，倒不是覺得江緒解得不對，都認為這玩意兒就是坑人的，根本不可能解開。

明檀站在一邊看江緒解了許久，倒是看出些門道，她拉了拉江緒的衣袖，忍不住小聲道：「夫君，不如讓我試試？」

江緒稍頓，將機關遞給了她：「有些難。」

她接過後，拿在手裡也沒急著動，先是仔細觀察了會兒，確認心中所想後，嘗試著換了個方向拿著木籠，動作極快地左撥了撥，右撥了撥，最後從裡往外按了下腦袋——出來了。

這麼快就出來了？

明檀自個兒都怔了怔。

其餘人自不必提，不由靜了一瞬。要知道先前好幾個人都沒能解出來，可她動手不過幾息，就將小雀兒從木籠裡頭拿了出來，這委實太不可思議了些。

「姑娘，妳是不是玩過這機括？」

「是啊，怎會如此之快？」

「這竟真能解開，是怎麼弄的來著，你們看清了嗎？方才我都看眼花了。」

其他人也許沒看清，但站在明檀身側的江緒看清了。

事實上從明檀換了方向拿木籠開始，他便注意到先前忽略的細節，也想通了這機括的解法。

木籠上頭的五根木欄一眼望去呈均勻圍立之態，寬度似乎一致，然實際間隙有細微差別，能拿出木雀的那一處間隙比旁處略寬一些。當然，撥出木雀部位的順序和角度也十分關鍵，錯一步都會無法順利將其拿出。

周圍都在議論，老闆好奇她是不是從前便懂這機括的解法，明檀說沒有，眾人還不信。

可江緒知道，她不可能懂其解法，雲偃大師所有的作品都是僅此一件，且此件作品

《機關術論》中並未收錄記載，應是避世後所做，她不可能在此之前便知曉解法。

明檀欣喜地從老闆手中贏了籠中雀機關，押下的十兩銀子沒讓退，還與老闆說了機括的來歷，想再補上些銀子。

然這老闆也實誠，說是早就定了規矩，這十兩銀子不讓退他都覺得過意不去，哪能再收，十分堅決地拒絕了明檀，明檀只得多告了幾聲謝。

贏了機括太過開心，走出好一段，明檀不知想起什麼，忽然緩下步子，輕輕拉了拉江緒的衣擺，故意做出小心翼翼的模樣問了句：「夫君生氣了嗎？」

出嫁前宮中嬤嬤來府教導，女子出嫁從夫，事事需以夫為先，尤其在皇家，萬沒有王妃在王爺跟前強出風頭的理。

她從前學得認真，嬤嬤的話亦是奉如圭臬，然夫君慣著她，嫁到定北王府後，她逾矩的事好像不只做了一件、兩件。

「生什麼氣，氣王妃比本王聰穎麼。」

明檀緊張又真誠地解釋道：「我沒有比夫君聰明的，是因我從小就愛解九連環、孔明鎖、魯班鎖……方才也是見夫君擺弄許久，已然觀察出門道才想要試上一試，我沒想到會如此順利。其實再多給夫君一些時間，夫君一定可以的。」

江緒正想說些什麼，告訴她不必如此小心翼翼，他並不是這種小氣之人。

然明檀忽提起機關在他面前晃了晃，還眨著眼道：「那夫君生氣的話，這個送給你好不好，阿檀以後一定努力藏拙，不讓自己比夫君聰明？」

說到「努力藏拙」，明檀終於演不下去了，「噗嗤」一下笑出了聲。

她轉身，提著贏來的機括，步子輕快地往前蹦躂，嘴裡念叨著「我怎麼這麼聰明」、「靜婉的才女之名該讓與我才對」、「智慧這種東西果然是掩藏不住的」……

江緒望著明檀的背影，頓了頓。

他許是失心瘋了，竟相信他的小王妃，會膽小到因搶了他的風頭惴惴不安。

天色已暗，街上漸上華燈。縣城雖小，卻有種不同於上京的擠挨熱鬧。

江緒上前，揉了揉某位嘚瑟小王妃的腦袋，又牽住她的手，不著痕跡帶她躲開了身後疾駛而來的馬車。

理縣比龐山小上不少，只有一條不甚寬闊的主道，好在熱鬧，入夜沿街，小販叫賣，燈火通明。

兩人行過落腳的客棧，明檀裝沒看見，不停打岔說著別的事，江緒也就當不知她在打什麼主意，緩步隨她一道往前。

快要行至西城門時，明檀忽道：「對了夫君，前幾日行經理縣，我聽人說，西城門外有座映雪湖，湖水格外清澈，連湖底石頭都清晰可見，月色映在上面，十分靜美。」

「那為何不叫映月湖？」

明檀沒想到江緒會有此問，語凝片刻：「可能下雪的時候更美？」

她不想在這種莫名其妙且答不上來的話題上多做糾纏，忙拖住江緒的手晃蕩道：「夫君，我們去看看好不好，前面就是西城門了。」

「可城門早已關了。」

「夫君不是有通行令麼。」

江緒不由掃了她一眼：「妳倒是什麼都惦記。」

「那是自然。」明檀理所當然，半分沒覺得不好意思。

之前單騎夜行至東鎮時，已過閉城時分，然夫君拿出那道通行令，城門守衛二話不說便放了行，也沒過問兩人身分。這東西如此好用，她怎能不惦記。

江緒默了默，看了不遠處的西城門一眼。

理縣並非地理位置優越的兵家必爭之地，城牆修得簡單低矮，夜裡城樓上只兩人值守，以他的身手想要出城，完全用不著驚動守衛。

「抱緊了。」江緒忽然摟住明檀，低低提醒了聲。

明檀還未反應過來，便被江緒抱著飛上城樓，又輕鬆縱躍而下。直到落定在城牆之外，那聲「抱緊了」似乎還在耳畔迴響。

明檀驚魂未定，又覺得有些刺激，她捂著小胸脯跟上江緒的腳步，輕聲驚嘆道：「夫君，你竟可以帶人飛這麼高！先前我問過雲旖，雲旖說她若帶人，至多只能上樹或上屋頂，城牆可比屋頂高多了。」

「妳問她做什麼，想讓她帶妳偷偷出門？」

明檀哽了哽。

為何夫君如此敏銳？

她只不過是之前有幾天不想見客，推說身子不適需臥床休養，可某日夜裡他未回府，她又有些想出門透氣，不方便從正門出打了自個兒說要臥床休養的臉，所以偷偷問了雲旖一嘴而已。

她心虛嘴硬道：「才沒有，我是王妃，想要出門自然可以光明正大地出去，夫君不要以小人之心度君子之腹。」

江緒唇角輕扯，點點頭道：「嗯，本王小人，王妃君子。」隨即瞥了她的小腹一眼。

明檀羞惱地雙手按住。

好在映雪湖就在城門外不遠處，幾句話的功夫便遠遠瞧見了。

明檀不由鬆了口氣，今兒拉著夫君在外閒逛半晌，她的兩條腿早已發脹痠疼，若是映雪湖再離得遠些，她怕是還未走至湖邊就小命休矣！

映雪湖並不大，湖水影湛波平，清澈見底。湖邊拴著條雲旖準備的小舟，上頭備了酒與吃食。

明檀這會兒也不藏著掖著了，拉著江緒往小舟走：「夫君，快來。」

上了小舟，明檀正想和江緒好生解釋一番自個兒的這番安排，然江緒寵辱不驚的，熟練地解開麻繩，任小舟隨水飄蕩，還垂眸執壺，給自己倒了杯酒。

明檀略怔。

「夫君早就知道了？」她遲疑問道。

江緒未答，只是掀了掀眼皮。

明檀心下不免失落，並且有一點點生氣。虧她還一路打岔找藉口，絞盡腦汁引他來映雪湖，沒承想他早就知道了，那他豈不是一直在看她笑話，這又算什麼驚喜！

江緒見狀，解釋道：「暗衛見雲旖單獨行動，稟給了本王，但本王並不知王妃準備了什麼。」

喔，並沒有被安慰到。

不過來都來了，想起此行目的，明檀靜默片刻，還是調整了下心情：「好吧，就當你不知。」

她兀自緩了會兒，又積極給江緒添了杯酒，然後按預先所想那般，將話頭引至幼時，和江緒說起自個兒垂髫總角時的事。

江緒靜靜聽著，也不插話。

「……本以為我那庶姐走後日子會鬆快許多，可誰知道日子卻愈發過得辛苦了，每日要習琴、要刺繡，還要去昌國公府上私學。」明檀就差掰著指頭數了，「原本母親想讓我去周家上私學，周家是書香門第，家中名士輩出，在京中的女子私學裡頭也甚為出名，夫君知道我最後為何沒去嗎？」

「為何？」江緒很給面子地順著話頭問了句。

「那時南鵲西街未通，去周府要繞上一大圈，卯初就得出門，那最遲寅時三刻也得起身，可太早了。昌國公府近多了，寅正二刻起床都不算晚。」

「卯初出門，為何寅時三刻便要起身？」

「洗漱、梳妝、更衣、用早膳……可不得要寅時三刻就要起身麼。」

江緒想起她在府中晨起時的諸般種種，忽然懂了。

明檀托腮繼續道：「幸好沒去，周家私學太可怕了，一日得念三個時辰，回府後還有許多功課要做，若回府後再學些別的，一日也不必歇了。」

明檀絮絮叨叨說了些念私學時候的辛苦事，還有學琴不認真被先生罰，在祠堂跪得險些患了風寒……

她說這些其實是想安慰安慰江緒。

她自出生便沒了親娘，爹爹又不只她一個女兒，外任數載，她時刻為著成為京中貴女典範而努力，過得頗為辛苦，也算是與他同病相憐了。

沒承想江緒想了想，忽道：「妳上私學時，本王應是去了西北軍中，西北多旱，軍中每日飲水都有定量。本王記得有一回去敵營刺探軍情被發現，逃出來後迷了路，兩日暴曬，本王與同伴未飲半滴水，險些因缺水渴死在回營途中。」

「……」

明檀啞口無言。

她為何會覺得自己過得辛苦呢，只不過是念念私學做做功課學些規矩繡繡花兒罷了，如若她死活不肯做，也無人逼她，與夫君這比起來，真真算得上是養尊處優了。

她兀自想了下差點渴死在回營途中的畫面，又是心疼，又不知該接什麼話。

江緒並未意識到明檀先前所說是為了什麼，也並未意識到自己三兩下就把天聊死了，他自斟自飲，還難得地給明檀斟了一杯。

明檀有些手忙腳亂地端起酒盞抿了一口，另一隻手背在身後，悄咪咪地比了個手勢。

這話題是進行不下去了，還是早些辦正事為好。

雲旖等了許久，有些睏了，王妃總算是有了動靜，她躲在樹後，活動活動脖頸，抻了抻腰。

不一會兒，湖岸忽有一點星芒伴著異響升空，升至一定高度後——

「砰！」

「砰砰砰！」

「夫君快看！」明檀放下酒盞，一手拉住江緒的衣袖，一手指向夜空。

江緒抬眼。

今夜夜空湛藍如洗，月色皎潔，零散綴有點點秋星，不遠處焰火簇簇升空，在夜幕上迸發出奪目耀眼的光彩，在寂靜湖面上倒映出粼粼閃動的波光。

這煙火，很特別，從前在京中從未見過。

煙花升空綻放後，明明應是靜的，可它看起來卻是動的，如小人書一般，一氣兒翻閱時畫面連貫，煙花一簇接著一簇，升空時形態微變，極快地組成男子舞劍的畫面。

雖然煙花形態算不上惟妙惟肖，但江緒已然看出，那些劍招，都是他曾在她面前用過的。

「是本王？」

見他認出來了，明檀忍住心裡的驕傲，邀功道：「是不是很像？我畫了兩個時辰才畫出來呢，有些動作記不得了，多虧雲旖告訴我才知道該怎麼畫。」

江緒起身，仰頭望向夜空，神情是從未有過的認真。

明檀起身走至他的身側，碎碎念道：「聽聞理縣什麼煙花都能做，我便讓雲旖拿著我畫的圖紙，提前來理縣找人做了，原本只是想試一試，沒承想趕著時日還真能做出來，不過若是再多給些時日，說不定能做得更像……」

她突發奇想：「欸，夫君，回京之後你不如和聖上提一提，宮中每年不是都會放煙花嗎？聽聞宮中煙花也是理縣做的，但樣式並不新奇，我在宮外看到過好幾次，每回好像都差不多，今年說不準可以做些動起來的，比如童子拜年？瞧著也新鮮。」

「不了。」

「為何？」明檀疑惑，難不成宮中連煙花樣式都有規矩？

「這是妳為本王所想的花樣，為何要讓其他人看。」

他緩聲說完，看向明檀，目光深深。

明檀稍怔，完全沒想到他會這般說。

夜空焰火仍在簇簇綻放，兩人面龐時而被映照得明亮幾分，時而又隱入黑暗。

明檀與他對視，耳根發燙。

其實這話聽來不免霸道，可她聽著，莫名就覺得開心滿足。

她垂眸躲開江緒的視線，又一點點蹭上前，害羞地拉住他的手：「那夫君是喜歡阿檀為你做的煙花嗎？」

江緒「嗯」了聲：「喜歡。」

「夫君喜歡就好，其實阿檀做這些……是怕夫君見到那位清羽姑娘就想起母妃，心中傷懷，阿檀希望夫君可以開心一點。」明檀臉紅紅的，鼓起勇氣解釋道。

江緒垂眸看她。

這些年也有人真心實意為他好，但從未有人說，希望他可以開心一點。他的人生，似乎與開心從未有過聯繫。

良久，他回握住明檀的手：「阿檀有心了，本王今日……很開心。」

這是他第一次喚她的名字，手心微濕，難得地冒出些汗。

不知雲旖準備的是什麼酒，明檀不過喝了一口，便有些醉了。煙花放完後，她的腦袋暈乎乎的，原本還有些想和江緒說的話，一時竟想不起來。

她雙手捧臉，眼前的夜空明淨璀璨，湖光乾淨清澈，偶有夜風吹皺湖面的點點碎星，待一陣暈眩襲來，這些畫面旋轉交錯，彷彿將她拽入了沉靜的綺色夢境。

夢裡有一望無垠的星空，有碎星密布的鏡湖，樹木靜立，她趴在夫君的寬肩上，一步一步往前走。

那寬肩的觸感過於真實，她有些分不清到底是不是夢，打了個酒嗝，不知怎的還嘟囔著念了句詩：「醉後不知天在水……滿船清夢壓星河[6]……唔……但我沒……沒有醉！」

江緒餘光往後稍瞥，溫柔地將她往上掂了掂。

這一切原本十分靜好，可雲旖在不遠處見了這幕，想都沒想便上前提出要為主上分擔，畢竟背人這種力氣活兒好像沒有讓主上親自來的道理。

江緒默了默，淡聲道：「不必，管好妳自己。」

在理縣短暫地停留了一晚，次日，江緒明檀便與舒景然分道，前往全州桐港。隨行暗衛也由此分道，其中大半都被江緒派去保護舒景然，還有雲旖也被舒景然要走。

其實雲旖他本不打算給，可最後還是給了。明檀對這安排有些不解，上了路還問他：「夫君為何讓雲旖也隨舒二公子一道走？」

「妳覺得是為何。」他隨口應。

明檀想了想，試探道：「難道是因為舒二公子對雲旖有意，夫君你想成全他們？」

6「醉後不知天在水，滿船清夢壓星河。」出自唐珙《題龍陽縣青草湖》。

江緒沒答，明檀蹙眉道：「右相夫人在京中是出了名的重規矩，她怎麼可能會讓舒二公子與雲旖在一起，夫君你確定這樣沒問題嗎？」

這一路她如何看不出舒景然對雲旖分外不同，初時雲旖毫無反應，然近幾日從泉城出來，她對舒景然明顯熱絡了幾分。

明檀看出來了，但一直當沒看見，也從未撮合兩人。因為這兩人在她看來，應是沒有半分可能的。

右相公子與津雲衛暗衛之間，怕是隔了上千個侯府世子與府衙小捕快的距離。連與尋常人家結親都不可能，又何況是雲旖，難不成要雲旖嫁予他做妾不成？

依右相夫人那重規矩的名聲，怕是連納其為妾都不能夠，且雲旖這般自在的姑娘，又憑何要入他右相府為妾？與其最後困難重重，還不如不要產生過多瓜葛。

「舒景然的事情，他自己會處置。他很有主見，妳不必擔憂。」江緒解釋了聲，儘管他只是覺得雲旖礙手礙腳，並沒有撮合之意。

明檀點點頭，不過心下有些悵然。她也是操心操的，到頭來除了自己，好像誰也管不了，離京已有月餘，還不知道白敏敏和靜婉的婚事如何了。

不過三日，車馬便行進了全州，然去往桐港的路不好走，前半截官道都是窄小坑窪，看起來多年未曾修補，後半截更不堪提，饒是坐在舒適的馬車裡，明檀都被顛得有些頭暈想吐。更噩耗的是，在鄰近桐港的城鎮，江緒便說，再往前，不能坐馬車了。

明檀忍不住問了句：「為何？」

「前方多小路，馬車難行，且窮鄉僻壤，不宜招搖。」

既然夫君都這般說了，明檀也不想給他添麻煩，還頗為自覺地上下打量了下自個兒這身雖已盡力低調但在人群中仍十分顯眼的衣裙，主動問道：「那衣裙也要換嗎？」

「最好換了，樸素些為好。」

明檀乖巧點頭，從八寶櫃裡取出面小銅鏡，攬鏡自照。

片刻後，她頗為煩惱地碎碎念道：「可是我這容貌，就算遮著面紗也難掩風姿，難不成一路上都要戴著帷帽？」

「……」

倒也不必如此自戀。

雖江緒多次言明桐港乃偏僻窮苦之地，可明檀未親眼見得，便想像不出到底如何才算偏僻窮苦，畢竟以她的標準衡量，明珩所在的望縣龐山已是遠京小地。

沿途未見客棧，只有山腳下有個簡陋的野店，明檀見那棚頂似乎隨時可能坍塌的破敗模樣，連坐下喝碗茶都不願。

她換了身樸素的細布衣裙，暫捨馬車，改與江緒共乘一騎。

江緒許是為了照顧她，騎馬速度放緩了不少，不好走的路段還翻身下馬，走在前頭牽馬而行。

天色擦黑，明檀四下張望，見沿路荒涼，不由問了句：「夫君，我們今晚歇哪兒？」該不會要露宿林中吧。

怕什麼來什麼，江緒應道：「本王行軍之時，常露宿荒郊野外。」他一手負在身後，一手牽馬走在前頭，沒回頭看坐在馬上的明檀一眼。

明檀以為他方才那句沒有下文，心情低落地做起了露宿林中的準備，可他忽然又道：「不過前面應有人家，找戶人家借宿一晚便是。」

明檀驀地鬆了口氣，雖然沒帶自己的被褥，借宿她也很難睡著，可與露宿林中相比，這已經好接受多了，至少不必擔心夜裡下雨，要在林中被淋成落湯雞。

不過在借宿到人家之後，明檀發現這擔憂並不能消除。

他們借宿的是山腳下的獵戶人家，這樣的人家山腳下約有五六戶，他們借宿的已是屋子蓋得最大最齊整的一戶了，屋外掛有不少乾包穀串，還有風乾的獵物，瞧著比其他幾戶富足不少，只不過屋中仍是簡陋非常，屋頂縫隙指寬，若是下雨，躲無可躲。

「我家男人這兩天在山裡打獵，屋頂沒來得及補，今晚可能要下雨，二位用這個接一接吧，受罪了。」這戶人家的婦人哄著奶娃娃，熱心地給他倆送來個小木盆。

「多謝劉嫂。」明檀彎唇笑道。

「咱這地方不興這個。」被喚作劉嫂的婦人擺了擺手，「你們安心住上一晚，今晚也沒啥吃食了，饅頭鹹菜，將就下，明兒一早做肉糜粥。」

「不用了劉嫂。」明檀忙推拒，這地方破成這樣，想來肉也不是什麼尋常吃食，哪好意思讓人拿出來招待。

「這有啥，咱家不富貴，肉還是吃得上的，我男人打獵厲害，十里八鄉那都是這個。」劉嫂豎了豎大拇指，臉上是掩飾不住的驕傲和滿足，「我男人對我和娃娃好，每回去鎮上賣東西，總要捎兩斤肉回來，你們不吃，我家娃娃也是要吃的。」

她剛說到娃娃，懷裡頭的奶娃娃就哇哇哭叫起來，她熟練地哄著，又抬頭道：「那你們先休息，我就不打擾了。」

明檀點了點頭。

待劉嫂走後，明檀望著她送來的木盆，半晌沒說出話。

從前在府中，她見過下人用木盆接雨水，可那都是一整排放在外頭屋簷下，接滿便換，以防雨勢過大堵塞水渠，她從未想過，人住的屋子裡頭也需擺盆接雨。

當然，她也從未想過，人住的屋子能簡陋至此，且還是這地界算是殷實的人家。

劉嫂說，他們住的這間屋子是他家大閨女出嫁前住的，屋裡靠牆擺著張木板床榻，梳妝檯……也很難稱得上是梳妝檯，上頭擺滿了雜物，桌角不平，搖搖晃晃，一張陳舊的小圓桌，上頭擺著套半舊不新的陶製茶具，兩個茶碗都缺了口，再也沒有其他。

明檀初初進屋時，只覺得連下腳的地方都沒有，坐也不是，站也不是，完全無法想像一個姑娘家要如何在這樣的屋子裡住上十幾年。

可聽劉嫂那語氣，她和她男人還頗為看重這閨女，旁的人家根本就沒有一個姑娘單獨住間屋的理兒，而且她和她男人等閨女嫁了人才要了個男娃娃，已是十里八村都找不著的看重了。

明檀也不知說什麼好，與江緒小聲感嘆了好一會兒。

然江緒卻道：「其實大顯七成以上的百姓，都過得不如他們，有屋遮風，有食果腹，是許多百姓畢生所求之事。」

明檀略頓，一時難以想像七成到底是多少人。

今兒白天天色便不好看，有下雨之兆，果然，兩人沒說多久，外頭就下起了雨。

起初雨聲淅瀝，而後愈來愈急，愈來愈重，豆大雨滴從屋頂的縫隙裡頭砸下來，砸出水花，四濺開來。

屋頂指寬的縫隙不只一條，一個木盆顯然接不住。江緒將木盆放在要緊的床榻之上，又將坐在榻上手足無措的明檀抱至床角：「妳睡這，不會被雨淋到。」

「那夫君你呢。」

這半邊不會被雨淋到的地方顯然塞不下兩個人。

「無事。」

他話音剛落，屋裡那盞昏黃的油燈也被風吹滅了。

明檀縮在床榻角落，雨落在榻上木盆裡頭，滴答不絕，不一會兒接得半滿，盆裡濺開水花，她的衣袖被打濕，袖管裡頭冰冰涼涼一片。

屋外雨越下越大，時不時扯過閃電，不甚牢固的窗突地一下被吹開，風裹著雨，肆無忌憚地斜吹進來。

江緒起身，重新關緊了窗，走至床榻邊問了句：「睡不著？」

……這誰能睡得著？

明檀原本是想著說好了跟來桐港絕不給他添麻煩，那無論多難忍都得忍著絕不抱怨，可她委實是從未遭遇過如此窘境，整個人縮在角落不敢動，衣裳被木盆裡頭的雨水濺濕，外頭雷響一次，她便瑟縮一次。

憋了半晌，她還是摸黑蹭到床榻邊上，伸出雙手環抱住江緒的腰，委委屈屈地小聲說了句：「夫君抱著我好不好，我有些害怕。」

江緒緩了緩，抱住她，撫了撫她薄瘦的肩：「不怕，我在。」

這一夜過得渾渾噩噩，明檀蜷縮在江緒懷中，有時睏到昏沉，彷彿已然入睡，可下一瞬又被濺到身上的雨滴與屋外悶雷驚醒，偶爾還能聽到幾聲微弱的嬰兒啼哭聲。

直到五更，屋外天色才朦朧亮起，雨勢逐漸微弱。晨曦微光映照出屋內略顯狼狽的景象，地上積水，桌椅打濕，榻上木盆幾近滿當，大約是窗子被吹開了一回，椅上還落了兩片被風雨摧折的殘葉。

江緒抱著明檀，靠在床頭闔眼休息。

明檀見他彷彿睡著了，輕手輕腳地從他懷裡退了出來，趿上濕了又乾的素淨繡鞋，悄無聲息出了屋子。

屋外，雨後濁氣盡消，不遠處的山林間似乎有一股裹著草木花香的清氣撲面而來，鳥兒啁啾嘰喳，聲音空靈清脆。

明檀重重吐出口氣。

在昨夜之前，她是完全想像不到自己可以在如此惡劣的環境下生生忍受一夜的，那屋子，住得還不如靖安侯府的灑掃下人。

可想到夫君所言，大顯竟有七成的百姓可能過得還不如他們，她的心情極為複雜。

堂屋裡頭傳來俐落的笤帚掃地聲，明檀活動完僵麻的身子，往堂屋走去。

她進屋時，劉嫂正掃完地，拿起抹布擦屋裡被雨水浸濕的桌椅。

其實四更天時，劉嫂就已經起身忙活了，這會兒堂屋裡頭收拾得很是齊整，後頭灶上還生著火，正煮著粥。

見明檀眼下有一圈明顯的淡青，神情比昨日憔悴不少，劉嫂停下手中動作，有些不好意思地問道：「妹子，昨兒夜裡漏雨，沒睡好吧？都怪我男人，這屋頂壞了好些日子了，愣是沒補上，害妳和妳男人遭了罪！」

明檀豈止是沒睡好，壓根就沒怎麼睡，可人家好心讓他們借宿，又哪有讓人家覺得抱歉的理。

她忙搖頭道：「您言重了，我夜裡睡眠淺，打雷下雨睡不著是常有的事。」她又轉移話題，「對了劉嫂，昨兒夜裡我好像聽到小寶哭了？」

提起自家娃娃，劉嫂不由嘆了口氣：「嗨，就是。大人都睡不著，娃娃被那雷啊雨啊嚇的，哄了大半宿才睡著呢，吵著妳了？」

「沒有沒有。」明檀忙搖頭。

哄了大半宿小孩，想來劉嫂也沒怎麼休息，可同樣是一夜沒怎麼休息，劉嫂說這話的時候精神十足，還有力地繼續擦著桌椅。

一宿沒睡一早還能起來張羅這麼多事，明檀忍不住問了聲：「劉嫂，您不累麼，要不要休息會兒？」

「休息啥啊，我瞅著娃娃睡得香才趕緊起來做事，等下醒了又嗷著嗓子要吃奶，愁人得很。」劉嫂想都沒想便答，「再說了，村裡哪個人家的女人不是要幹活的，前頭王家媳婦，天天都是三更就起來做事，餵雞餵豬潑菜，還要伺候公婆，我可比她好命，沒有公婆等著伺候。不過我們鄉下女人幹粗活都幹慣了，跟妹子妳肯定是不一樣的。」

她忙裡抬頭看了明檀一眼，好奇打聽道：「對了妹子，妳和妳男人來桐港是幹啥的？我瞅著你倆這模樣，這打扮，富貴人家出來的吧？咱這地方窮得很，前頭山翻過去桐港鎮上，那海裡頭的風喲，一天到晚地吹，到處都一股子鹹味腥味！」

「我和我夫君……」明檀稍稍語塞了一瞬，隨口編了個理由，「他想做些生意，打算到沿海的地方看一看。」

聞言，劉嫂訝然道：「做海上生意？」

明檀沒應聲，默認。

劉嫂忙擺手道：「海上生意要命，不要做、不要做！」

「為何？」明檀好奇。

「妳不曉得這海裡頭的厲害，風啊浪啊一打過來，死都不曉得怎麼死的，當然不要做！」劉嫂好心勸道：「要是想跟船隊做事，那還是要去靈州，人家那裡有大船，安全！」

明檀認真聽著。

「嗨，我們這地方不是窮得揭不開鍋的，沒人敢出海的，以前也有男人出海，帶了東西回來，可我們這地方也沒人收的呀，還是要去靈州、禹州賣。小地方要出去喲，路不好走，累得很！」

「來來回回一趟搞下來就是一年，一年不回，屋裡頭娃娃都能說話了，而且你搞得來的東西，靈州那大船隊還搞不來？東西拿去城裡，也賣不上好價錢，不划算，不划算。」

明檀聞言，若有所思，輕輕點了點頭。

劉嫂忙完堂屋裡頭的活，又去後頭灶上拿粥，順便招呼明檀，讓她叫自個兒男人起來一道吃早飯。

劉嫂幹活麻溜，早飯也做得簡單乾淨，一小鍋肉糜粥，一碟鹹菜包子，還有自個兒打的香噴噴熱騰騰的米漿，擺在小方桌上，莫名讓人很有食欲，明檀難得動筷，各樣都用了些。

早飯還沒用完，劉嫂她男人打獵回來了。劉嫂她男人姓朱，原先在家裡頭是老四，所以這周圍鄰居都叫他朱四。

朱四是個五大三粗但面相憨厚的漢子，他回來得突然，明檀正用著粥，沒來及戴面紗。

這地界，明檀和江緒這樣的人是從沒有過的，朱四不由得看呆了一瞬，還自以為小聲地和劉嫂咬耳朵道：「婆娘，這兩人和神仙似的，打哪來的，咋到我們家裡來了？」

劉嫂也和他小聲叨叨了兩句。

說實話，若不是明檀和江緒兩人生得和神仙似的，一看就非富即貴圖不了他們家啥，劉嫂一個女人家帶著孩子，再是熱心也不可能隨便放他倆進屋。

聽說是過路借宿，朱四也沒多想，熱情地招呼他倆繼續吃，自個兒先到屋裡頭看了睡熟的寶貝娃娃一眼。

他們這些獵戶進山，一趟沒個兩三天出不來，昨兒夜裡雨大，朱四和同伴就在山洞裡湊合了一宿，家裡屋頂漏雨沒補，他惦記著自個兒婆娘兒子，一大早便趕了回來。

等看完兒子，朱四才出來和他們一道吃早飯。

劉嫂已經給他舀了粥，應是熟悉他喝粥的速度，這邊一碗見底，劉嫂又剛好舀了一大勺要添給他，嘴上還嗔怪道：「讓你慢點吃慢點吃，沒人和你搶，吃快了噎喉嚨！」

「噎不著，放心，放心。」朱四雖這般說，但還是聽話地放緩了喝粥的速度，他憨笑著，望向江緒明檀，誇道：「我婆娘煮的粥好喝，你們也多喝點，家裡沒什麼好招待的，你們可千萬別客氣。」

劉嫂用手肘頂了頂他，讓他不要胡說八道，然嘴角止不住地往上翹著，臉上俱是滿足甜蜜。

用過早飯，明檀與江緒便打算繼續上路了。

明檀收拾完，打算去和劉嫂道別，走至堂屋後頭，卻見劉嫂和她男人一道在洗碗。兩人絮絮叨叨安排著，這回打的獵拿到集市上賣了之後，要給家裡添點啥。又說起等放晴外頭地乾了，得趕緊把屋頂修補修補，來了客人住了一晚漏雨的屋子多不好意思。還說起這兩天她在家裡又納了幾雙鞋底給他，常在山裡頭走換鞋換得勤，這回的底做得厚一點，上腳肯定舒服。

兩人聊得都是些平常至極的瑣事，聽起來很沒意思，可兩人有商有量的，朱四還時不時騰出手替劉嫂擦汗，日子好像就在你一言我一語中變得生動了起來。

明檀見了這幕，莫名覺得溫馨。甚至不由得想，她若與夫君也能這樣，好像也不錯。

當然，碗她是不會洗的，她的手可是用羊奶蜜露等各色方子常年滋潤才如此細嫩，如今在外沒條件養護，心裡頭已然愁得不行，若還洗回碗，上頭怕是要生出細紋來了，不過夫君肯洗的話，倒很不錯……

亂七八糟想了會兒，見劉嫂夫婦沒發現她，她也沒上前打擾，只是輕手輕腳往後退，在劉嫂納好鞋底還沒收針的針線盒旁放了一包碎銀。

她本想直接放張銀票，可想到這地方窮苦，兌銀票怕是麻煩得緊，還是碎銀用起來不那麼引人注目。

「……所以想要在桐港再開海貿，起碼得有一條順暢的官道，不然運送起來極不方便，可一路過來，我發現全州境內的地勢十分複雜，與靈州的平坦開闊大為不同。而且這道，通往靈州不若通往禹州，禹州更近，且禹西地區與西域來往密切，假以時日桐港海貿打通，禹州便是茶馬與海貿的互通之所。」

江緒與明檀繼續上路，路上，兩人共乘一騎，明檀被江緒圈在前頭坐著，也就順勢靠在他懷裡，說起了自個兒對桐港開海貿的一些想法。

這一說，她有些停不下來。

「還有，我聽劉嫂說起，桐港的風浪似乎比靈州港要嚴重許多，這是為何？是因為位置不同，還是桐港太過落後出海經驗不夠豐富？若是出海經驗不夠豐富，不知該如何對抗風浪，倒不算難題，可若是前者，就有些麻煩了。」

江緒沒答，只另問道：「妳與那婦人不過閒聊幾句，就想到了這麼多？」

明檀往後望，有些猶疑：「我想的……不對？」

「本王只是有些沒想到，王妃原來如此聰穎。」

「……」

「夫君以前覺得我很笨嗎？」

江緒仍是不答。

明檀扭頭往後看他，揚著脖頸不依不饒：「夫君怎會有如此錯誤的想法，難道雲偃大師的機括還不能讓夫君認清你的王妃要比你聰穎百倍的事實嗎？」

江緒垂眸與她對視了眼，彷彿在提醒她悠著點吹。

她就看不得某人這張不管何時都極為沉靜的臉，一時沒忍住，往上啃了他一口。

「王妃是在別玉樓看了避火圖冊，想要在這荒郊野外試試馬上房中術麼。」江緒瞥她，聲音雲淡風輕。

馬上房中術，什麼東西？

江緒倏然收緊手臂，策馬快進。

明檀還以為他要在馬上對她做什麼，驚得一縮，差點從馬上摔下去。

待反應過來，她羞惱不已，回嘴道：「夫君可真是博聞強識，避火圖冊上有什麼都記得這般牢！」

「避火圖冊本就該夫妻一同探討，王妃記性不好，本王自是該記得牢些。」

猛浪！

一路鬥嘴，到桐港鎮時，已是未申。

路上明檀念叨著，到了鎮上定要找家布莊買件新衣，昨夜衣裳被雨水濺濕，這會兒雖然已經乾了，但穿在身上還是難受得緊。

江緒沒應承，也沒怪她嬌氣，只是勒著韁繩，淡聲道：「到鎮上再說。」

到鎮上後，明檀懵了。

沿途經過的大小城鎮沒有二十也有十八，她自認為這一趟算是窺見了民生百態，可到了桐港，她忽然發覺自個兒見過的世面，還是太少了。

這若不說是座城鎮，說是個貧民窟或是座剛遭了災的村子她也信。

一路往前，就沒有半條好路，坑坑窪窪的，三步一腳爛泥巴。

沿街的屋子破破爛爛，窗上用漿糊黏著各色封條，漿洗得發白的衣裳從二樓窗外伸曬出來，一排排，密密麻麻。

日頭很曬，迎面夾著熱氣的風一陣陣吹，呼吸間是極難聞的鹹腥味。明檀不由掩住鼻子，放緩呼吸的節奏。

說實話，她想過桐港比較窮苦，但沒想過會這麼窮苦，她十分懷疑，江緒是早就知道鎮上什麼破樣，才沒應承她要買衣裳的提議。

這還哪敢想衣裳呀，晚上能有個住的地方就不錯了。

她從馬上下來，與江緒一道，牽著馬往前走。

沒走幾步，忽然有個小乞丐噔噔噔跑上前，想要抱她的腿。

江緒不著痕跡地擋了擋，冷淡垂眸。

那小乞丐對上江緒的視線，不由瑟縮了下，嚇得想往後退。可不知想到什麼，他看了看明檀，還是吞咽著口水，小聲開口道：「哥哥、姐姐……」

小乞丐渾身髒兮兮的，臉上灰撲撲沾著泥，瘦瘦小小，只剩皮包骨架。

明檀不忍，下意識便想掏銀子。

江緒掃了她一眼。

明檀遲疑，忽然想起雲旖當初給人買饅頭，結果被一大群乞丐纏上來纏光了月例的事。

「姐姐，我三日沒吃東西了，您行行好，佛祖會保佑您的。」那小乞丐小聲哀求，聲音誠懇稚嫩。

可這小乞丐委實可憐得緊，明檀猶豫片刻，望了望四周，見沒有旁人，還是從包袱裡取了包糕點，並著一小塊碎銀塞給了他。

小乞丐眼睛亮了一瞬，抱住糕點，又咬了咬碎銀，忙鞠躬道謝：「姐姐，您真是個好人，謝謝您！」

明檀彎了彎唇，待小乞丐一溜煙兒跑遠，她輕輕拉了拉江緒的衣袖，小聲道：「我不買衣裳了好不好。」

江緒沒說話，只是極淡地掃了惹上麻煩還不自知的某人一眼。

這鎮上只有一家客棧，見有客來，掌櫃的十分驚訝。

明檀打量四周，果然是不負所望的破，不過遮雨應該不成問題——經過昨晚，她對住處的最低要求已經降到了遮風擋雨。

只不過她做好了準備，江緒卻莫名變卦了。

「走。」他拉住明檀的手腕，忽地回身往外。

「欸，客官！客官不是要住店？鎮上可就咱這一家客棧啊！」掌櫃的在身後喊了兩聲。

明檀不明所以，快步跟上江緒的步伐。待被拉出客棧，她才來得及問上一句：「夫君，怎，怎麼了？」

「妳覺得這像客棧？」

明檀語塞，雖是破了點，但招牌上的確寫著「客棧」二字，怎麼就不是客棧了。

她忽然想到什麼，緊張試探道：「難不成是黑店？」

她以前看過個話本，說的是富家千金與窮書生私奔，夜裡不慎投宿在一家黑店，富家千金帶的金銀細軟都被人偷走了，黑店老闆還串通附近山匪將其擄走。

就在富家千金將被山匪玷污的那一刻，窮書生帶著官兵一鼓作氣衝上山頭，剿了匪窩，救出富家千金。

千金家中得知此事，對窮書生大為改觀，遂同意了二人這門婚事，二人喜結連理，過上了幸福美滿的日子。

她記著這個話本倒也不是因為旁的，純粹是因這話本寫得太過離譜。

且不論山匪為何會放過書生，書生又是如何報的官，光是富家千金被山匪擄過還能高高興興談婚論嫁，就足夠令人費解了。

江緒沒應她的話，示意她看客棧二樓曬出的那些衣裳。

明檀順著他的視線抬頭望去。

客棧外頭曬著的衣裳與旁處不大一樣，雖在她眼裡都是破布，但這一溜兒十幾件顏色鮮妍……她靈光一閃，彷彿明白了什麼，繼而想起，方才在客棧中感受到的不甚和諧之處。

這不是客棧，這應是個掛羊頭賣狗肉的花樓！

不，說花樓太抬舉它了，這上上下下沒個花樓的規模，最多算個暗娼窯子。

明檀心有餘悸地捂著小胸脯，邊往前走，邊回頭望了望那暗娼窯子，剛巧，她這一望便望見個衣衫襤褸的漢子色瞇瞇地顛顛兒往裡走，手裡揣著幾個銅板上下晃蕩。

還真是個窯子。

「既不是客棧，為何要留我們？」明檀不解。

「有錢可掙，自然要留。」

這種地方，做什麼本沒有定數。

明檀小聲嘀咕道：「都窮成這樣了還去逛窯子，他們也不怕逛完窯子餓死了麼？」

「食色皆乃人欲。」

「可人欲也分個先後吧，如若是我窮得揭不開鍋，必然要想法子掙上錢蓋好屋子填飽肚子再說，哪還有心情逛窯子。」

江緒瞥了她一眼，倒是沒想到他的小王妃如此上進，很有事業雄心。

臨近黃昏，鎮上再無客棧可住，明檀又開始為夜裡歇哪兒發愁了。

江緒問她能接受什麼地方，她想了想：「只要能遮風擋雨即可。」

「好辦。」

——他領著明檀在小鎮荒郊找了個破廟。

「……」

真是只能遮風擋雨呢。

明檀無語凝噎，進了破廟懵懵的，都不知該往哪兒站。

江緒找了塊乾淨地方，將外衣鋪在地上，示意道：「坐。」

明檀「喔」了聲，乖巧坐下了。

隨行的兩個暗衛不知打哪兒冒出來，忽然往裡抱了兩摞乾柴，還提來隻雞。

「這荒郊野外，還有雞可以捉？」明檀猶疑。

「回王妃，找農家買的。」

噢，所以為什麼不乾脆買隻熟的回來？自己烤比較有意思是嗎？

她躊躇著想問，只是不等她問出口，暗衛又悄無聲息地消失了。

明檀抱膝坐在一旁，看著江緒熟練生火，將清理乾淨的雞放至火堆上烤。嗯……其實她很想說，包袱裡頭還有乾糧，委實不必如此野外求生實景再現。

這雞這樣子烤，定然是不好吃的，她遠遠觀摩過府中大廚烤雞，從醃製時辰到所選柴火再到火候佐料，每一步都十分精細。

這雞估摸著要烤很久，自家夫君又悶得很，明檀摸了摸胳膊，還是主動找了個話題：「夫君，今日遇上那家客棧，倒是讓我想起個話本。」

「什麼話本。」

她將富家千金與窮書生私奔的故事繪聲繪色和江緒說了遍，末了還不忘發表一番自個兒的見解。

江緒一直看著烤雞，聲音不高不低：「話本的確有些錯漏，譬如說，山匪如此明目張膽，官府不可能渾然無知。他們要麼是對山匪心存忌憚，要麼是懶政庸政不願多管閒事，當然，也可能官匪之間本就存在某種勾連，可不論是哪種情況，此前既未出兵剿匪，此後僅憑窮書生三言兩語，也不可能搬得動救兵。」

明檀點頭，覺得他說得很有道理。

他又問：「但妳為何覺得，富家千金被擄之後，不能再談婚論嫁？」

「名節有損，自然不可能再談婚論嫁。」明檀理所當然道：「女子若真被山匪擄去，即便救回來，也多是抹了脖子了事，最好也不過鉸了頭髮去做姑子，那書生哪還會娶她。」

「這並非是富家千金之錯。」

「誠然非她之錯，可這世道於女子苛刻，名節重於性命，只有話本裡頭敢胡亂編排了。」她托腮，又無聊假設，「若我是那富家千金，夫君是那窮書生，夫君當如何？我被山匪擄去，夫君會去救我嗎？救了我之後還願意娶我嗎？」

「自然會救。」江緒將烤雞翻了個面，沉吟片刻，不以為意道：「不過本王無需去尋官府便能讓匪窩屍橫遍野，妳既在乎名節，除了本王，不會有第二個活著的人知曉此事，如此，談婚論嫁也無人置喙了。」

「……」

想得可真周到。

「嚐嚐。」雞烤好了，待稍涼些，江緒扯下隻雞腿遞給她。

「等等。」

明檀拿出竹筒，倒了些水淨手，又拿出塊乾淨帕子，隔著帕子小心翼翼握住雞腿。

她慣是如此造作，江緒早已習慣，也沒多說什麼。

平心而論，這烤雞賣相還算不錯，色澤油亮，散發著誘人肉香。可明檀先入為主，咬了一小口，沒敢多嚐就咽了下去，還違心地吹捧道：「味道真好，夫君手藝也太棒了。」

江緒抬眼瞥她：「雞腿和翅膀都留給妳，慢慢吃。」

明檀一哽：「不、不用了，夫君也吃。」

「不是好吃麼。」

「可好吃，我也吃不下這麼多呀。」

這話說出去不到半刻，明檀就啪啪打臉了——

她可以，她十分可以！夫君做的烤雞也太好吃了！

啃完一隻雞腿，又啃完一隻翅膀，她眼巴巴地望著剩下那隻大胖腿。

江緒看了她一眼，扯下遞給她。

她虔誠接過，不動聲色咽著口水，發出來自靈魂深處的疑問：「夫君為何能烤得這麼好吃，從前我在府中看大廚烤雞，似乎很是繁雜，但味道好像沒有太大差別。」

「因為是妳夫君烤的。」

說完這話，江緒忽地抬眼，邊就著明檀用過的素帕擦了擦手，邊輕描淡寫地說了聲：

「妳惹的麻煩來了。」

明檀有些反應不過來，咬著雞腿抬頭，懵懂地望他。

她怎麼就惹麻煩了？

不過沒等江緒解釋，她就聽到破廟外頭傳來了腳步聲，那些腳步聲亂而急促，有的輕有的重，總之聽著就很來者不善。

明檀懂了什麼：「這、這是客棧老闆帶人來了嗎？」

今兒到桐港鎮上，他們好像只接觸過客棧老闆，莫不是因為他們知曉了客棧的真面目，特地帶人過來滅他們的口？

可這……不應該呀，客棧到底是幹什麼勾當，鎮上的人明明清楚得很，不然也不會有人門兒清地往那處竄了，所以他們是做了什麼惹人來滅口了？

明檀一時沒想明白。

不過她腦子沒想明白，身體反應倒是很快，忙不迭放下雞腿，慫慫地躲到江緒身後。怕江緒不敵，她還拉著江緒的衣袖，欲與他一道往佛像後躲。

江緒看了她一眼，沒說話。

外頭的腳步聲越來越近，明檀心裡也越來越緊張，捏著江緒衣袖的手冒出了汗。

可她沒想到的是，那腳步聲來勢洶洶，卻不約而同全止在廟外，隨即廟外便傳來摔落在地的痛呼聲——

「啊！痛！」

「哎喲！」

明檀後知後覺想起，哦對了，外頭還有兩個進能砍柴退能買雞，話比夫君還少的暗衛。

她稍稍心安了些。

半刻過後，暗衛將外頭那些人捆了個結結實實，一個個提溜著，扔沙包似的扔了進來。

一個、兩個、三個……十個。

等扔到第十個的時候，明檀怔了瞬，目光膠著在那人身上，半晌沒動，眼也沒眨。

那人她見過，正是白日看起來十分可憐的小乞丐，她給了他一包糕點還有一塊碎銀。

為何會是他？

「這……這是怎麼回事？」她下意識望向江緒。

江緒沒答，起身掃了躺在地上離他們最近的矮胖男子一眼，目光睥睨，不發一言，伸腳踩在男子左臉上，慢條斯理地碾了碾。

「啊啊啊啊！大人饒命！饒！」男子驚叫，臉被踩得變形，嘴角溢血，話才說了半句，後頭的沒法兒再說完整。

其他人見狀，都嚇破了膽，紛紛跪在地上，磕頭求饒。

之前被明檀施捨過的小乞丐更是唇色慘白，瑟瑟發抖，眼淚不受控制地往外湧。

他不停往前挪，挪到明檀面前，又不敢靠得太近，只嚇得不停磕頭，聲音小而嗚咽：「姐姐，姐姐！我錯了！饒了我吧！姐姐，我給您磕頭了，饒了我，饒了我吧！」

不一會兒，他便磕得頭破血流，額上的血與地上髒灰還有眼淚混雜在一起，彷彿無知無覺。

明檀知道此事與他脫不了干係，可見他瘦小可憐，仍是不忍：「別磕了！」

她壓了壓火氣，又問：「這到底是怎麼回事？」

小乞丐想說什麼，可開口之前，不由望了被江緒踩在腳下的男子一眼，莫名瑟縮了下。

明檀察覺不對，半蹲下來，耐著性子又問了遍：「告訴我，到底是怎麼回事？」

小乞丐惶恐不安，渾身發抖，好半晌，才半是猶疑半是怯懦地訥訥道：「姐姐，我不想害妳的，可我如果不聽話，他、他就會打死我！」

他？

明檀望向被江緒踩在腳下的男子。

那男子好像想說些什麼，掙扎了下，可仍是無法動彈，也無法開口。

江緒垂眸，又重了三分力道，那男子竟是承受不住，白眼一翻，直接昏死過去。

明檀心中隱隱有了猜測，她遞給給那小乞丐一塊乾淨帕子，聲音不由緩和下來：「別怕，慢慢說。」

小乞丐許是見那男子直接昏死了過去，明顯鬆了口氣。他猶豫會兒，還是鼓起勇氣，磕絆著講起了事情的來龍去脈。

原來這小乞丐名喚小石頭，是從其他村子被拐來桐港鎮的，拐他的人就是昏死過去的矮胖男子，陳五。

陳五與李四還有王三麻子常在桐港附近的村子裡拐小孩，拐到一批，便帶他們從桐港去臨近富裕些的城鎮。

那邊有接頭的人，會專門將他們養成坑蒙拐騙的乞兒，且這乞兒還不是誰都能當的，得手腳麻利，腦子機靈，不然就只能缺胳膊少腿靠賣慘行乞了。

小石頭這批過兩日就要被帶走，今兒碰巧在街上遇見他們這兩個外鄉人，陳五便順手推了小石頭出來行乞。沒想到人出手如此大方，給了糕點，竟還給了塊碎銀！

陳五不由動了歪心思，白日暗中跟了一路，到傍晚，見他們進了破廟，想領人前來打劫，發筆不義之財。

「……他、他還說，姐姐雖然戴了面紗，但看身段就知道，肯定是個美人，可以先、先……然後再一起綁了，賣到花樓。」

小石頭所言，與明檀所想差不太多，只不過當她聽到小石頭說，坑蒙拐騙這活兒幹不了會被直接砍斷手腳時，不由得倒抽了口涼氣。

還是孩子，何至於如此殘忍？

她壓下心裡頭翻湧的不適，輕輕伸手，撥開小石頭黏著血的髒亂頭髮：「還記得家在哪兒麼？」

小石頭垂著腦袋抽噎了下，小小聲道：「記得的。」

明檀差點就想脫口而出一句「那姐姐送你回家」，可想到此行目的，她又將這話咽了下去。

她轉頭，想問問江緒能不能讓暗衛送送這些孩子，小石頭抽了抽鼻子，給她磕了個頭，聲音戰戰兢兢，滿是不安：「姐姐，妳、妳是好人，我們都不想害妳的，妳可以饒了我們嗎？」

「別磕了。」明檀忍不住扶了他一把，衝動道：「姐姐讓人送你回家，好不好？」

小石頭聞言，抬頭看她，歡喜得冒出了鼻涕泡：「謝謝姐姐，姐姐您真是個好人！」可他看了江緒一眼，聲音不由自主低了下來，「我們可以自己回去的，不用麻煩哥哥、姐姐。」

這小孩，真是懂事得讓人心疼。

明檀看了其他同樣面黃肌瘦又灰撲撲的孩子一眼，心裡很不是滋味，她起身，將包袱裡的碎銀和乾糧全拿了出來，給這些孩子分了分。

江緒任由她動作，也沒阻止。

其實今夜前來破廟的，除了這些被帶來當幫手的孩子，還有陳五的同伴，李四和王三麻子。只不過李四和王三麻子先前在外頭比較能耐，暗衛出手自然更重一些，早在被扔進破廟之前，這倆就昏死了過去。

明檀分完東西，得了吩咐的暗衛便上前，領著這些孩子離開。留下的暗衛則是卸了昏死三人組的胳膊和腿，將人扔去亂葬崗。

破廟重歸於寂。

沒吃完的烤雞已經涼了，當然，明檀也沒心情再吃。

她在留有餘溫的火堆旁抱膝而坐，發了好一會兒呆，才怔怔問道：「夫君是早就知道，我給了東西會惹上麻煩麼。」

江緒緩步走到她旁邊，坐下：「餓了三天的人，看到糕點和銀子，又怎會不動糕點，去咬銀子。」

明檀這才回想起白日那幕。

她猶豫道：「憑這一點就可以推斷嗎？這也……不一定吧？」

江緒垂眸，平靜道：「妳沒有餓過三天，不明白也是正常。」

明檀聞言，不由轉頭看他，眼裡滿是驚疑：「夫君你餓過三天？」

問完她就想起，夫君之前說過，從前行軍差點渴死在路上。差點渴死的經歷都有，想來差點餓死對他來說也不算稀奇。

明檀心裡更不是滋味了，夫君乃堂堂親王，這從前過的都是什麼日子？

可江緒沒應聲，攬過她的肩，讓她平躺到自己腿上：「妳累了，早些休息。」

明檀還想說些什麼。

「睡吧。」江緒低頭，拂開她臉上的碎髮。

仰面望過去，夫君的輪廓線條似乎比平日柔和許多，連帶著聲音也變得低啞溫柔。

她一眨不眨地望了會兒，冷不丁說了聲：「夫君，阿檀以後會對你好的。」

不待江緒反應，她便環抱住江緒的腰，往裡側拱了拱，安心閉上了眼。

江緒略怔，眼底閃過一抹極淺淡的暖意。

夜幕沉沉。

今夜晴好，月華如洗。破廟四周十分寂靜，只有山林間有不知名的鳥獸在斷續夜啼，聽來有些孤寂。

這些日子磋磨下來，明檀在這惡劣環境下已能安然入睡。

見她呼吸均勻，儼然已經睡熟，江緒將她輕輕放在草席上，緩緩起身。

走至門外臺階，江緒給守在暗處的暗衛遞了個眼神，便隻身融入了破廟外的無邊夜色。

小石頭一行孩童在暗衛護送下，安全地離開了荒郊破廟，重新回到鎮上暫居之所。

待暗衛離開，孩童們靜了會兒。

「也不知道陳五、李四還有王麻子怎麼樣了。」忽然，小石頭開口，「我們今晚就去荷花鎮，省得他們醒了說出來，那幾個人又來找我們麻煩。」

孩童們都聽他的，紛紛點頭。

小石頭面上渾然不見先前的怯懦，取而代之的，是與年齡不甚相符的成熟。

「我先去外頭看看，把把風，你們快點收拾東西，把他們幾個那些值錢的東西都收拾了。」

說完，他起身，拍了拍屁股上的髒灰，俐落往外走。

深夜的桐港鎮，街道寂靜非常。

小石頭一路走至十字路口，不見半個人影，他鬆了口氣，看來，送他們回來的男人是真的離開了。

可他回身，忽地頓步。

清冷月色下，男子一身玄衣自屋頂飛身而下，他面上沒什麼表情，目光很淡，裡頭似是沉了一汪靜水。

「想去哪？」

小石頭怔了怔，一時間，他腦子裡轉過很多念頭：拔腿就跑？裝沒聽懂？還是繼續賣可憐？

可他與江緒對視了好半晌，最後還是選擇卸下偽裝，平靜道：「你都知道了？你想怎麼樣。」

江緒就那麼靜靜地看著他，緩步上前，在離他不足半丈的地方，又停了下來。

小石頭抿著唇，強裝鎮定，不讓自己後退半步，只不過他的背脊不受控制地生出一層薄汗。

他心裡不由得懊悔，白日就看出這男人不簡單，早知道就不和他們那群蠢貨一起去了，平白惹上一身麻煩。想來，今晚是很難全身而退了，只不過他還是有些不甘：「你是怎麼知道的？」

「他們太聽你的話了。」江緒輕描淡寫道。

當然，不只這樣，或許可以說是一種本能的直覺，在看到這小孩的第一瞬間，他便知道麻煩來了，所以夜裡才找了個破廟歇腳，破廟荒郊，解決起來乾淨俐落，無需驚動他人。

小石頭稍頓，後知後覺明白了什麼，他只顧著博取那女子的同情與信任，倒忘了去管身後同伴的表現，他們都傻傻的，可沒他那麼能裝。

「人為財死，鳥為食亡。事到如今，我無話可說，要殺要剮都隨你便吧。但其他人是無辜的，他們什麼都不懂，希望你能放過他們。」

「人為財死，鳥為食亡。」江緒看著眼前如臨大敵，裝出副大義凜然大人模樣的小孩，忽問，「你念過書麼？」

聞言，小石頭扭頭，不想說話。

這男人看著聰明，也是個蠢的，有本事念上書的人家，怎麼會出來做這些偷雞摸狗的勾當！

說到底，還是桐港這地方太窮了，窮到父母不惜把自家孩子送去陳五他們那兒，學當乞兒坑蒙拐騙，好歹能混口飯吃，不至於餓死，機靈的還能替家裡也掙上幾口吃食。

當然，他不一樣，他自幼無父無母，在泥坑裡打滾長大，一人吃飽，全家不餓。

其實先前在破廟，小石頭也不是全然說謊，他們的確是要去荷花鎮了，荷花鎮上的確有人接頭，也的確有被拐來當乞兒的孩童，不機靈就會被砍斷手腳，靠賣慘行乞。只不過他們與那些孩童不同，他們都是自願的，家裡都知道，和陳五、李四還有王三麻子可以說是合作的關係。

白天他看到明檀的包袱鼓鼓囊囊，主動上前找明檀行乞。他討到一包糕點和一塊碎銀其實已然滿足，奈何陳五他們見錢眼開，見只有兩個人一匹馬，興奮地商量著，非要在去荷花鎮前先幹上一票。

還說客棧裡頭的娘們兒又鬆又老，去一回要五個銅板，可不值那個價。這外鄉來的小姑娘水靈得很，細皮嫩肉的，他們哥們幾個還可以爽上一回，回頭順道帶去荷花鎮賣了，還能賣上個好價錢。

他原本不想去，可他們拿不幹完這票就不去荷花鎮說事兒，其他小孩為難得很，不知道該聽誰的，如果不去荷花鎮了，回家爹娘還指不定要怎麼打罵他們呢。

他不想同伴出事，想了想，還是跟著一道去了，不過半路他找機會悄悄告訴同伴，如果情況不對，出了事，就把責任都推到陳五他們幾個身上，說是陳五把他們拐來的，他們是小孩子，大人會信他們的。

果不其然，那男人不好對付，還沒進破廟就出了事。

後來事情的發展如他所料，他們也順利逃脫，可沒想到，最後還是棋差一招。

「要殺就殺，你少囉嗦！」

做錯了事，認栽便是。

小石頭沒念過書，但從前鎮上有人說書，他混進去聽過幾回，記得那些故事裡頭的英雄赴死時都是要閉上眼，仰著脖子的，於是他也閉上眼，往前仰著脖子，擺出一副慷慨赴死的模樣。

江緒頓了頓。

半晌，小石頭沒等到架在脖子上冰冷的利刃，也沒等到射穿胸腔的冷箭，只等到一句問話：「你覺得，方才送你們回來的人如何？」

小石頭的眼皮不安顫動，底氣不足地反問道：「你到底想幹什麼！」

「我問話，你答便是。」他的語氣不容置喙。

小石頭猶豫，腦海中不由自主回想起方才送他們回來的那個男人，先前闖入破廟時，也是那男人，一個閃身兩個動作，便將李四和王三麻子打得暈死在地。

「他、他武功很高強，很厲害。」

「那你想不想變得和他一樣厲害？」

小石頭倏然睜眼。

「你說什麼！」

「我給你一個機會。」江緒望著他，「只不過能不能變得和他一樣，全都在你。」

小石頭怔住了。

他、他也可以變得那麼厲害嗎？他有些猶疑不安，這……該不會是什麼更嚇人的騙子吧？

可轉念一想，再壞也不過一死，連他的命都不要，又有什麼好怕的。

他攥著的小拳頭鬆了又緊，緊了又鬆，半晌，他下定決心道：「好，我聽你的！但是我有一個條件。」

「你沒資格和我談條件。」

江緒想都沒想就堵了回去，轉身往回走。

小石頭不死心，小步往前追：「那其他人，我們能不能……」

「不能。」

資質太差，津雲衛不是收容所。

不過走了一段，江緒忽然停下來：「無知的仗義無用且廉價，你幫不了他們，能幫他們的要麼是自己，要麼是假以時日，不再貧苦的桐港。」

假以時日，不再貧苦的桐港……

小石頭呆了會兒，一時很難相信，會有那個「假以時日」。

江緒繼續往前走著，小石頭忽然追上來，伸出小手，攔在他的身前，抬頭認真道：「我不想變得和他一樣厲害。」

江緒垂眸望他。

「我想變得和你一樣厲害。」

不遠處的暗衛：「……」

真敢想。

江緒沒嘲他，只是看著他輕描淡寫道：「你可以期待有那麼一天。」

「我一定會的！」

暗衛：「……」

不，你不會，你對王爺一無所知。

暗衛難得走神，身後的人忽然拿簪子戳了戳他，壓著氣兒低聲道：「走。」

暗衛回神，垂首領命。

明檀跟在暗衛身後，貓著腰穿過小巷，抄近路往破廟回走，一路不忘低聲警告：「等會回去之後你們不許和王爺說我出來過，就當什麼事都沒發生。本來也不是什麼大事，沒有必要告訴王爺，而且你們違抗命令帶我來這兒，告訴王爺你們也落不著好，所以什麼都別說，無事發生，記住了嗎？」

暗衛：「……」

不，我們沒有違抗命令，您想多了。若不是主上說，如果王妃醒了非要出來便帶她來，他們就是直接將人敲暈也不會輕易受她威脅的。

王妃娘娘低估了津雲衛的訓練有素，又不是所有人都會和雲旖一樣吃王妃那套，三兩句便感情用事還敢頂撞主上。

「阿嚏！」

遠在回京路上的雲旖睡不安穩，半夜打了個噴嚏。

回到破廟後，明檀千頭萬緒，怎麼都無法平靜下來。

原本她是靠在江緒懷裡才勉強入睡的，驟然離了他的懷抱，草席無甚溫度，她很快就驚醒了。醒來看到江緒不在，她先是心下一跳，腦中不由轉過很多念頭，也想起先前的不對勁之處。

當下她受小石頭所挑起的情緒影響，思緒被同情牽動，可睡了一覺醒來細想，總覺得很多地方不大對。

小石頭作為一個被拐來的孩童，為何會知道被轉移至鎮上之後有可能被砍斷手腳？

陳五那幾人帶著他們這些被拐來的孩童打劫，就不怕人臨陣反戈，求助於他們，與他們一道反制於自己嗎？

還有，他雖然渾身髒兮兮的，面黃肌瘦，可身上並無半處肉眼可見的傷痕，其他小孩也是。

想到這兒，明檀坐不住了，這才逼著暗衛領她出去尋人。

回來時因是抄近路，暗衛領著明檀回到破廟之後，過了約有半刻，江緒才姍姍歸來。

明檀覺得自己裝睡可能裝不好，且這會兒心跳未平復，一摸便摸得出來。她索性睡眼惺忪地翻了個身，作出悠悠轉醒之態，打著呵欠慵懶道：「夫君？你去哪兒了？你出去了嗎？」

「……」

平心而論，小王妃演技還不錯，頭髮弄出了熟睡的淩亂感，聲音也和睡啞了似的，不知道的一眼望去還真能被她蒙住。

江緒本想配合她，可走到她面前，他發現自己還是無法配合。

「別裝了。」

明檀的呵欠打到一半，硬生生停住了，懵懵地看著他，眼角被逼出了淚花。

她下意識以為是外頭暗衛打的小報告，可江緒坐下，拿火摺子點了把乾草，放至燃盡的火堆裡，又道：「不關他們的事，如果本王連附近來了什麼人都不知道，任由旁人偷聽對話，那本王至少死了一百回了。」

他看了明檀一眼：「妳以為本王是妳麼。」

為何無故內涵到了她的身上？

她難道在什麼不知情的情況下被人偷聽過對話？

不對——

「我明明和暗衛確認過，離那麼遠不會被發現的。」明檀疑惑道。

「那是他們的距離，不是本王的距離。」

明檀被噎了噎，半晌，才環抱住膝蓋，乾巴巴地誇了句：「噢，那夫君可真厲害，難怪小石頭想變得和你一樣厲害。」

「哄孩童的話，不必當真。」

明檀看他熟練地燃著火堆，渾然沒放在心上的表情，明白他的意思——想和本王一樣厲害？在做夢，別想了，不可能。

前夜沒睡好，又在破廟待了一夜，明檀肉眼可見地憔悴了不少。不過她沒喊累，稍歇了兩個時辰，次日一早，又跟著江緒一道去海邊漁村，打聽桐港近些年海上風浪到底是何種情形了。

明檀先前分析過桐港的開港難處，大差不差，無非就是桐港本地過於貧苦，各類基礎條件有所欠缺，還有海上風浪變幻無窮，凶險莫測。

其實前者只要朝廷願意撥款，大力扶持，窮鄉僻壤想要改頭換面不算難事，後者才是桐港能否成為下一個靈州港的關鍵所在。

怎麼說呢，桐港這地方是真窮，從裡到外，從鎮到村，窮得如出一轍不分你我。

海邊漁村破亂不堪，海水鹹腥，日頭全無遮蔽，明檀掩著面紗，都覺得自個兒的臉被曬得火辣辣生疼。

江緒早先就調過桐港的地方誌，桐港雖一直不甚富裕，但往前追溯兩朝，並沒差到這個地步。

桐港變成如今這般模樣，還是應從太宗年間，桐港海壩年久失修，海潮潰堤說起。

海壩潰堤是大事，但只對鹽場重地來說是大事，桐港這種小地方，潰堤也就潰堤了，上頭官員不重視，依例往上報了報，沒有下文便也無人追著要個下文。

潰堤之後，暴雨時節海潮大漲，海水倒灌，周遭原本肥沃的農田被海水侵蝕，板結泛白，無法再繼續耕種，隨之而來的自是大面積的饑荒。

太宗年間那場饑荒，逼得桐港的年輕人不得不出走家鄉，另謀生路，只餘年邁無力者留守，桐港肉眼可見地日益衰敗。

時至今日，桐港海壩未修補，每隔幾年便要決堤倒灌一回。全州官員對桐港從無關注，只覺得僻壤人稀之地，連路都不必多修。

諸般種種，也無怪乎這地方窮困難脫了。

江緒與明檀在漁村一連打聽了幾家，一提到出海就都連連搖頭，直說海上風浪大，去了就是送死。

還有村民熱心，和他們說起過往出海無歸的例子。什麼村裡有哪家的男人想出海掙銀子，一去就是幾年沒回，全無音訊，前兩年媳婦兒不等了，改嫁到鄰村，又生了個大胖小子，某回海潮沖上船隻殘骸，那媳婦兒認出船上物件是先頭男人的，還狠哭了一回。

這種出海遇難的事從前數不勝數，如今倒少了，存著去海上掙銀子心思的都想方設法去了靈州，留下來的多是些老弱婦孺和懶漢，打漁打獵，能混口吃食就成。

這些事獵戶家的劉嫂粗略說過，明檀耐著性子，又問了問海上風浪的情形。可一問到這，村民們也說不出個所以然，多是說海鬧的時候電閃雷鳴，海潮翻湧，漁船一下子就打翻了之類的，嚇人得很。

明檀不知想到什麼，換了個方式問：「那大娘，你們家在這兒住了有多久了呢？」

住了有多久了？

大娘細細回想了下，忙道：「我娘家在隔壁村子，我男人家在這，兩屋祖墳都在山上哩，祖祖輩輩好幾代了！」

明檀聞言，點點頭，若有所思。

待大娘離開，兩人繼續往村邊礁石處走。

明檀邊走邊分析道：「雖然他們都說海上風浪大，隔幾年還會海潮倒灌，可在這兒祖祖輩輩住了好幾代，想來這風浪並沒有他們所說的那麼厲害。」

「靈州港不是也有風浪麼，喻大人還拿這事和你賣過慘，可我在靈州之時套過知府夫人的話，似乎只要船隊經驗豐富，能準確觀測海上天氣，還有在船隻建造上多下些功夫，出海不是難事。」

江緒「嗯」了聲，負手立在礁石前，遠眺道：「海潮倒灌乃決堤所致，沿海之地多有此災，靈州港若無堅實堤壩，一樣也逃不過，只是不是海溢即可。」

「海溢？」

江緒解釋：「海溢之災，非人力可抗，史書有載，海溢多由地動引起，若此地有海溢之險，無論如何也不可開港。」

明檀此前從未聽過海溢，但聽起來和海上的大洪災差不多？她似懂非懂地點了點頭。

「其實在圈定桐港之前，我也考量過其他的沿海城鎮，其中不乏地理位置遠勝桐港之處，只不過這些地方的地方誌上多載地動前跡，溯史而觀，地動之處必不會僅此一回，長遠來看，都不宜開港。桐港無此前史，如今實地而觀，也無出入。」

遠處海浪晦暗灰藍，近處髒亂，還有死魚翻著白肚，混著海潮鹹腥飄出腐臭味道。天是晴朗的，可這片灰藍無邊無際，蒼穹亦染上幾分鬱色，像是積著什麼，幾欲逼壓下來。

見明檀半晌未出聲，江緒轉頭望她，卻發現她一直看著自己。

「妳看什麼？」

明檀定定盯著他，小臉繃緊，忽然嚴肅道：「我發現一件事。」

「什麼？」

「夫君你方才沒有自稱『本王』。」

「……」

「夫君沒有自稱『本王』，突然和藹可親了許多呢。」明檀面上的嚴肅倏然被調戲取代，她學江緒，將手負在身後，腳步輕快地踮著上前，故意一把抱住他的胳膊。

「本王年輕，何須和藹可親？」

「夫君年輕嗎？讓我算算，夫君可比我大了一二三四五……」明檀掰著手指頭數了起來。

江緒忍不住望她：「妳嫌本王老？」

「我可沒說，夫君是王爺，但也不能隨便冤枉人吧。而且我哪敢嫌呀，人家都說我嫁給定北王殿下是高嫁呢，就算是有那麼一點點小意見，自然也只能深深藏在心底。」

「本王真是太縱容妳了。」

他垂眸，捏了捏明檀的後脖頸。

「別捏，癢！」明檀邊笑邊躲。

可江緒的手輕易便跟了上來，非是捏得她告罪求饒，都冒出眼淚花兒才肯停下。

兩人在漁村耗到晌午，本是打算回轉到鎮上尋些吃食填填肚子，可明檀渴極了，江緒見狀，拉著她隨意找了戶人家，想討碗水喝。

漁村人家大多淳樸，討碗水而已，開門的大娘沒多想便應了下來，還熱情邀兩人進屋歇腳：「二位這是做啥來了，晌午日頭可毒了，曬壞了吧？快進來坐坐。」

明檀還真是被曬得有些發暈了，腳也痛得很，想著略歇半刻多打聽打聽情況也不錯，於是便和江緒一道進屋了。

誰想一進屋，方才對兩人和藹熱情的大娘就轉身對屋裡人吼道：「跪都跪不老實！我瞧你這娃子就是欠打！」

明檀被這突如其來的粗嗓門嚇得一懵，心跳不由漏了半拍。

那大娘這才想起身後還有兩位客人，立馬轉身，堆著笑，對兩人抱歉道：「不好意思啊，讓你們看笑話了，家裡娃不聽話，你們坐，隨便坐，我這就去給你們倒水。」

明檀點了點頭，心有餘悸地與江緒一道坐在半邊土炕上。

她打量著這間屋子。

若說山腳獵戶家是清貧，他們這兒可就是正兒八經的家徒四壁了。嚴格來說，應是家徒三壁，朝西的那一壁已經塌了，只扯了塊油布胡亂遮掩。

東邊角落裡跪著個瘦小的小孩，大約就是大娘口中不聽話的自家娃娃。

「來，水。」

明檀雙手接過，忙道謝：「多謝大娘。」

她渴得顧不上這碗有多破了，可剛喝半口，大娘又回頭粗聲罵了句：「你個死人又去鎮上那臭窯子了？一宿不回，長本事了啊！有本事你就乾脆死在那裡再也不要回了啊！」

明檀差點沒被嗆死。

她順了順氣，勉強喝了半口，不動聲色拉了拉江緒的衣袖，打算離開。

可忽然又聽那大娘對著方進屋爛成一灘泥的懶漢罵罵咧咧道：「自家娃子都要送過去

討飯吃，你還有臉去逛窯子，你說你是不是人啊！」

送過去討飯吃？

明檀下意識望了角落裡縮成一團跪在地上的小孩一眼。

先前小孩背對著他們，她沒瞧清楚，現下轉過頭，她倒是瞧清了，這小孩正是昨夜去破廟的孩童之一。

他也正在偷覷他們，瞧他的神色，應是認出了他們，有些害怕他們為著昨晚之事找他與他家人的麻煩。

明檀心中有些不是滋味。

她一直在想，什麼樣的人家才會狠心把自家孩子送去做乞兒學著坑蒙拐騙？應是冷血無情，自私自利？可這大娘連陌生人都能熱情以待，顯然不是毫無善心之人。

離了大娘的家，明檀忽然惆悵問道：「夫君，假以時日，桐港不再貧苦，他們真能過上好日子嗎？」

江緒頓了頓，其實在他看來，並不一定。可怕的從來不是貧苦，而是刻入骨髓已然安於現狀的妥協，只不過看她悵然若失，他還是應了聲：「會的。」

明檀心中已有答案，她跟上江緒的腳步，邊往前走邊道：「假以時日，此處開港，鎮上日漸繁榮，自會有讀書人來此開設學堂，屆時那些孩子便可明理學識，長大後或是留在此地建設一方，又或是走出去，去見識更為廣闊的天地，總之，一定會越來越好的。」

江緒略怔。

其實他還並未想到如此遙遠之事，不過依她所言，倒也沒錯，唯讀書之計，可從根源改變這座城鎮的貧苦。

他抬步往前，牽住明檀的手，沉靜重複了聲，似是在保證什麼。

「會的。」

——《小豆蔻》未完待續——

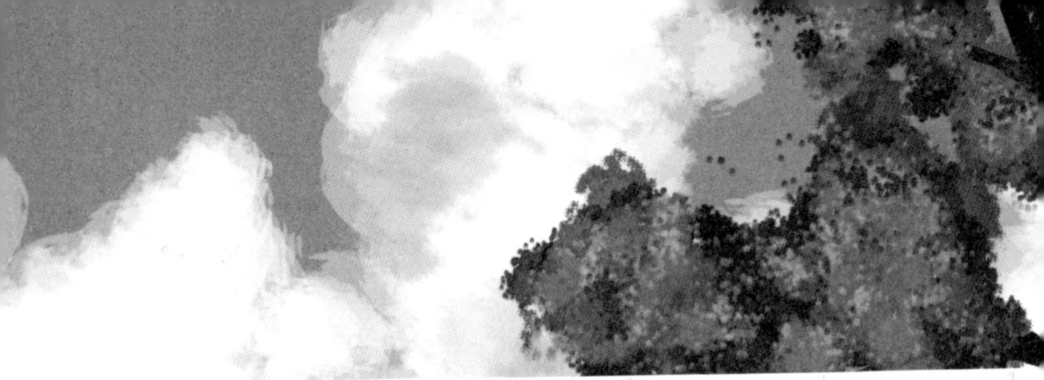

高寶書版集團
gobooks.com.tw

YE 052
小豆蔻（中卷）
作　　者　不止是顆菜
責任編輯　吳培禎
封面設計　虫羊氏
內頁排版　賴姵均
企　　劃　何嘉雯

發 行 人　朱凱蕾
出　　版　英屬維京群島商高寶國際有限公司台灣分公司
Global Group Holdings, Ltd.
地　　址　台北市內湖區洲子街88號3樓
網　　址　gobooks.com.tw
電　　話　(02) 27992788
電　　郵　readers@gobooks.com.tw（讀者服務部）
傳　　真　出版部(02) 27990909　行銷部 (02) 27993088
郵政劃撥　19394552
戶　　名　英屬維京群島商高寶國際有限公司台灣分公司
發　　行　英屬維京群島商高寶國際有限公司台灣分公司
初　　版　2023年8月

本著作物《小豆蔻》，作者：不止是顆菜，由北京晉江原創網絡科技有限公司授權出版。

國家圖書館出版品預行編目(CIP)資料

小豆蔻/不止是顆菜著. -- 初版. -- 臺北市：英屬維京群島商高寶國際有限公司臺灣分公司, 2023.08
冊；　公分. --

ISBN 978-986-506-803-5(上冊：平裝). --
ISBN 978-986-506-804-2(中冊：平裝). --
ISBN 978-986-506-805-9(下冊：平裝). --
ISBN 978-986-506-806-6(全套：平裝)

857.7　　112013360